Morts pour la France

Max Gallo

Morts pour la France

Suite romanesque

Tome II

Le feu de l'enfer (1916-1917)

« Déjà la pierre pense où votre nom s'inscrit
Déjà vous n'êtes plus qu'un mot d'or sur nos places
Déjà le souvenir de vos amours s'efface
Déjà vous n'êtes plus que pour avoir péri. »

Aragon,
La guerre et ce qui s'ensuivit.

Première partie

LE MORT-HOMME

1.

Juliette Dumas se penche et ses cheveux coupés court et frisottés frôlent un instant la joue de John Christopher Finlay, assis à sa gauche.

Il sent que la jeune femme appuie sa cuisse contre la sienne.

Il s'efforce de ne pas bouger ; cependant, cette pression chaude et insistante le trouble.

Il se souvient de sa première rencontre avec Juliette, il y a trois ans presque jour pour jour. Elle n'était que l'une des pensionnaires de Mme Clarisse. Elle attendait « ces messieurs », à demi nue, les jambes croisées haut, dans le grand salon du Rendez-Vous, cette maison de la rue Taitbout dans laquelle Mme Clarisse n'admettait que des « messieurs », en effet, députés, sénateurs, ministres, membres des académies, et naturellement ceux que la fortune ou le nom plaçaient, comme elle disait, « au-dessus du commun ».

— Nous ne faisons pas le tout-venant, avait-elle indiqué au journaliste quand, accompagné de Maurice Flécheux, il était entré pour la première fois dans le grand salon.

C'était le soir de l'élection de Raymond Poincaré à la présidence de la République, le 17 janvier 1913, et toute la journée, à Versailles et sur les Grands Boulevards, ses partisans avaient chanté : « Vous n'aurez pas l'Alsace et la Lorraine/et malgré vous nous resterons français ! », puis hurlés : « Revanche ! Revanche ! Vive Poincaré ! Vive la France ! » Brandissant leurs cannes plombées, ils avaient

pris en chasse les quelques manifestants qui criaient :
« Poincaré la guerre ! Vive la paix ! »

Trois ans depuis que, parmi les filles dénudées, provocantes, Finlay avait remarqué Juliette qui portait ce soir-là des bottines hautes à lacets, et Flécheux lui avait murmuré :

— Elle est saine, mais elle a du vice. Laissez-la vous guider, mon cher. Lâchez les rênes, je vous en parle en connaissance de cause, et je ne suis pas le seul : si on votait à la Chambre, elle aurait la majorité !

Depuis, des centaines de milliers de morts, et Juliette Dumas chante ce soir au théâtre Majestic, à Ménilmontant, parce que son amant, le duc Luís Maurin de Montalban, qui l'entretient, en a renfloué les caisses.

Le duc est là, les yeux mi-clos, son teint bistre, presque terreux, faisant contraste avec son plastron immaculé. Il tient serré entre ses dents un long fume-cigarette doré. Il semble absent, souriant mais indifférent aux propos de Flécheux qui interpelle les uns et les autres : Renaud Duchesnes, sanglé dans son uniforme ; Barruel, assis à la droite d'Isabelle Saynac que les dîneurs en passant reconnaissent, félicitent pour son interprétation de *L'Aiglon*, chaque soir, au Théâtre-Français dont elle est devenue sociétaire. On lui chuchote des compliments et Barruel, à ses côtés, se pavane comme si on les lui adressait à lui personnellement, posant sa main sur le poignet d'Isabelle, montrant par là qu'elle est son bien, qu'il la présente comme une pouliche de bonne race au pesage.

Isabelle est distante. Son visage est figé par un sourire de convenance. Les yeux fixes, elle a le regard dirigé vers ces grandes tentures de velours grenat qui cachent les vitres et la porte d'entrée du café de la Paix rempli d'une foule bruyante : officiers étrangers, Écossais en kilt, hindous en turban, Australiens et Canadiens au large chapeau de feutre, Italiens en uniforme vert, chasseurs, spahis et aviateurs français, tous décorés, et les entourant, les submergeant, cette tourbe de jeunes gens au visage poupin, dans des tenues peu réglementaires – boutons dorés, poches et revers retaillés, bottes de cuir là où il faudrait des bandes molletières, cheveux longs tirés en arrière et lustrés –, tous roucoulant, faisant la roue pour des femmes aux robes trop courtes, trop décolletées.

On entend leurs rires aigus quand les hommes leur prennent le bras, la taille, les enlacent et les entraînent vers les tentures qu'un maître d'hôtel soulève lentement tant elles paraissent lourdes, et on devine un instant, au-delà de la porte à tambour, la nuit sans lumière : le gouverneur militaire de Paris a en effet ordonné l'obscurité totale, car deux zeppelins sont venus jeter leurs bombes incendiaires sur Ménilmontant et on a relevé dans les décombres – mais c'est un secret militaire, a murmuré Duchesnes – vingt-sept morts et des dizaines de blessés.

— On l'oublie, a-t-il ajouté, mais les Allemands sont toujours à Noyon, à quatre-vingts kilomètres de Paris !

Puis, d'un ample geste, il a montré la salle et dit :

— Qui s'en soucie, ici ? Ce sont tous des profiteurs, des fripouillards, des embusqués ! Depuis qu'il est ministre de la Guerre, Gallieni reçoit plus de trois cents lettres de recommandation par jour. Et qu'est-ce qu'on lui demande ? Qu'on retire du front un amant, un frère, un fils, un cousin, un ami, l'ami d'un ami…

— Le mien, murmure Isabelle Saynac sans que l'expression de son visage ait changé, le mien a été renvoyé au front et il est mort.

Isabelle Saynac a parlé d'une voix basse à la tonalité si sourde et si grave que Finlay s'étonne de l'avoir entendue, mais c'est comme si le silence s'était fait dans la salle durant tout le temps qu'elle s'est exprimée, un « blanc » dans le brouhaha où aucune autre voix n'aurait pu pénétrer.

Maurice Flécheux et Duchesnes se sont tus. Le duc Luís Maurin de Montalban a ouvert les yeux, levé son fume-cigarette dans un geste suspendu. Barruel a desserré son étreinte autour du poignet d'Isabelle et tous l'ont regardé, puisque nul n'ignorait qu'après avoir fait affecter à Paris l'amant de sa maîtresse, il avait retiré sa protection au jeune peintre qui avait dû gagner aussitôt une unité combattante.

Barruel tourne la tête de droite et de gauche, en quête d'un appui. Il s'adresse à Juliette Dumas, puis à Finlay, leur expose que Denis Marrou s'est conduit en héros et que lui, Barruel, va publier dans *Le Petit Parisien* plusieurs articles consacrés à l'œuvre tragiquement interrompue de l'artiste. On organisera même une exposition, une vente aux enchères de ses toiles. Marrou deviendra le symbole de tous ces jeunes talents – professeurs, artistes, écrivains – fauchés par la barbarie allemande.

Il se tourne vers Duchesnes, lui demande d'intervenir auprès de Gallieni, le ministre de la Guerre, pour que la Croix de guerre, voire, pourquoi pas, la Légion d'honneur, soit décernée à titre posthume à Marrou.

— Vous avez toujours l'oreille de Gallieni, n'est-ce pas ? s'enquiert-il.

— Gallieni, Gallieni, grogne Flécheux, comme général, je m'incline ; mais comme ministre, une calamité !

Il hausse les épaules et secoue la tête.

— Vous savez ce qu'il a déclaré, l'autre jour, aux députés qui aboient comme une meute – je le sais, j'en suis ! –, qui ne rêvent que d'hallali et qui ont grande envie de dévorer un général pour bien montrer que ce n'est pas l'état-major qui gouverne, mais bien eux ? Au lieu de les affronter, Gallieni a baissé la tête. « Je suis un novice à la tribune, leur a-t-il dit, vous me forcez à faire un métier qui n'est pas le mien ! » Ce ne sont pas des aveux que l'on fait quand on est général, qu'on a gagné la bataille de la Marne et qu'on est ministre de la Guerre en exercice avec, sous ses ordres, des millions d'hommes qui risquent à chaque minute de se faire trouer la peau !

— J'ai reçu une lettre du sergent qui commandait la section de Denis, reprend Isabelle Saynac.

C'est la même voix, et le même silence s'établit. Finlay sent une nouvelle pression de la cuisse de Juliette entre la sienne.

— Le sergent, poursuit la comédienne, m'écrit qu'un obus est tombé sur la tranchée, ensevelissant une dizaine d'hommes et blessant les autres ; seul le sous-officier est resté indemne. Il a vu Denis s'approcher. Il avait le corps couvert de sang, il a levé les bras et le sergent a vu que ses deux mains avaient été tranchées au ras des poignets. Denis regardait ses moignons et il a dit : « Je suis peintre... » Puis il est sorti de ce qui restait de la tranchée. Les mitrailleuses allemandes étaient à moins de cent mètres. Il n'est resté debout qu'une vingtaine de secondes.

Elle continue de sourire, de tourner légèrement la tête quand un admirateur s'approche, lui murmure qu'elle est la nouvelle Sarah Bernhardt, qu'elle est à elle seule toute une armée, parce qu'elle est l'incarnation de la beauté française, du génie de la Patrie.

— J'interviendrai auprès de Poincaré et je demanderai à Albert de Varin d'en toucher un mot à l'état-major de Joffre, dit Flécheux. Barruel a raison, il faut que le sacrifice de Marrou soit un coup de fouet...

Il fait un signe au garçon pour qu'on remplisse son verre de ce sancerre rosé si parfaitement accordé au turbot poché sauce mousseline. Il boit lentement, puis se tourne vers Duchesnes et Barruel, les interroge : comment jugent-ils la situation ?

Il grimace :

— Les efforts en faveur de la paix suintent partout à travers la presse, reprend-il.

Il tend le bras et pointe l'index vers le duc Luís Maurin de Montalban.

— On me dit, monsieur le duc, que vous êtes derrière ce nouveau journal, *La Voix*, que c'est vous qui financez cette feuille pire que pacifiste : défaitiste ! Méfiez-vous, nous sommes en guerre, et bien qu'espagnol, mon ami, et grand d'Espagne, vous n'êtes pas à l'abri des tribunaux !

Montalban secoue la tête, lisse de la main gauche ses cheveux blancs soigneusement ondulés.

Il réplique que toutes les autorités, y compris la censure, ont donné les autorisations requises.

— Il faut un exutoire, Flécheux, si l'on ne veut pas que la marmite explose. *La Voix* ne publie que des articles visés par les censeurs.

— Des embusqués ! lance Flécheux.

— Qu'on les change, s'exclame Barruel, qu'on les envoie en première ligne ! Il faut une main de fer. Il y a eu trop de sacrifices pour qu'on accepte une paix de compromis.

Il se tourne vers Duchesnes.

— Est-ce que Gallieni a lu l'article que *Le Petit Parisien* a consacré au discours du ministre de la Guerre au Sénat ? demande-t-il. J'étais dans la tribune de presse. Quand Gallieni a commencé à parler, j'ai craint qu'il n'achève pas son discours. Il balbutiait, butait sur les mots ; il était d'une pâleur cadavérique.

— Il va mal, explique Flécheux. Clemenceau lui a dit : « Une prostate, ça s'enlève », il s'est même déboutonné pour lui montrer son estafilade, l'assurant qu'on se porte après comme un charme ! Mais Gallieni traîne, on dirait qu'il a peur.

Duchesnes hausse les épaules.

— Ça n'est pas sa prostate qui l'inquiète, mais Joffre, mon cher. Gallieni a rapporté au généralissime : de toutes parts on signale que les Allemands se renforcent en vue d'une offensive sur la région fortifiée de Verdun. Gallieni lui a mis sous le nez des rapports d'officiers qui servent dans le secteur des forts de Douaumont, de Vaux, dans celui du Mort-Homme, aux Éparges, à Saint-Mihiel, tout au long de notre ligne de défense sur la Meuse. Tous disent qu'on n'a creusé aucun boyau, disposé aucun barbelé. Il y a peu d'artillerie, seulement quelques régiments de chasseurs et surtout des territoriaux. Des déserteurs, des prisonniers allemands ont affirmé que le bruit courait que l'empereur Guillaume irait passer une revue à Verdun à la fin février. Son fils, le *Kronprinz*, a pris la tête de l'armée sous le commandement direct du chef du grand état-major impérial, Falkenhayn. Les Allemands ont accumulé dans toutes les forêts des milliers de pièces d'artillerie. Or vous savez ce que Joffre répond : « Rien ne justifie les craintes exprimées ! » Contre tous les avis autorisés, il assure que « notre organisation est, dans son ensemble, beaucoup plus forte et plus complète que celle de nos adversaires ». Pour finir, il menace de démissionner : « J'ai besoin de la confiance entière du gouvernement », clame-t-il. Et il s'en tient à son idée d'une grande offensive d'été dans la Somme, avec les Anglais. Il croit à la percée en masse. Les menaces allemandes sur Verdun, il n'en veut rien savoir. Il a l'assurance d'un pachyderme. Albert de Varin appelle cela sa « volonté inébranlable », sa « ténacité à toute épreuve », etc. Moi, je veux bien ! Mais voilà un homme qui, quel que soit l'événement, prend son temps pour aller dîner, s'enferme à double tour dans sa chambre dès vingt-deux heures, et se met à ronfler après avoir donné l'ordre de ne le réveiller sous aucun prétexte. Et on ne le réveille pas !

— Je vais vous dénoncer comme propagateur de rumeurs défaitistes ! s'exclame le duc Luís Maurin de Montalban. Et c'est moi que vous accusez, Flécheux ? Vous avez entendu notre ami Duchesnes ?

— Nous faisons avec ce que nous avons : une prostate et un tube digestif, grogne Flécheux.

— Vous voudriez Clemenceau ? lui lance Duchesnes. Un vieillard de soixante-quinze ans !

— Denis avait vingt-deux ans..., dit Isabelle Saynac. Il faudrait écrire une tragédie où l'on verrait de vieux princes, des rois puissants et chenus faire égorger les jeunes hommes dont ils sont jaloux...

Tout en parlant, elle s'est tournée vers Barruel, sans cesser de sourire ni hausser le ton.

Il y a un long silence.

— Prostate ou pas, Gallieni a été admirable, reprend Barruel. « La France veut la poursuite de la guerre de toute son énergie », a-t-il dit. Et il a évoqué – il regarde Isabelle – le dévouement, le sacrifice de tous, vieux et jeunes, hommes et femmes. Celui qui prononce aujourd'hui le mot « paix » est un mauvais citoyen qui doit être fustigé, condamné. Gallieni a eu cette phrase très forte : « Les veuves ne pleurent pas leurs morts, mais elles demandent qu'ils soient vengés ! »

— Je ne demande rien, lâche Isabelle Saynac.

Elle hésite, puis, regardant fixement Barruel, elle ajoute :

— De qui devrais-je me venger ?

Maurice Flécheux se lève, dit qu'à la séance du Sénat le discours de Gallieni a été bon, mais Barruel a raison : ce que tout le monde a retenu, c'est l'attitude de Clemenceau. Il a jailli, bondi en criant : « La France, oui, veut la guerre, mais jusqu'au bout ! »

— Ce *jusqu'au bout* est un programme de gouvernement, conclut Flécheux.

Il se tourne vers Finlay :

— Quand sortirez-vous de votre réserve, monsieur l'Américain ? Il faudra bien que vous finissiez par entrer dans la danse, mon cher. La neutralité n'a qu'un temps...

Il s'approche du journaliste, toujours assis, lui pose les mains sur les épaules et poursuit :

— Mais est-ce que vous êtes neutre ou bien pacifiste ? Ce sont là deux positions très différentes.

Il s'écarte, contourne la table, salue Barruel, Duchesnes et Isabelle Saynac, puis se penche pour embrasser Juliette Dumas, s'attardant près d'elle avec complaisance et lui caressant les cheveux. Il revient vers John Christopher et lui lance :

— Vous êtes allé en Suisse, Finlay, chez ce Lénine dont on me dit qu'il est enragé. Vous étiez à Milan le jour où notre comtesse di Bellagio s'est évadée. Vous êtes donc suspect, à moins que...

Il tapote l'épaule du journaliste.

–... à moins que vous n'ayez en tête que cette Rosa et que vous tentiez de la séduire en favorisant les Russes dont elle est si proche ? De toute façon, vous êtes imprudent et sûrement naïf. Les femmes, Finlay, on les prend d'assaut, à la baïonnette – il rit –, pas en se livrant à elles, mains levées. En temps de guerre, mon ami, ces enfantillages risquent de vous coûter cher !

Il se tourne vers le duc Luís Maurin de Montalban.

— À vous aussi, monsieur le duc, je conseille la retenue, la plus grande prudence...

Finlay n'a pas bougé. Juliette Dumas s'appuie à lui, le frôle de ses cheveux. Il lui semble qu'il reconnaît son parfum. Il devine qu'elle cache sa bouche sous sa main gantée de blanc. Elle lui murmure que le duc sera bientôt absent pour plusieurs jours.

Finlay la dévisage. De son passé elle a gardé le rouge vif de ses lèvres entrouvertes et ce regard plein de défi et de mépris.

— Je veux vous voir, ajoute-t-elle.

En se levant, elle appuie sa hanche contre l'épaule de John Christopher.

2.

Finlay reste sur le seuil de l'appartement, hésite à entrer. Le hall est sombre. Peu à peu, il distingue les boiseries de chêne clair qui couvrent les cloisons jusqu'à hauteur d'homme. Dans la semi-obscurité, les carrés de marbre blancs et noirs forment sur le sol un damier aux contours imprécis.

Il fait un pas et est tout à coup ébloui par la lumière des appliques dorées en forme de chandeliers aux ampoules torsadées.

Il reconnaît la femme qui lui a ouvert, qui est restée dans la pénombre et dont il découvre maintenant le visage et le corps. Il en éprouve un sentiment d'effroi.

Il se souvient de cette domestique de Juliette Dumas, Jeanne, qu'il avait vue pour la première fois au Rendez-Vous, le 17 janvier 1913, donc. C'est elle qui avait apporté le seau à champagne et les coupes dans la chambre où Juliette, nue, allait et venait, impudique, les mains nouées sur la nuque ou bien posées sur les hanches, dévoilant les touffes de poils blonds de ses aisselles ou la toison de son pubis, houspillant Jeanne qui, vêtue de noir, semblait intimidée, presque effacée. Le matin, Finlay l'avait retrouvée endormie, assise ou plutôt affalée sur une chaise, dans le couloir.

Il l'avait revue ici, en septembre 1914, lorsqu'il avait rendu visite à Juliette Dumas dans cet immeuble cossu digne du boulevard Haussmann où elle venait de s'installer, si fière, un peu grisée, même, de faire visiter son appartement – les salons, la salle à manger, enfin la chambre aux rideaux de velours bleu, avec son couvre-lit en satin.

Peut-être le duc Luís Maurin de Montalban l'avait-il logée là, à quelques pas de la rue Taitbout, donc du Rendez-Vous, pour qu'elle n'oublie pas, chaque fois qu'elle poussait la porte aux arabesques de fer forgé de l'immeuble, d'où elle venait.

John Christopher ne peut la quitter des yeux. Jeanne a le corps cassé de certaines vieilles qu'on voit, la tête enfoncée dans les épaules, le dos rond, le buste si fortement penché en avant qu'on se demande pourquoi elles ne tombent pas.

À contempler son visage blafard, les rides qui lui plissent les joues et le front, son regard délavé, Finlay, en la reconnaissant, a eu l'impression qu'elle aussi était métamorphosée, presque aussi mutilée que l'un de ces blessés au corps à jamais saccagé qu'il avait vus à l'hôpital du Val-de-Grâce.

Il a pensé à Karl Ziegler qui avait lui aussi été l'un des fidèles clients de Juliette Dumas au Rendez-Vous, tentant même de se la réserver alors que la paix régnait encore et qu'il n'était qu'un journaliste allemand en poste à Paris. Finlay l'avait retrouvé à Rome quelques mois plus tard, le côté gauche du visage et une main comme abrasés, fendus par un éclat d'obus.

Jeanne lui dit d'une voix à peine audible :

— Mlle Juliette vous attend.

En traînant les pieds, Jeanne se dirige vers l'une des portes à vitraux jaunes, rouges et verts, sertis dans des cadres ouvragés de bois sculpté. Finlay la suit. Il a l'impression qu'entre la nuit du 17 janvier 1913 et aujourd'hui, en cette fin d'après-midi du 21 février 1916, la femme qui le précède a parcouru tout le chemin de sa vie.

Dans sa robe noire et son tablier blanc, c'était naguère une jeune paysanne égarée au milieu de ces filles nues, venues comme elle de la campagne, mais plus belles, plus audacieuses et plus perverses, peut-être aussi plus chanceuses. Et la voici déjà transformée en vieille femme écrasée.

Finlay s'arrête. L'une des portes s'ouvre. Juliette Dumas apparaît dans un déshabillé bleu ciel – elle en portait autrefois un rose, se souvient-il – qui tombe sur ses hautes bottines noires.

Elle lève le bras, et John Christopher craint qu'elle ne bouscule la domestique, qu'elle ne la frappe, même, tant il y a dans son geste de violence et de colère – presque de la rage. Puis, brusquement, le bras retombe. Juliette s'avance vers Jeanne, la saisit tendrement par l'épaule, lui murmure qu'elle n'a plus besoin d'elle, qu'elle servira elle-même M. Finlay qui, d'ailleurs, va l'inviter à souper – elle se tourne vers lui en souriant : « N'est-ce pas ? »

Jeanne hésite, puis s'éloigne.

Juliette éteint les appliques comme si elle voulait que la pénombre fasse plus vite disparaître la vieille silhouette. Mais on entend encore ses longues quintes de toux.

Juliette a rempli les coupes de champagne. Elle a secoué ses épaules comme pour se débarrasser d'un poids, desserrer une étreinte, et de ses mains aux doigts écartés elle soulève maintenant ses cheveux sur sa nuque et ses tempes comme si les mèches en avaient été prises dans les fils d'une toile.

Elle boit avec avidité, précise dans un rire :

— Je suis seule, mon duc est en Espagne, à moins que ce ne soit en Suisse.

Elle se penche vers John Christopher :

— Ou peut-être en Allemagne, qui sait ? Vous savez de qui il m'a parlé ? De Karl Ziegler, vous vous souvenez…

Elle redresse un peu la tête et reste un moment silencieuse, comme si elle rêvassait.

— Un bel homme, Ziegler, mais un Prussien ! Je ne sais où le duc l'a rencontré. À Berlin ? Il paraît que Karl, le beau Karl a la moitié de la gueule emportée, et une main coupée.

Elle se tait comme si elle se forçait à imaginer.

— Il est neutre, le duc. Comme vous, reprend-elle. Il a donc le droit d'aller en Allemagne, non ? Mais, parfois, je me demande...

Elle vient s'asseoir près du journaliste sur le canapé. Elle lui passe le bras autour du cou, se love contre lui.

— Je ne devrais pas m'intéresser à ça, mais à qui puis-je me confier ? Vous, Chris, vous qui êtes neutre, aussi, vous avez vu la grande affiche : « Taisez-vous ! Méfiez-vous : les oreilles ennemies vous écoutent » ? L'autre soir, nous sortions du théâtre, avec le duc, quand il l'a regardée et s'est esclaffé. Je suis sûre qu'il nous méprise, nous autres Français. Il a dit : « Comme si on pouvait demander à des Gaulois de se taire ! » Gaulois ? J'ai pris ça comme une insulte. Je lui ai répondu : « Je préfère un Gaulois poilu à un Teuton boche ! » Il n'a pas aimé. Il m'a insultée en espagnol, puis il m'a dit – écoutez bien : « Montrez vos jambes et votre cul, et n'ouvrez la bouche que pour chanter ou sucer la queue d'un homme ! »

Elle hoche la tête.

— Jamais, jamais, vous entendez, Chris, même le plus vicieux des clients du Rendez-Vous ne m'a traitée comme ça ! C'étaient des messieurs, même quand ils se déguisaient en prêtres et qu'il fallait que j'écarte les plis de leur soutane. Le duc, lui, suait la haine, et ce qu'il a dit m'a blessée, humiliée. Il n'aime pas la France alors que tout le monde parle devant lui. Si ce sont des secrets et qu'il les rapporte à Karl Ziegler, qu'est-ce que vous pensez de ça ? Si c'était un espion ? Vous avez entendu Flécheux ? Il se méfie de lui. Il est vrai qu'il se méfie aussi de vous. Mais vous, Chris...

Elle s'est à nouveau approchée de lui.

— Je sais que vous nous aimez. Vous êtes presque français, non ?

Elle se lève, remplit leurs coupes.

— Et puis, je suis la marraine de guerre de mon cousin. Vous le connaissez. Vous l'avez vu chez la marquise Mosca-Visconti, le soir de Noël. Une soirée de grand tra-lala. Jamais je n'avais été dans les salons de vrais riches. On se sent toute petite, une rien du tout, même quand on a tout ce que j'ai maintenant. Car, je dois le reconnaître, le duc me gâte. Cet appartement est à moi, il me l'a acheté ; et il n'est pas regardant : il sort des pièces d'or de sa poche comme d'autres des bonbons. En plus, comme il dit, il me laisse « libre de mon cul ». Est-ce qu'un aristo peut s'exprimer ainsi ? Je ne sais même pas si c'est un vrai duc !

Elle soupire.

— Mon cousin, mon filleul Léon m'écrit. Il me dit que, pour l'instant, il est dans un secteur calme du côté de Verdun, celui du Mort-Homme. Un nom qui fait frissonner. Il dort au sec. Il n'y a que ça qui semble compter pour lui. Il me demande des confitures, du chocolat, des cigarettes, des gilets de laine. J'envoie tout ça.

Elle rit.

— Au bout du compte, c'est le duc qui paie pour un poilu !

On entend la toux de Jeanne, dans le hall. On perçoit le frôlement de ses pas.

Juliette se raidit, son visage se crispe. Elle répète à mi-voix :

— Mais qu'est-ce qu'elle a à à traîner ? Je lui ai pourtant dit que je n'avais plus besoin d'elle !

Elle se lève, se dirige vers la porte, pose la main sur la poignée, puis la retire.

Elle revient, la bouche boudeuse, la tête baissée, faisant craquer les jointures de ses doigts, esquivant le regard de Finlay.

— Jeanne, c'est comme ma pauvre sœur : elle vient de pas loin de chez moi. Je voudrais me séparer d'elle, mais je ne peux pas. Le duc me dit qu'elle ne présente pas bien, qu'elle fait peur.

Juliette marque un arrêt devant John Christopher et l'interroge :

— Elle vous a fait peur ?

Puis elle hausse les épaules et marmonne :

— Quand on souffre, on n'est pas belle. Et Jeanne souffre le martyre. Qu'est-ce qu'on peut faire pour la consoler ? Je ne peux rien dire au duc : lui, je sais trop bien ce qu'il attend de moi. Mais j'ai besoin de parler à quelqu'un et je n'ai aucune envie de retourner voir Mme Clarisse. Elle m'écouterait sans doute, mais je suis maintenant dans une autre vie. Voilà pourquoi je garde Jeanne, même si elle vous effraie...

Juliette croise les bras et se met à déclamer, les lèvres à peine desserrées :

— Trois frères, classes 12, 13 et 15. Deux déjà soldats en 1914, les premiers à être tués : l'un, croit-on, en Alsace, quelques heures à peine après la déclaration de guerre, l'autre pendant la bataille de la Marne, du côté de Meaux – c'est ce qu'on a dit à Jeanne : il est enterré par là-bas.

Finlay ferme les yeux. Il se souvient de ce plateau, au-dessus du village de Varreddes, qu'il avait parcouru en compagnie du sergent Lucien Lévy, si mesuré dans ses propos de professeur sous l'uniforme. Les morts gisaient partout autour d'eux dans leurs pantalons rouges, gonflés comme des outres, les membres enchevêtrés, dévorés déjà par les rats. Le frère de Jeanne avait sans doute été l'un de ceux-là qu'on laissait pourrir sans sépulture, puis qu'on enfouissait dans des fosses communes.

— Le troisième, le plus jeune, reprend Juliette, celui-là a mis quelques mois à mourir. Il avait respiré les gaz. Il était rongé de l'intérieur : plus de poumons. Voilà ce qu'on a expliqué à Jeanne.

Elle s'approche de John Christopher.

— Trois beaux hommes. Jeanne m'a montré leur dernière photo ensemble, le 14 juillet 1914, devant le puits, dans la cour de leur ferme, avec à leurs côtés la mère et le père. Ces parents-là ressemblaient aux miens.

Juliette s'essuie le nez du revers de la main et ajoute :

— C'est la mère qui s'est jetée la première dans le puits, juste après que les gendarmes et un conseiller municipal sont venus lui apporter le télégramme annonçant la mort du dernier fils. Le père, lui, a nourri les bêtes, puis il a rejoint sa femme au fond du puits. Ils n'ont pas pensé à Jeanne. C'était la fille. On est comme ça, chez nous. Ce sont d'abord les garçons qui comptent, ce sont eux qui labourent et qui fauchent, eux qui chassent. Les filles, ça compte pour rien.

Juliette s'assoit à l'écart, comme prostrée, et conclut :

— Jeanne, elle est ce qu'elle est, mais elle est avec moi. Elle se tait, la nuque ployée.

— Habillez-vous, lui murmure Finlay. On va souper.

3.

Finlay ne dit mot, recroquevillé dans le coin gauche de la banquette arrière du taxi. Juliette s'appuie contre lui, s'abandonne. Il devine son corps souple et chaud, mais ne ressent aucun désir.

Le front appuyé contre la vitre de la portière, il regarde la masse plus noire de la foule sur les trottoirs des Grands Boulevards plongés dans l'obscurité. Cherchant à se faufiler parmi les omnibus, les voitures sont si nombreuses que le taxi doit souvent s'immobiliser. Dans la lueur des phares, Finlay distingue alors les visages des femmes aux joues poudrées, aux yeux faits, les lèvres peintes d'un rouge trop vif.

Il baisse un peu la vitre, entend cette rumeur des pas, des voix, des rires.

Paris, la France, l'Europe ont accepté la guerre, pense-t-il. Elle peut durer cent ans. Qu'importe que pourrissent les corps des trois frères de Jeanne, et ceux de leurs parents qu'on a sortis au bout de plusieurs jours du fond de leur puits, les bêtes affamées qui beuglaient et bêlaient ayant attiré les voisins !

Qu'importe que Léon dorme, couché entre des cadavres, craignant qu'au réveil ses pieds ne soient gelés, et chuchotant à ses camarades que ce silence, sur la ligne de front du Mort-Homme, ne laisse rien présager de bon !

Qu'importe !

Quand les portes des restaurants et des cafés battent ou tournent, Finlay aperçoit tous ces jeunes hommes aux uniformes seyants qui gesticulent comme pour s'assurer qu'ils sont bien en vie, qu'ils ont échappé au massacre, qu'ils peuvent profiter des femmes des autres – ceux que la boue des tranchées avale ou qui marchent toujours courbés parce que, à cinquante mètres de là, un tireur attend la fraction de seconde où ils lèveront la tête pour les atteindre d'une balle en pleine gorge ou entre les deux yeux.

Qu'importe !

Les embusqués, les froussards argentés, les réformés par complaisance et intrigue, les convalescents indûment prolongés bambochent chaque nuit.

Finlay en éprouve un profond sentiment de dégoût.

Il se souvient des propos d'Henri Mourier, l'écrivain, l'ami de Jaurès, qui tente de renouer les liens entre opposants à la guerre. Mourier gazé, qu'on a démobilisé parce qu'il n'a plus que la force de tousser, lui a dit – il parlait avec un mouchoir en boule sur les lèvres pour éponger le sang qu'il crachait :

— C'est une époque comme celle du Directoire, le règne de la débauche et du mensonge. Le pays pourrit. L'arrière s'engraisse de la chair de ceux qui meurent. Une civilisation se suicide.

Puis, la voix hachée par les quintes, il a murmuré :

— Parfois, je me demande si la guerre ne dure pas parce que les femmes sont enfin débarrassées de leurs maris. Pour la première fois elles sont libres de vivre comme elles l'entendent. Elles choisissent. Elles ont le diable au corps. Personne n'avait imaginé cela !

Finlay a protesté et Mourier est convenu qu'il exagérait, mais il a ajouté :

— Et si c'était cela, la vérité de la guerre : les femmes et les vieux ligués pour en finir avec les gêneurs ? Une bonne saignée destinée à épurer le sang du pays ? à éviter tout à la fois le joug des uns et la révolution des autres ? Pourquoi pas ?

Refuser de penser ainsi...

Finlay glisse sa main sous la robe à volants de Juliette Dumas. Elle se serre contre lui. Il voudrait que le désir vienne et l'aveugle, lui fasse oublier que lui aussi vit protégé de cette boucherie où l'on abat des troupeaux de centaines de milliers d'hommes.

Souvent il voudrait tant que les États-Unis entrent dans cette guerre afin d'en finir plus vite, comme on donne un coup de hache pour sectionner une branche pourrie.

Le taxi s'arrête devant chez Igor, le restaurant russe de Montparnasse où le journaliste a tant de fois retrouvé Karl Ziegler, Vincent Marquis, Renaud Duchesnes, Maurice Flécheux, Riccardo Capponi, la petite bande de correspondants étrangers et leurs confrères français.

Il se souvient de Ziegler prenant par l'épaule Albert de Varin, le chroniqueur de *L'Écho de Paris*. Aujourd'hui, ils sont devenus des ennemis irréductibles et Ziegler n'est plus qu'un homme défiguré au visage martelé, qui continue, là où il peut, à se battre pour la victoire de l'Empire allemand. Albert de Varin, lui, est à l'état-major de Joffre, et Duchesnes au cabinet du ministre de la Guerre, Gallieni.

La guerre a distribué les rôles.

Lui, Finlay, continue d'écrire ses *Chroniques européennes* pour le *Washington Times*. Il les a seulement réintitulées *Chroniques de l'Europe en guerre*. Et de Washington, son frère, George Lewis Finlay, lui écrit que le président Wilson en est un lecteur assidu, qu'il les médite, de plus en plus persuadé que les États-Unis ne peuvent ignorer ce qui se passe sur le Vieux Continent depuis que leurs propres navires sont menacés, coulés par les sous-marins allemands.

Il faut donc agir pour que la guerre cesse. Quand ? Comment ? George Lewis Finlay ne répond jamais aux questions précises de son frère John Christopher.

Finlay a passé son bras sous le manteau de gabardine beige de Juliette Dumas, identique à celui que portent désormais toutes les femmes élégantes.

Il l'enlace tout en se dirigeant vers l'entrée du restaurant.

Elle dit en s'écartant un peu de lui :

— Ce manteau est trop large, on ne peut plus s'habiller comme il faut. Tous les coupeurs sont mobilisés. On me fait une taille au-dessus de la mienne. Ma robe est un sac, on ne voit plus mes hanches, et c'est néanmoins ce que j'ai de mieux. Heureusement, le tailleur juif de Mme Clarisse, Alexandre Graevski, qui habillait toutes les filles du Rendez-Vous, est polonais. Il est toujours là et n'a jamais autant travaillé. Et pourtant, si vous l'entendiez, Chris : il pleurniche, il se plaint, il s'emporte. On dirait que c'est lui qui fait la guerre en première ligne et y risque sa peau, alors qu'il fait fortune. Il dit qu'il faudrait une grande révolution pour tout arrêter, tout changer. Quand je lui réponds qu'il devrait s'engager dans la Légion étrangère, il enrage. Il réplique que je n'y comprends rien, que les peuples doivent s'unir, et non s'entre-massacrer. C'est un bavard qui me plante des aiguilles dans les épaules, et j'ai toujours peur qu'il me coupe avec ses ciseaux...

Elle ponctue chaque phrase d'un petit crie étouffé.

Finlay pousse la porte.

Au fond, sur une estrade, un homme chante, bras écartés, et la salle reprend en chœur. Juliette Dumas se met à entonner la chanson tout en esquissant un pas de danse :

> *Quand Madelon vient nous servir à boire*
> *Sous la tonnelle on frôle son jupon...*
> *La Madelon pour nous n'est pas sévère*
> *Quand on lui prend la taille ou le menton*
> *Elle rit, c'est tout ce qu'elle sait faire*
> *Madelon, Madelon, Madelon...*

On applaudit.

Finlay reconnaît Anton Gratchev, le journaliste russe, seul à une table. Il leur faut s'asseoir près de lui, car toutes les autres sont occupées par des jeunes femmes, des officiers élégants, quelques-uns accoutrés d'uniformes baroques.

L'un d'eux se lève aussitôt, s'appuie des deux mains à la table de Gratchev et se penche vers Juliette Dumas.

— Je ne vous ai pas oubliée, lui dit-il. Quelle nuit !

Il se tourne vers Finlay :

— Pardonnez-moi, c'était dans un autre monde, une autre vie, avant... Depuis...

Il a la bouche tordue par une blessure qui lui a cisaillé la lèvre supérieure, recousue comme un bec-de-lièvre. Sa mâchoire est édentée ; on y voit briller çà et là les crochets d'une armature en or. Il sautille en s'appuyant sur une canne.

— Lieutenant aviateur Charles Castel, reprend-il. Ils m'ont abattu deux fois : la première m'a coûté un genou, la seconde la gueule. Mais j'en ai descendu sept ! Il n'y a que Guynemer qui ait fait mieux que moi. Demain matin, on y retourne, mais cette nuit...

Sa bouche se tord. C'est sa manière de sourire.

— Tout aviateur est un noceur, dit-il.

Élégant dans sa vareuse noire serrée à la taille par une ceinture de cuir jaune, il porte une culotte saumon à liséré bleu ciel et il est coiffé d'un képi rouge. Ses mains sont soignées et baguées.

— Vous me la confiez, camarade ? demande-t-il au journaliste. Je crois qu'elle veut bien. C'est une patriote, je le sens...

Finlay regarde Juliette Dumas. Elle a le visage empourpré, ses yeux brillent. Elle avance les lèvres, comme la promesse d'un baiser.

John Christopher lui effleure l'épaule le plus légèrement qu'il peut. Il se souvient d'avoir rencontré Castel, mais l'homme n'avait alors aucune meurtrissure à la lèvre. C'était à l'état-major de Gallieni, peu après la bataille de la Marne. Il avait obtenu l'autorisation d'interviewer Castel qui avait, comme d'autres aviateurs, repéré le changement de route de l'armée allemande et permis ainsi à Gallieni puis à Joffre de décider d'attaquer les flancs ennemis.

— Nous nous sommes déjà vus, dit-il à Castel. Je suis ce journaliste américain qui, en septembre 1914...

Castel lève sa canne et s'exclame :

— Quand on fait la guerre, on ne se souvient pas des hommes qu'on croise. On ne veut pas les voir, parce qu'un homme n'est rien, pas même une trace. Nous... – il s'interrompt, comme s'il hésitait à poursuivre –... on ne retrouve que rarement les corps des aviateurs abattus, reprend-il à voix plus basse. Les avions brûlent, et nous avec. Ou bien on est disloqué : une jambe par-ici, un bras par-là, la tête ailleurs. Et allez reconstituer le puzzle alors que les champs sont déjà pleins de morceaux d'hommes ! Mais vous, j'aurais dû ne pas vous oublier puisque vous êtes neutre, monsieur, et que vous allez vivre... Alors que moi, je vais sans doute mourir.

— Ne dites pas ça ! se récrie Juliette.

Finlay appuie sur son épaule. Elle lui sourit, l'embrasse, puis se lève.

4.

Le coude gauche appuyé sur la table, la tête un peu penchée, son poing soutenant et écrasant sa joue, Finlay suit des yeux Juliette Dumas et le lieutenant Charles Castel qui s'éloignent, se glissent entre les tables, traversent la salle du restaurant et se dirigent vers le hall d'entrée.

— Il a l'air pressé ! constate Gratchev.

Il commande une bouteille de vodka et, sitôt que le serveur l'a posée sur la table, remplit à ras bord les petits verres, puis, d'un geste, invite Finlay à boire.

Celui-ci ne bouge pas.

Juliette s'est retournée plusieurs fois vers lui comme si elle voulait s'assurer qu'il avait accepté sans regret qu'elle le quitte et choisisse de finir la nuit avec Castel.

Il a semblé à Finlay que le visage et l'attitude de Juliette exprimaient du remords, de l'inquiétude, presque une hésitation, peut-être même une supplication.

Il a donc levé la main droite, l'a agitée aussi joyeusement que possible, et cela a paru apaiser quelque peu la jeune femme, car au moment où il avait deviné le désir de Juliette de suivre Castel, ce n'est pas de la jalousie qu'il avait éprouvée, l'ex-pensionnaire du Rendez-Vous appartenant à tous les hommes – c'était chacun son tour, au gré du hasard, de sa propre fantaisie ou de ses besoins d'argent, peut-être aussi de ses envies – et, ce soir, elle ne se soumettait qu'à celles obéissant à une pulsion envers cet homme blessé, ce héros à l'uniforme noir et rouge qui portait des ailes d'argent et des médailles sur sa vareuse.

Non, Finlay avait plutôt ressenti de l'accablement, comme s'il subissait lui aussi la loi inexorable de la guerre.

Castel s'est arrêté sur le seuil du restaurant. Il brandit sa canne, la fait tournoyer ; le chanteur l'aperçoit tout à coup et entonne *La Marseillaise*. Les convives se lèvent, saluent l'officier qui enlace Juliette Dumas, puis crie, sa voix se mêlant à celle du chanteur : « Vive la France ! Vive la France ! »

On applaudit. Juliette pose sa tête sur l'épaule de Castel.

— Les aviateurs, dit Anton Gratchev en poussant un verre vers Finlay, sont nos derniers chevaliers. Ils ne connaissent ni la boue, ni les rats, ni la merde. Après chaque combat, ils ont droit à une nuit de permission à Paris. Ils font comme si la guerre était encore un tournoi entre adversaires qui se respectent. On dit que les Allemands ont rendu les honneurs militaires à un pilote français tombé derrière leurs lignes : fanfare, piquet d'honneur, fleurs et même discours d'un général ! Il y a quelques jours seulement, dans la région de Verdun, leurs aviateurs, en hommage au pilote décédé, ont lancé une couronne sur les débris d'un appareil français qu'ils avaient abattu. Aussi noble qu'émouvant, n'est-ce pas ?

Gratchev ricane et secoue la tête.

— Ça n'empêche aucun des belligérants d'envoyer des obus remplis de gaz et d'asphyxier les hommes comme des rats dans leurs trous.

Il remplit le verre que Finlay a enfin vidé.

— Mais gloire aux pilotes ! Ils ont du panache. Et vous voyez – il tourne la tête, en vain cherche des yeux Juliette Dumas et Castel qui ont déjà quitté le restaurant –, personne ne leur résiste. Pourtant, vous avez toutes vos dents, Finlay, et je crois que – il hésite – votre amie va regretter vos lèvres…

— Qui vous dit qu'elle s'intéresse à la bouche ou à la mâchoire ? grogne Finlay.

Gratchev pousse un gros rire, la tête renversée en arrière.

— Vous n'êtes pas américain, vous être un vrai Français, Finlay ! s'exclame-t-il en croisant les bras et en s'appuyant à la table. Mais, dites-moi, vous dont le frère voit chaque jour le président Wilson, savez-vous quand les États-Unis vont donc entrer dans la guerre ? Nous n'en pouvons plus d'attendre, mon vieux !

Gratchev parle la tête penchée, sans regarder Finlay. L'armée russe, expose-t-il, se défait chaque jour un peu plus. Ici, à l'ambassade, Isvolsky reçoit de Saint-Péters-bourg des informations alarmantes. On ne supporte plus l'influence sur la famille du tsar de ce fou illuminé, ce moujik inspiré et pervers, ce Raspoutine puant comme un goret qui se vautre dans la fange. C'est ainsi que les plus hauts dignitaires parlent de lui. Les Français exigent de nouvelles offensives sur le front russe, mais avec quoi ? Il y a plus de déserteurs que de soldats sous les armes ! Or Joffre, il l'a dit à Isvolsky, veut une grande offensive simul-tanée, en juillet, sur tous les fronts : le russe, l'italien et naturellement le français. Il attaquerait le long de la Somme, sur près de soixante-dix kilomètres, avec les Anglais, après une préparation d'artillerie de plusieurs semaines.

— Voilà la nouvelle guerre, Finlay : on concasse les sol-dats, on les annihile, on les transforme en boue. La guerre devient une usine : on y fabrique des morts à la chaîne, par centaines de milliers. Il faut les produire vite, plus vite que l'ennemi ! On assiste à une course de vitesse et chacun se dit que 1916 doit être l'année de la décision. Qu'est-ce que ça veut dire, la décision ? Qui peut vaincre ? Il n'y a pas de déséquilibre des forces, à moins que vous n'entriez dans la danse ou que nous autres Russes en sortions...

Gratchev s'incline vers John Christopher et chuchote :

— Vous n'imaginez pas ce qui se prépare. Vous avez rencontré – notre police secrète le sait, elle en a avisé Isvolsky et le gouvernement français – le baron Parvus, Lénine, Trotski, Peschkov et, naturellement, votre belle comtesse Rosa di Bellagio. Vous avez tenté de la sauver avec le concours de Mᵉ Seligman, mais elle s'est échappée sans vous. Parvus s'est servi de votre bonne volonté et vous ne l'ignorez d'ailleurs pas, mais vous l'acceptez avec un certain plaisir. Vous aussi, dans votre genre, vous êtes un chevalier, mais de la plus naïve espèce : un chevalier servant !

Il tapote la main de l'Américain.

— Mais les bolcheviks et la comtesse di Bellagio ne croient ni aux règles des tournois, ni aux bons sentiments. Savez-vous ce qu'ils font, en ce moment ? Parvus cherche à convaincre les Allemands qu'ils auraient tout intérêt à voir s'effondrer le régime tsariste, ce qui permettrait de conclure une paix séparée entre la Russie et l'Allemagne, et les troupes du Kaiser pourraient alors déferler par ici ! Qui aurait les moyens de les arrêter ? On manque d'hommes. Malgré tous les ratissages, il y en a de plus en plus qui passent entre les dents du râteau ! Regardez...

Anton Gratchev montre d'un geste de la main droite, qu'il accompagne d'un mouvement du menton, les hommes attablés : jeunes officiers, civils bien portants, tous dans la force de l'âge.

— Les héros existent, mais il y a tous les autres, Finlay ! Les généraux et les ministres le savent, chacun sent qu'il faut tenter de prendre l'avantage dès maintenant, avant que le moral des civils et la discipline des armées ne craquent. J'ai rencontré Duchesnes qui revenait d'une inspection à Verdun. Il en a été tourneboulé. À l'arrière du front, il a vu une paysanne qui lui a dit : « Les Allemands voulaient aller à Paris ? Ils auraient mieux fait, au moins ce serait fini, nos hommes seraient rentrés et on ne pillerait pas nos maisons, on ne saccagerait pas nos champs, nos forêts ! » Du coup, Joffre prépare son offensive sur la Somme, et les Allemands... sûrement quelque chose, peut-être sur Verdun ?

Gratchev raconte qu'avec l'ambassadeur Isvolsky il a accompagné le président de la République dans cette ville aux côtés de l'ambassadeur Isvolsky.

— C'était il y a quinze jours. Poincaré nous a expliqué, que sa propre maison était située à une vingtaine de kilomètres de Verdun et qu'il connaissait bien l'histoire de la place forte. Elle a capitulé par deux fois, en 1792 et en 1870. Chaque fois, cela a déclenché une avalanche de défaites, et le pays a été au bord de l'effondrement ou a capitulé, comme en 1870. « Je ne veux pas voir ça », nous a confié Poincaré. Albert de Varin était du voyage, Flécheux aussi. Le premier représentait Joffre. Vous le connaissez : assurance, morgue, certitude. « Rien ne se jouera par ici, toutes les précautions sont prises », etc., etc. Quant à Flécheux, c'est la voix de Poincaré.

Gratchev soupire et boit son verre, cul sec.

— Poincaré ventriloque ! Flécheux s'inquiétait du faible nombre de troupes dans cette région qu'on dit fortifiée. Mais les forts de Douaumont, Vaux, Souilly sont défendus par des territoriaux, de vieux bonshommes, et entre ces points d'appui qui n'en sont donc pas, on n'a pas creusé une seule tranchée, pas installé un seul réseau de barbelés. Toujours mystérieux mais en même temps bavard, Isvolsky m'a confié qu'un diplomate français lui avait fait part d'informations selon lesquelles les Allemands lanceraient précisément une offensive décisive dans le secteur de Verdun. Le *Kronprinz* aurait déclaré à ses officiers : « Mes amis, il nous faut prendre Verdun. Il faut qu'avant la fin de février tout soit terminé. L'empereur viendra alors passer *eine feste Parade* – une grande revue – sur la place d'armes de Verdun, et la paix sera signée. » Isvolsky a communiqué l'information à Saint-Pétersbourg. Mais, à l'état-major de Joffre, il m'a semblé qu'on refusait de prendre en compte la moindre de ces données.

Finlay marmonne qu'on lui a déjà raconté tout cela et que l'état-major de Joffre est tout à fait informé de la situation.

— Joffre, Joffre ! grogne Anton Gratchev. Vous savez ce qu'un officier qui a servi sous ses ordres en Afrique m'a dit de lui : « Joffre ? À peine bon pour faire un chef de gare ! »

Mains ouvertes et levées, Finlay a un geste de lassitude et d'impuissance.

— C'est ainsi, Gratchev, dit-il au Russe. Ce ne sont pas les généraux qui gagnent ou perdent les guerres, ce sont les hommes, dans leurs trous, qui décident de se battre ou bien qui jettent leurs armes et se rendent.

— Ça dépend dans quel trou on les met, riposte Gratchev. Ce sont les généraux qui choisissent les emplacements. Et puis, il y a ce qui se passe dans les têtes, et là-dessus je suis d'accord avec vous, Finlay. Tel est bien le facteur capital. Vous lisez les lettres de soldats que publie *La Voix*, le journal financé par le duc Luís Maurin de Montalban – vous connaissez ? C'est un recueil de plaintes au milieu desquelles j'entends déjà sourdre la colère et la révolte…

Finlay songe à Léon Dumas, à ses grosses mains aux ongles cerclés de noir par la terre des tranchées, à sa Croix de guerre qu'il porte accrochée à sa vareuse de chasseur. Il se trouve, lui a-t-il dit, sur la colline du Mort-Homme, dans la région fortifiée de Verdun.

— Un Français – ma mère l'était – est un paysan, murmure John Christopher. Il aime sa terre. Y compris celle des tranchées. Il faut comprendre ça, Gratchev. Cette terre, il la travaille depuis plus de mille ans. Il l'a retournée, semée, plantée, arrosée, et elle est peu à peu devenue sienne. Vos moujiks, Gratchev, ne possèdent pas la terre ; leurs homologues français, oui. Alors ils la défendront !

— Ils ont abandonné en 1870, fait remarquer le russe.

— Pas eux, pas les paysans, pas même les Parisiens qui ont bouffé du rat pendant le siège et se sont révoltés quand le gouvernement a capitulé devant les Prussiens. Aujourd'hui, en haut on veut continuer, en bas aussi. Peut-être pas pour les mêmes raisons, mais c'est cela, l'Union sacrée !

— Allons, allons, Finlay, pas de grands mots entre nous ! Notre Okhrana vous surveille. Je sais donc que vous êtes de toutes les réunions pacifistes et révolutionnaires. On vous a vu à Berne, à Zimmerwald. Ne me dites pas que vous faisiez de l'alpinisme dans l'Oberland ! Vous avez non seulement rencontré là-bas nos bolcheviks et votre comtesse di Bellagio, mais vous avez aussi revu vos amis français Henri Mourier, Hélène Laborde, et notre vieux confrère autrichien Paul Adler, ainsi que des Allemands. C'est cela, l'Union sacrée ? Ne me racontez pas des fables là-dessus, non plus que sur la terre. Quelque chose commence à bouger en Europe. En Russie, c'est manifeste. Mais on a aussi entendu à Berlin le socialiste Liebknecht crier au Reichstag, en annonçant qu'il ne voterait pas les crédits militaires : « Le sang retombera sur vous, vous ne dites pas la vérité au peuple ! » À Paris non plus, on ne dit pas la vérité au peuple, et elle commence à percer dans *La Voix* et ce petit journal de tranchées, corrosif comme un acide, qui s'appelle *Le Canard enchaîné*.

Finlay se lève.

— La terre, Gratchev, la terre de France appartient aux poilus... Ils l'aiment. Ce sont des paysans et ils ne lâcheront pas.

Il donne une tape sur l'épaule du Russe.

— La France n'est pas la Russie ni l'Allemagne, Anton. C'est une évidence, mais on l'oublie trop !

Dans le hall, devant le vestiaire, Finlay aperçoit Renaud Duchesnes qui dépose sa capote bleue et son képi de commandant. L'officier prend le bras de Finlay et l'entraîne à quelques pas du vestiaire :

— Les Allemands ont attaqué aujourd'hui au nord de Verdun, dans le secteur du bois des Caures, après un déluge d'obus. Un vrai *Trommelfeuer*, un orage d'acier ! Ça a l'air sérieux. Très sérieux même. Ils ont lancé simultanément des assauts frontaux contre le fort de Douaumont et, au sud, vers Saint-Mihiel et Les Éparges.

Il rapproche son pouce et son index en forme de pince devant le visage de Finlay.

— Ils veulent prendre en tenailles Verdun et les forts, nous obliger à passer sur la rive gauche de la Meuse en abandonnant la rive droite. On va voir ce que va décider Joffre. Nous l'avions averti, vous le savez, Finlay...

— Le Mort-Homme ? s'enquiert John Christopher.

Duchesnes le regarde, étonné.

— Vous connaissez ça, le Mort-Homme ? Ils sont sous les obus. Avec les forts, c'est un des points où tout se joue.

Le commandant se tourne vers la salle.

— Je vais souper, dit-il. J'ai besoin d'énergie !

Finlay le voit qui cherche une table, s'arrête souvent pour serrer des mains.

Des officiers se lèvent, le saluent. On sait qu'il fait partie du cabinet du général Gallieni, ministre de la Guerre. Il peut décider du destin d'un homme en l'affectant ici ou là.

Finlay songe à Léon Dumas.

Le Mort-Homme : un nom pour la guerre.

5.

Finlay se penche et s'accoude à la balustrade bordant la terrasse du jardin des Tuileries.

Il entrecroise les doigts, les serre jusqu'à ce qu'il ait mal. Il porte ses mains ainsi nouées à sa bouche, écrase ses lèvres contre elles comme pour s'empêcher de crier ou, au contraire, pour prier tout en se mortifiant.

Il regarde cette douceur grisâtre qui recouvre peu à peu la place, effaçant les statues, les façades.

Celle de l'ambassade des États-Unis sombre déjà dans la semi-obscurité. Il ne distingue plus le perron, là où, il y a une dizaine de minutes, Preston Caffery, l'ambassadeur, l'a raccompagné, lui tenant le bras, lui rappelant combien, à Washington, le président et « naturellement votre frère, Finlay », voulaient être tenus au courant heure après heure de l'état d'esprit des milieux français.

— Vous êtes mieux placé que moi, John Christopher, avait poursuivi Caffery. Je suis un personnage officiel, le discours qu'on me tient est toujours biaisé, plein d'arrière-pensées et de sous-entendus. Il est codé. Vous, vous êtes l'un des leurs. Du moins vous considèrent-ils ainsi. Renaud Duchesnes ou Albert de Varin me l'ont dit chacun à sa manière. Ils vous parlent librement. Or nous devons savoir avec précision comment évolue la situation. Ce qui se joue en ce moment à Verdun constitue sans doute le tournant de la guerre. On dit qu'en cinq jours, depuis le déclenchement de l'attaque allemande, le 21 février, il y aurait eu plus de trente mille morts du côté français. En cinq jours !

Mais ce sont là des informations allemandes. Coleridge, notre ambassadeur à Berlin, me dit que le général Falkenhayn répète partout qu'il veut saigner à blanc l'armée française, en faire une pâte molle. Selon Bowler, qui est en poste à notre ambassade de Berne, les Allemands ont concentré au moins une dizaine de milliers de canons dans le secteur de Verdun, et tirent chaque jour plus de vingt-cinq mille obus. Vous imaginez ? Il faut qu'on sache, Finlay. Interrogez vos sources et revenez me voir. On attend, à Washington.

Puis un secrétaire s'est approché et a tendu un message à l'ambassadeur.

— Ils vont très vite, a dit Caffery en tendant le feuillet à Finlay. À Douaumont – il a hoché la tête –, on disait le fort imprenable. Or les Allemands l'ont pris sans presque livrer combat.

Finlay a traversé à pas lents la place de la Concorde : voitures nombreuses, légèreté de l'air, comme si ces derniers jours de février annonçaient déjà le printemps... Mais l'on dit – ce sont les seules nouvelles que donnent les journaux – qu'il neige sur la région fortifiée de Verdun, que les coupoles du fort de Douaumont disparaissent sous une épaisse couche de gros flocons, mais que les poilus préfèrent cela à la boue du dégel et à cette glaise dans laquelle ils s'enfoncent. Les journaux racontent aussi que les soldats livrent chaque jour un impitoyable combat contre l'eau glacée qui s'infiltre partout, bien plus facilement que les Boches, et contre les *totos* – les poux, bien plus dangereux que les *Feldgrauen* !

Hurler de colère devant ce bourrage de crâne, alors que Douaumont, précisément... !

Finlay pense à Léon Dumas, à ses mains terreuses, à sa voix rocailleuse, à la solidité minérale et à l'obstination un peu lasse qui émanaient de lui.

Il était en première ligne au Mort-Homme, au nord de Verdun, non loin de ce bois des Caures sur lequel, disait-on dans de brefs communiqués, les Allemands avaient concentré leurs plus dures attaques.

Finlay imagine.

Ce matin, il avait revu Renaud Duchesnes dans son vaste bureau du ministère de la Guerre, si vide et si calme qu'on entendait seulement les lattes du parquet craquer sous les pas. Le commandant s'était d'abord dérobé :

— Nous tenons, nous tenons ! avait-il répété. Nous contre-attaquons. Les hommes sont admirables. Les officiers, quand il en reste de vivants, et ce n'est pas souvent, n'ont pas même à leur donner l'ordre de repartir à l'assaut, ils s'élancent d'eux-mêmes. Et quand ils n'ont plus de munitions, ils se battent à la baïonnette ou à coups de pelle et de crosse. Oui ! Vous avez vu le communiqué de Joffre du 24 février ?

Avec une expression de dégoût et de mépris, il avait tendu au journaliste un feuillet sur lequel on avait fait figurer trois lignes manuscrites, dont plusieurs mots étaient soulignés :

« Hier, 24, j'ai donné l'ordre de résister sur la rive droite de la Meuse et au nord de Verdun. Tout chef qui, dans les circonstances actuelles, donnera un ordre de retraite sera traduit en Conseil de guerre. »

Duchesnes s'était pris la tête à deux mains :

— Joffre est l'homme des communiqués ! Mais toujours trop tard. Nous l'avions averti. Gallieni...

L'officier avait entraîné Finlay devant une fenêtre du bureau et avait commencé à parler d'une voix étouffée, comme s'il avait craint d'être entendu. John Christopher en avait éprouvé un sentiment de gêne et, pour échapper à cette complicité que l'autre cherchait à établir entre eux deux, il avait tourné la tête, suivant des yeux les allées et venues des gendarmes en uniforme noir qui contrôlaient les entrées et les sorties des véhicules. Cette agitation qui paraissait désordonnée, fébrile, contrastait avec le calme du bureau et le ton de confidence et d'intimité du commandant.

— Je reviens de là-bas, disait Duchesnes. J'y ai accompagné Pétain, que Joffre vient de nommer à la tête de toutes les troupes de la région fortifiée. Pétain s'est installé à Souilly, dans une immense maison, celle d'un notaire, mais vide et glacée. Il tousse, et cet homme que j'ai toujours connu maître de lui, inaltérable, m'a paru, après trois heures passées dans ces pièces humides, épuisé et malade, le visage agité d'un tic à l'œil droit. Inquiétant ! Il s'est rendu à la mairie et est resté debout sous la pluie mêlée de neige à saluer les troupes qui montaient au front. J'ai de l'estime pour lui. Il aime les hommes, les respecte. Il est économe de leurs vies. Il a réuni ses officiers d'état-major et leur a dit une nouvelle fois qu'on ne gagne pas une bataille de matériel avec seulement des corps humains. C'est une évidence, mais Joffre, lui, ne l'a pas encore admise. J'ai voulu aller au plus près des lignes, mais il n'y a plus de lignes de défense. L'artillerie allemande écrase tout. Elle laboure, creuse, lamine, broie. On ne voit que des trous, des entonnoirs, tantôt comblés, tantôt vidés, puis remplis à nouveau, et les hommes sont là-dedans, mon vieux, vivants ou morts – ensevelis, en tout cas. Mais l'extraordinaire est qu'ils en ressortent quand les Boches avancent, l'arme à la bretelle, croyant en avoir fini avec nous.

Duchesnes avait fait quelques pas dans la pièce, s'immobilisant souvent comme si le craquement des lattes du parquet l'avertissait d'un danger qui le contraignait à s'arrêter.

— J'ai interrogé leurs prisonniers, avait-il repris. Les Allemands sont stupéfaits. Ils imaginaient nous transformer en boue rouge qu'ils n'auraient plus qu'à piétiner. Mais, pour l'instant, au bout de cinq jours, nous résistons.

Et cela – Duchesnes avait secoué la tête –, c'est un miracle ! Est-ce qu'il peut durer ? Joffre a nommé Pétain : très bien. Voyez-le, Finlay, allez à Souilly. Pétain ne déteste pas rencontrer les journalistes.

Le commandant était retourné s'asseoir derrière son bureau.

— Gallieni avait averti Joffre et ses adjoints du risque d'une attaque allemande, avait-il murmuré. On la pressentait, on mesurait les faiblesses de notre défense. Ils n'avaient pas assez de forces prêtes à l'arrière. Ils n'avaient pas pris de dispositions pour les évacuations urgentes. Ils n'avaient pas multiplié les points de passage sur la Meuse. Ils n'avaient pas établi de voies ferrées entre Verdun et Bar-le-Duc, et même pas accumulé de vivres et de munitions.

— *Ils ?* avait interrogé Finlay.

Duchesnes avait haussé les épaules, puis secoué la tête. Joffre et son quartier général de Chantilly, bien sûr...

Finlay n'avait plus écouté. Il comprenait. Il voyait.

En haut, des hommes, des généraux, un généralissime qui, comme n'importe qui, pouvaient commettre des erreurs.

En bas, dans un trou, Léon Dumas et ses camarades qui s'accrochaient à la terre, bec et ongles, et voyaient s'avancer, dès que l'artillerie avait cessé de les écraser, les fantassins allemands, les *Stosstruppen*, portant sur leurs dos les gros réservoirs des lance-flammes.

Si vous aviez encore des cartouches, si vous aviez encore des mains, un œil, une épaule, vous les visiez pour qu'ils explosent. Sinon, le jet de feu vous enveloppait.

Souvent, comme si cela ne suffisait pas, des obus chargés de gaz éclataient.

Et vous creviez, asphyxié par la terre ou le chlore, broyé par l'orage d'acier, réduit en cendres par les lance-flammes.

— Les hommes s'accrochent et se battent, avait conclu Duchesnes. Espérons.

La nuit est tombée.

On a fermé les portails du jardin des Tuileries. Finlay a traversé la place, le pont, montré son accréditation aux huissiers du Palais-Bourbon.

Les cours sont encombrées de voitures. Ici et là pointent les lueurs rougeâtres des cigarettes des chauffeurs qui attendent, assis sur les marchepieds ou appuyés aux capots, parlant entre eux à voix basse. C'est comme une rumeur lointaine, celle de la mer, et Finlay se souvient qu'après la mort de son père il avait marché le long de l'océan, sur ce sentier qui bordait le parc de leur propriété, au nord de Boston. Et il avait éprouvé le même sentiment qu'aujourd'hui, 26 février 1916 : fait d'étonnement, de désespoir et de révolte impuissante.

Un homme – son père – était mort alors, des dizaines de milliers d'autres mouraient en ce moment, et cependant la vie continuait, placide, pleine de petits arrangements, de menus plaisirs – une cigarette dans la cour tranquille et silencieuse d'un palais officiel, sans doute avec la satisfaction d'avoir trouvé la bonne planque : chauffeur de ministre, de général, de président.

La mort – et le fabuleux, l'irrépressible égoïsme de la vie.

L'huissier ouvre une porte, écarte une tenture. Finlay est ébloui par la lumière flamboyante des lustres de cristal, l'éclat des boiseries dorées, le reflet des miroirs. Il est étourdi par le brouhaha des conversations, de tous ces hommes en costumes noirs au milieu desquels ressortent les taches de couleur des uniformes, le brillant des décorations et des galons, le vernis des visières et des baudriers. Quelques femmes seulement parmi tous ces hommes. Finlay reconnaît la marquise Mosca-Visconti et Isabelle Saynac, toutes deux portant la coiffe des infirmières. Autour d'elles, le cercle de ceux que la fortune et la notoriété de la marquise attirent, jeunes gens qui devraient se battre sur le Mort-Homme, messieurs imposants qui font des grâces à la jeune comédienne.

Mort-Vie !

Face à l'océan, le soir de la mort de son père, Finlay avait crié comme pour protester devant cette indifférence de la vie et des choses, alors qu'un abîme sans fond s'était creusé en lui.

Ce soir il ne criera pas. Il serre seulement les poings.

Il va d'un groupe d'invités à l'autre. Les visages sont tendus. Il sent poindre l'anxiété, l'angoisse même. Il s'approche de Maurice Flécheux, surprend une phrase :

— Poincaré lui-même, qui a essayé de savoir, n'a pu obtenir aucun renseignement de Joffre sur ce qui se passe au nord de Verdun. C'est un scandale !

On approuve Flécheux qui parle d'une voix irritée.

— Évidemment, nous faisons confiance au généralissime, mais il y a dans ce pays un président de la République, des ministres, des députés. Et nous avons le droit de savoir, de juger, de sanctionner. Il n'existe pas d'autorité supérieure à celle de la représentation nationale !

Flécheux aperçoit Finlay, l'entraîne, l'interroge. Est-ce que l'ambassadeur des États-Unis est en contact avec son collègue de Berlin ? Les Suisses, explique-t-il à voix basse, ont capté une radio allemande annonçant la chute du fort de Douaumont.

— Si la nouvelle est exacte..., murmure-t-il.

Finlay enfonce sa main dans sa poche, sent sous ses doigts le texte que lui a remis Preston Caffery au moment où ils se séparaient, sur le perron de l'ambassade. C'est le texte du communiqué tel qu'à Berne l'avait noté Bowler :

> « Devant Sa Majesté l'Empereur et Roi, dans une vigoureuse poussée en avant, des régiments de Brandebourg sont arrivés jusqu'au village et au fort cuirassé de Douaumont, qu'ils ont enlevé d'assaut. Douaumont, pilier angulaire de la résistance française, est tombé. »

D'après Bowler, le fort s'était rendu sans résistance. Il n'était occupé que par quelques territoriaux qui avaient été surpris en pleine corvée par les fantassins allemands. Une lanterne à la main, un adjudant-chef avait offert sa reddition.

Douaumont, le mont Divus des Gallo-Romains, abandonné de la sorte !

Alors que d'autres hommes, à une centaine de mètres de là, tentaient de reconquérir, bondissant d'entonnoir en entonnoir, quelques mètres de terrain qu'ils venaient de laisser aux Allemands...

Finlay ne répond pas à Flécheux, se contentant de secouer la tête et de faire ainsi croire qu'il ne sait rien.

— Avertissez-moi si, par Caffery, vous apprenez quelque chose, ajoute Flécheux.

Il se détend et reprend :

— Ces généraux, toujours aussi verts ! Pétain est le plus étonnant : cinquante-neuf ans, portant beau, yeux de faïence, marmoréen, droit comme s'il était serré dans un corset, mais fine lame. « J'ai deux passions, répète-t-il, l'infanterie et l'amour. » Ça lui joue des tours. Quand, à son quartier général de Noailles, ses officiers ont reçu le télégramme de Joffre le convoquant pour le lendemain à huit heures, au château de Chantilly, afin de le nommer à la tête de la région fortifiée de Verdun, c'est en vain qu'ils l'ont cherché. Pétain était parti en début d'après-midi pour

Paris. Le capital Montcel, son aide de camp, l'a retrouvé à l'hôtel Terminus, près de la gare du Nord. Devant la porte de la chambre, il a reconnu les bottines jaunes à tige renforcée de son grand chef, et une paire de petits souliers bien féminins. Bref, Pétain a été sorti du lit et des bras de sa maîtresse, et c'est dans le couloir de l'hôtel que Montcel lui a transmis le télégramme de Joffre. Le lendemain, Pétain était à Chantilly après cette nuit un peu troublée, et le soir même il publiait son ordre général numéro un annonçant qu'il prenait le commandement de toutes les troupes de la région fortifiée de Verdun, constituant désormais la deuxième armée.

Il semble à Finlay que le brouhaha s'est accru, que les invités vont fébrilement de l'un à l'autre comme ces fourmis qui s'agitent, se heurtent, s'avertissent de l'imminence d'un danger ou d'une intrusion.

— Qu'est-ce qui se passe ? interroge à nouveau Flécheux.

Finlay se rapproche des groupes qui se sont formés autour de Briand, le président du Conseil, du général Gallieni et de Paul Deschanel, qui préside la Chambre. C'est une cohue confuse d'où jaillissent des phrases : « Mais le fort est-il encore, oui ou non, entre nos mains ? – Le haut commandement est incapable. Il nous conduit au désastre ! – Si les Allemands ont occupé Douaumont, le fort de Vaux va subir le même sort. – C'est au nord, au Mort-Homme, que se livre la bataille décisive… »

La voix de Flécheux domine toutes les autres. Il lance à Briand :

— Si Verdun tombe, tout sautera : le président du Conseil, le président de la République, et par-dessus tout le généralissime !

Finlay aperçoit Isabelle Saynac, assise seule sur un canapé placé au-dessous d'un grand tableau représentant une bataille de l'Antiquité, peut-être Grecs contre Perses, peut-être celle de Marathon puisqu'on y voit un soldat qui s'élance et court vers Athènes qu'on devine au loin, derrière les collines.

La guerre, déjà, toujours. La victoire. L'héroïsme. La mort…

Il s'avance, tend la main à la jeune comédienne.

Celle-ci montre Barruel qui gesticule au centre d'un groupe. Elle accepte que Finlay la raccompagne.

Un huissier soulève la tenture, ouvre la porte.

Dehors, dans la nuit, les points rougeoyants comme autant de lucioles. La vie continue.

6.

CHRONIQUES DE L'EUROPE
EN GUERRE

par
John Christopher Finlay
correspondant permanent en Europe du *Washington Times*

Paris, 20 avril 1916

J'ai à nouveau respiré l'odeur de la guerre.

Elle prend à la gorge. C'est une odeur âcre aux relents pourtant douceâtres. On a l'impression de sentir du cuir ou de la laine mouillés, de la sueur ou de l'urine, puis on comprend qu'il s'agit de l'odeur des cadavres en putréfaction, ou bien celle des blessés rongés par la gangrène, et que s'y mêlent la puanteur des grenades au soufre ou au phosphore, celle du chlore des gaz ou du pétrole des lance-flammes.

J'ai reconnu cette odeur sitôt après avoir quitté la petite ville de Souilly, dans l'est de la France, là où s'était installé l'état-major du général Pétain qui commande la deuxième armée, celle qui résiste depuis le 21 février à l'offensive allemande dans le secteur de Verdun.

J'ai rejoint la route qui conduit de Bar-le-Duc à Verdun, longue de soixante-quinze kilomètres et parcourue nuit et jour par plus de trois mille camions – dont beaucoup ont été fabriqués aux États-Unis. Ils se succèdent toutes les cinq secondes, chargés de munitions, d'armes et d'hommes. Lorsque l'un d'eux tombe en panne, on ne le répare pas, on le renverse dans le fossé afin que la *noria* – c'est ainsi qu'on appelle ce flux incessant, cette aorte qui apporte un sang neuf à la bataille – ne s'interrompe jamais. Près de quatre-vingt-dix mille hommes montent au front de cette manière chaque semaine. Le général Pétain a voulu que toute l'armée française connaisse l'enfer et la gloire de combattre à Verdun.

Pétain s'en est expliqué lorsqu'il nous a reçus dans la grande maison aux pièces sommairement meublées, qui n'en paraissent que plus vastes et glaciales. Elle appartient à un notaire qui a quitté les lieux, et occupe le centre de Souilly, non loin de la mairie.

Comme souvent les chefs d'armée, Pétain attire d'emblée le regard. C'est un homme grand et blond mais presque chauve, au teint pâle, marmoréen. À l'exception d'un tic nerveux qui fait battre sa paupière droite, il donne une impression de calme minéral. Il parle d'une voix égale, lentement, en choisissant ses mots. Il se tient plus que droit – raide.

Face à nous qui formions, autour du président de la République, Raymond Poincaré, et du député Maurice Flécheux, un petit groupe de journalistes et d'écrivains – j'avais près de moi Armand Barruel, l'influent directeur du *Petit Parisien*, et quelques autres chroniqueurs, dont certains en uniforme s'étaient joints à nous : ainsi Albert de Varin, de *L'Écho de Paris*, Vincent Marquis, du *Temps*, et le romancier Maurice Barrès –, le général ressemblait à une statue fièrement campée.

Il a demandé aux officiers de son état-major qui étaient près de lui d'exposer la situation, puis il a pris la parole. Sa voix est d'un registre aigu.

— Je ne m'occupe que de mon armée et de mon but, messieurs, a-t-il déclaré. L'opinion m'est totalement indifférente.

En fait, il est trop averti pour négliger le rôle des journaux qui, désormais, presque chaque jour, font son éloge, brossant de lui le portrait d'un général paré de toutes les vertus, une sorte de héros antique vénéré par ses soldats.

Il est vrai que, lorsqu'il nous a parlé de l'ampleur des pertes, qui s'élèvent à plus de soixante pour cent de l'effectif des unités engagées, sa voix s'est voilée. C'est alors qu'il nous a expliqué qu'il tenait à ce que chaque soldat français serve à Verdun, entre dans ce « tourniquet », emprunte la route de Bar-le-Duc à Verdun, cette « voie sacrée », car, nous a-t-il dit à plusieurs reprises, « Verdun, c'est le boulevard moral de la France ».

C'est à l'évidence un homme habité par sa mission, soucieux de préserver son autorité. Il traite le président de la République avec une froideur condescendante. Lorsque Poincaré a tenté d'émettre quelques remarques, il les a ignorées, s'adressant à ses officiers et concluant l'entretien par un ironique :

— Messieurs, le président de la République n'a plus rien à vous dire.

Je l'ai suivi, grâce au capitaine Jacques Montcel que j'avais déjà rencontré plusieurs fois et qui était devenu son aide de camp.

Pétain se rendait chaque jour à la mairie de Souilly, prenait place sur les marches du bâtiment et saluait, main levée, les régiments qui passaient par le village.

Il est revenu à pas lents vers son quartier général, et, comme Montcel m'avait présenté à lui et que je sollicitais l'autorisation de me rendre le plus près possible des premières lignes, il m'a averti des dangers que je courais, puis il a de nouveau parlé des pertes, de cette « bataille de matériel » qu'escomptait remporter l'Allemagne. En six heures, me dit-il, en un seul point du front, au nord-ouest de Verdun, sur la colline du Mort-Homme et la cote 304, il était tombé près de cinquante mille obus de tous calibres, et, parmi eux, nombreux étaient chargés de gaz.

— C'est une machine à broyer les hommes, a-t-il conclu.

Puis, quelques instants plus tard, en signant mon laissez-passer et en demandant au capitaine Montcel de m'accompagner, il a ajouté :

— On trouve que je suis un grand mangeur d'hommes. Pourtant, je les épargne autant que je peux !

J'ai donc emprunté la « voie sacrée » à bord de la voiture du capitaine Montcel. Aucun véhicule ne pouvait en dépasser un autre, et dans les fossés qui bordaient la route j'ai vu plusieurs camions qu'on avait poussés là pour que le flux puisse continuer de s'écouler.

La chaussée était faite d'éclats de pierre extraits des carrières que Pétain avait fait ouvrir entre Bar-le-Duc et Verdun et dans lesquelles travaillaient civils et territoriaux.

Dans les camps qui bordaient la « voie sacrée » ou sur certaines routes parallèles, j'ai vu les unités qui descendaient du front. Les hommes marchaient ployés ; de loin, on eût dit qu'ils avançaient à genoux.

Peu d'officiers parmi eux. Montcel m'a confié qu'en quelques minutes, parfois, une compagnie ou un régiment perdait tous ses gradés – colonel, capitaines, lieutenants, sergents –, et que c'étaient alors les caporaux, voire de simples soldats qui prenaient le commandement et ordonnaient de contre-attaquer.

— C'est une guerre égalitaire, me dit-il. Chacun d'entre nous vaut l'autre. Les instituteurs anticléricaux montent à l'assaut ou résistent aux côtés des aumôniers qui – Dieu leur pardonne sans doute ! – font le coup de feu, une capote de soldat sur leur soutane. C'est toute la Nation qui est là. C'est la France entière qui donne son sang !

Montcel a évoqué les trente-six bataillons hachés par les obus, le premier jour de l'attaque allemande, dans le secteur du bois des Caures, et les pertes aussi lourdes subies un peu plus à l'ouest, dans le secteur du Mort-Homme et de la cote 304.

Au moment où j'écris, alors que la bataille dure depuis moins de deux mois, on peut évaluer l'hécatombe à cent trente mille poilus et cent vingt mille *Feldgrauen*. Le projet du haut commandement allemand, celui de Falkenhayn, qui voulait « saigner à blanc l'armée française et la réduire à l'état de pâte molle », a échoué : l'armée allemande connaît la même hémorragie.

Ces deux armées, ces deux peuples sont comme des gladiateurs opposés, condamnés et les uns et les autres à mourir.

J'ai obtenu du capitaine Montcel qu'il me conduise au nord-ouest de Verdun, au pied de ces collines où, selon lui, le sort de la bataille s'est joué à la mi-mars.

Les Allemands avaient en effet réussi à progresser, au cours des premières heures de leur attaque, sur près de sept kilomètres dans le bois des Caures, et après plusieurs heures de bombardement, ils s'étaient lancés à l'assaut du Mort-Homme et de la cote 304. Si ces points d'appui étaient tombés, l'armée allemande aurait pris Verdun en tenailles.

J'ai gravi les pentes du Mort-Homme. Montcel avait exigé que je porte un casque, et alors que nous étions encore éloignés du lieu de la bataille, il m'a ordonné de rebrousser chemin. L'artillerie allemande commençait en effet à allonger son tir.

J'ai compris ce que l'on devait ressentir quand des milliers d'obus – les Allemands en ont tiré plusieurs centaines de milliers, et l'artillerie française n'a pas été en reste – vous pilonnent.

Trummelfeuer : orage d'acier, en effet, où le gaz achève ceux que les éclats n'ont pas tués.

Et, cependant, les poilus se sont levés pour résister aux vagues d'assaut.

Dans son ordre du jour numéro un promulgué le 26 février, jour de sa prise de fonctions, Pétain avait donné l'ordre d'« enrayer à tout prix les attaques de l'ennemi et de reprendre immédiatement toute parcelle de terrain enlevée par lui ».

— Chacun lui a obéi, a commenté Montcel.

— Et le fort de Douaumont ? ai-je demandé.

Pour lui éviter de mentir et de répéter la fable d'une résistance farouche, j'ai précisé que je connaissais les conditions de la reddition du fort, même si les Allemands prétendaient eux aussi, pour les besoins de leur propagande, qu'ils l'avaient enlevé au terme d'une lutte terrible.

— Nous le reprendrons, je vous le jure ! m'a seulement répondu Montcel. Nous en avons tous fait le serment.

— Combien d'hommes cela coûtera-t-il ?

— Le nombre qu'il faudra.

— Le prix d'une erreur du commandement ?

— Nous payons tous, m'a-t-il répliqué sombrement.

Je n'ai pas voulu poursuivre. La souffrance de Montcel était trop visible.

Depuis l'époque où je l'avais rencontré dans les salons parisiens – il n'était alors que lieutenant –, il avait changé. Amaigri, son corps donnait l'impression de s'être durci. Son père, le colonel Montcel, faisait partie de l'état-major de Joffre, mais n'avait jamais cherché à mettre son fils à l'abri du danger. Durant plusieurs mois, il l'avait même cru mort. Le jeune officier avait été fait prisonnier, puis s'était évadé. Il avait repris sa place au combat et m'avait déjà servi de guide, lorsque j'avais visité les tranchées sur le front d'Artois. J'avais appris qu'il insistait pour quitter l'état-major du général Pétain afin de prendre un commandement en première ligne, mais son chef refusait de se séparer de lui.

Il était, m'avait affirmé Barruel, l'auteur de la plupart des ordres du jour de Pétain. Celui-ci aimait les formules simples et lapidaires, mais n'était pas capable de les trouver tout seul.

Le 9 mars, alors que se déroulaient les combats du Mort-Homme et de la cote 304, Montcel et Pétain avaient écrit :

> « *Courage, mes amis, réunissons nos efforts, nous touchons au but !* »

Ce style sobre tranchait sur celui de Joffre qui, le lendemain, adressait aux soldats une proclamation qui se voulait d'un ton napoléonien et qui n'était qu'emphatique :

> « *La lutte n'est pas encore terminée, car les Allemands ont besoin d'une victoire. Vous saurez la leur arracher. Le pays a les yeux sur vous. Vous serez de ceux dont on dira : ils ont barré aux Allemands la route de Verdun !* »

Lorsque j'ai rappelé au capitaine Montcel le libellé de ces communiqués, nous roulions sur des routes étroites encombrées d'ambulances, de charrois, de soldats marchant sur les bas-côtés, la plupart blessés.

C'était l'envers de la « voie sacrée », avec ce qui restait des troupes au bout de quelques jours sous l'orage d'acier.

Ces hommes que nous dépassions étaient en loques, sales et épuisés. Ils étaient recouverts d'une couche de glaise séchée et sentaient la merde, l'urine, la mort. Ils étaient restés des heures sous les obus, tapis dans un entonnoir, projetés tout à coup au milieu de la terre par une nouvelle explosion, et s'ils n'étaient pas désarticulés, ils retombaient dans un autre trou au milieu des cadavres. Certains devaient, la nuit, partir pour la corvée de soupe. Leur sang souvent remplissait les bouteillons, les gamelles. D'autres étaient des coureurs portant des messages d'un entonnoir à l'autre. J'ai repensé à un tableau représentant la bataille de Marathon qui décore le grand salon du palais de Lassay, la résidence du président de la Chambre des députés, à Paris.

L'un de ces soldats coureurs, à deux cents mètres du fort de Vaux auquel il devait porter un message, a été grièvement blessé, mais, le ventre ouvert, tenant ses entrailles à pleines mains, il a atteint le fort et a relevé la tête pour qu'on saisisse le message serré entre ses dents. Puis il est mort. L'on a jeté son corps par la poterne, dans le fossé, et il est tombé sur des centaines d'autres déjà lancés là, la puanteur de la putréfaction rendant irrespirables les galeries du fort.

Il en allait de même dans les entonnoirs quand il fallait vivre parmi les cadavres, barbotant dans les viscères et le sang, fouillant dans leur musette pour y trouver un bout de pain, une barre de chocolat, des cigarettes. Car les corvées de soupe étaient souvent exterminées et on crevait de faim aussi bien que de soif. On s'enfonçait des poignées de neige dans la bouche, mais elle était souvent d'un rouge brun, maculée de mort et de terre, ou bien l'on buvait l'eau croupie dans laquelle pourrissaient les corps mêlés des poilus et des *Feldgrauen*.

Parfois aussi, je l'ai appris, les soldats vivants se mêlent non plus pour s'entre-tuer, mais pour partager.

Sur le Mort-Homme, dans un abri, des soldats français et allemands se sont assis côte à côte, ont ouvert leurs musettes et ont mangé ensemble en silence, brisant le pain, leurs armes à terre. C'était entre deux salves d'artillerie, deux assauts au lance-flammes ou à la baïonnette. Avant qu'une nappe de gaz n'asphyxie d'autres dizaines d'hommes. Qu'un obus n'ensevelisse d'un coup toute une section dans une tranchée tout juste creusée et qui devient leur tombe.

J'ai recueilli ces faits de la bouche d'un aumônier à la soutane constellée de boue et dont la longue barbe noire dissimulait presque entièrement les traits tout en rendant ses yeux plus brillants encore.

— Il n'y a que des hommes qui souffrent, m'a-t-il résumé. Et qui sont capables de se reconnaître créatures de Dieu, quel que soit l'uniforme qu'ils portent et ce qu'ils s'infligent les uns aux autres.

Je suis rentré à Paris et, quelques jours plus tard, la presse a publié l'ordre général numéro quatre-vingt-quatorze émanant de l'état-major de la deuxième Armée. Le capitaine Montcel en était sûrement l'un des auteurs.

Ce texte marque la conclusion d'une première phase de la bataille. Douaumont est toujours aux mains des Allemands qui continuent partout leurs attaques, mais les hommes du Mort-Homme et de la cote 304 n'ont pas cédé :

> « Le 9 avril est une journée glorieuse pour nos Armes. Les assauts furieux des armées du Kronprinz ont été partout brisés : fantassins, artilleurs, sapeurs, aviateurs de la deuxième armée ont rivalisé d'héroïsme.
>
> « Honneur à tous !
>
> « Les Allemands attaqueront sans doute encore ; que chacun travaille et veille pour obtenir le même succès qu'hier !
>
> « Courage !... On les aura !...
>
> « – Philippe Pétain. »

J'ai retrouvé un soir, dans un restaurant russe du quartier Montparnasse fréquenté par les artistes, un lieutenant aviateur que je connaissais : Charles Castel. Il arrivait de Verdun et devait y retourner le lendemain.

Il titubait, mais sa parole était claire.

Il était le seul survivant de toute son escadrille à avoir rejoint, sur son biplan Nieuport, son aérodrome situé non loin de Bar-le-Duc. Il avait dû faire face aux Fokker et aux Albatros de la chasse allemande.

Dans le restaurant, comme à chaque fois qu'on le reconnaissait, on l'a acclamé. Mais lui-même a levé son verre aux fantassins :

— Ce sont eux, les héros ! m'a-t-il dit. Nous, nous sommes les saltimbanques de la guerre. Eux, ils baignent dans la merde et le sang. Nous, on respire. Eux, on les asphyxie. Et quand on se penche hors de la carlingue, qu'est-ce qu'on voit ? Les batteries allemandes qui se touchent roue contre roue, et les flammes de leurs obus forment une nappe continue. Nous, nous savons que les poilus sont là-dessous, nous le savons !

Une marraine de guerre, Juliette D., m'a communiqué la lettre de l'un de ces fantassins – le caporal-chef des chasseurs Léon D., son cousin, Croix de guerre avec palmes. Il a été l'un des rares survivants de la bataille du bois des Caures. Il combat aujourd'hui sur le Mort-Homme.

Je ne change rien à sa lettre :

« Ma chère Juliette, chère cousine, chère marraine,

« Je suis encore vivant et en bonne santé, pas même blessé alors que tous mes camarades sont morts ou blessés, et quelques-uns sont tombés aux mains des Boches.

« Je regarde autour de moi et je ne vois que des cadavres. Pas un brin de verdure. Terre grise de poudre sans cesse retournée par les obus, blocs de pierre cassés, émiettés.

« J'ai tout supporté : des obus, des éclats, des gaz, les liquides enflammés, des lambeaux de chair qui volent en l'air, du sang qui éclabousse...

« Tu vas croire que j'exagère ? Non. C'est encore en dessous de la vérité. On se demande comment il se peut qu'on laisse se produire des choses pareilles. Et dire qu'il y a vingt siècles que Jésus-Christ prêchait la bonté aux hommes ! Mais que

peut-il ? Il n'a pas la puissance d'un 380 boche ni d'un 270 français ! Infortunés que nous sommes !

« Nous tenons cependant. Comment ? C'est un miracle. Je suis plein de poux, couvert de boue. Je pue la charogne des macchabées. J'ai soif. Cela fait dix jours que je ne dors que quelques dizaines de minutes chaque nuit. Mais je me bats.

« Dans toute cette horreur, ce matin, j'ai entendu une alouette chanter, et des multitudes de hannetons bourdonner. Non pas les grosses mouches vertes qui grouillent sur les cadavres, mais des hannetons.

« J'ai fermé les yeux. J'ai pensé à mon causse, à ma terre, à notre Quercy, à mes ruches.

« Peut-être, si Dieu le veut, verrai-je encore le printemps, chez nous.

« Écris-moi, Juliette, ma cousine, ma marraine !

« Je t'embrasse,

« Léon,
« Au Mort-Homme, alors que ça recommence. »

7.

Finlay tourne la tête comme pour ne plus voir l'homme assis en face de lui. Mais celui-ci se penche, s'appuie à l'accoudoir du canapé, se rapproche ainsi du journaliste, puis il tousse, se racle la gorge avant de se mettre à parler :

— Votre dernière chronique, quelle émotion ! La traductrice en pleurait.

Il s'interrompt, respire longuement et lâche comme un aveu :

— Je sais ce qu'est un bombardement, j'ai été scalpé par un éclat de 380 boche, en Champagne.

Finlay le considère à nouveau.

L'homme touche le sommet de son crâne chauve : il est plat, comme tranché. Finlay distingue une boursouflure rosâtre qui cercle le haut du front et la nuque.

Il se rejette en arrière et s'adosse si fort à son fauteuil que le siège recule et s'éloigne ainsi du canapé.

— On m'a serti une petite coupole d'acier, reprend l'homme, puis on a découpé un carré de peau sur ma cuisse et on l'y a greffé ou recousu. Ça se recolle, mais les cheveux, eux, ne repoussent pas. Vous connaissez le docteur Bardet, au Val-de-Grâce ? Je lui dois ça, c'est un virtuose. Mais – l'homme sourit à nouveau – je ne peux pas secouer la tête.

Finlay s'est tassé, observe l'homme qui, de la main droite, enserre dans un mouvement instinctif son épaule gauche, puis la manche vide de sa veste.

— C'est comme si mon bras était toujours là, dit-il, ça me démange, ça me tenaille. Jamais je ne pourrai oublier ce qu'ont fait les Boches.

À plusieurs reprises, il hausse nerveusement son épaule mutilée dans le même temps son visage émacié se contracte.

— Vous êtes un ami du docteur Bardet ? interroge-t-il.

Sa voix est mielleuse, mal accordée à son corps anguleux.

Dès les premiers mots, ce ton avait mis Finlay mal à l'aise après qu'il eut ouvert la porte de son appartement et que l'homme se fut présenté. Il se recommandait de M. le député Flécheux, lequel avait dû le prévenir de cette visite qui n'avait d'ailleurs rien d'officiel, avait précisé l'inconnu. Mais c'était M. le député Flécheux qui en avait eu l'idée, et, après avoir lu les chroniques de Finlay et rassemblé quelques renseignements, en effet, il convenait qu'elle pouvait se révéler utile. Il était dans ses fonctions de ne rien négliger, de tout savoir, du moins le plus possible, et peut-être allait-il apprendre quelque chose dont monsieur Finlay, journaliste, ne mesurait pas vraiment l'importance.

— L'arrière est aussi une ligne de front, avait-il ajouté. Il faut tenir comme à Verdun. Et ne pas laisser l'ennemi s'infiltrer. Je suis là pour ça, n'est-ce pas ?

Il avait enfin décliné son nom : Oriani, Antoine Oriani, commissaire principal.

Finlay s'était souvenu.

C'était peu après son retour de Verdun et quelques jours avant son voyage en Suisse, à Kienthal, à une cinquantaine de kilomètres de Berne, là où devait se réunir une nouvelle fois ceux qu'on commençait à appeler les « internationalistes », des socialistes partisans d'une reprise des relations internationales. Henri Mourier lui avait demandé de se rendre là-bas ; il y aurait les Russes – Lénine, Peschkov, peut-être aussi Trotski si on le laissait sortir de France –, sans doute deux ou trois députés socialistes français, et naturellement Paul Adler, l'Autrichien, Elisabeth Volner, l'Allemande – si elle pouvait quitter Berlin –, Hélène Laborde et « votre amie la comtesse Rosa di Bellagio ». Lui, Mourier, n'obtiendrait jamais son passeport. La police le surveillait. Toute la journée et même la nuit il avait sur le dos les argousins du commissaire Oriani.

Ç'avait été la première fois que Finlay entendait prononcer ce nom-là.

Il avait lu les documents, les tracts que lui avait remis Henri Mourier. Des phrases indignées, des appels pathétiques « aux peuples qu'on ruine et qu'on tue... ».

Il avait la conviction que ces hommes-là ne comprenaient rien à la force du patriotisme, de l'attachement à la terre. Il s'en était ouvert à Mourier. Les poilus acceptaient de se faire tuer non par crainte des conseils de guerre, comme les opposants au conflit l'affirmaient. Personne n'obligeait les simples soldats à prendre la tête de leurs camarades quand tous leurs officiers avaient été tués. Et même quand les poilus fraternisaient avec les Boches dans un trou d'obus, qu'ils se partageaient le contenu de leurs musettes, ils savaient qu'ils reprendraient bientôt leur poste et viseraient ceux avec qui ils venaient d'échanger du pain contre du chocolat.

— Si vous ne comprenez pas cela, Mourier, vous vous enfoncerez encore davantage dans l'impasse. Et vous serez si seul qu'on pourra vous condamner et vous fusiller sans que personne s'intéresse à votre sort, lui avait dit Finlay.

Mourier avait paru ébranlé quelques instants, puis il s'était ressaisi :

— Vous vous souvenez, Finlay, des rencontres pacifistes de Berne, puis de Zimmerwald ? C'étaient les premiers pas. Vous étiez, vous êtes encore notre témoin. Il faut que vous alliez à Kienthal. Que vous soyez une sorte de greffier de l'Histoire. Car, croyez-moi, des hommes comme Parvus, Peschkov, Lénine, des femmes comme Elisabeth Volner ou votre comtesse ont la foi chevillée au corps. Et cela doit un jour ou l'autre entraîner les peuples. Pensez à 1789, Finlay : quelques hommes déterminés, c'est comme une étincelle dans un baril de poudre.

Mourier avait argumenté, insisté. Le docteur Bardet avait pu obtenir les chiffres des pertes au bout de vingt mois de guerre.

— Comment accepter que le massacre se prolonge, Finlay ? Déjà six cent mille morts, cent soixante et un mille disparus, près de cinq cent mille blessés, des mutilés, des gazés, des aveugles, et plus de trois cent trente mille prisonniers ! Cela fait un million deux cent soixante mille victimes. Ne rien faire, ne rien dire, c'est être complice de ce crime de masse. Il faut aller à Kienthal, Finlay, pour rassembler tous ceux qui veulent tenter d'en finir avec ce massacre, avec le système qui lui a donné naissance et qui se nourrit de la guerre. Votre amie la marquise Mosca-Visconti, dont on célèbre le dévouement aux blessés, les dons patriotiques, accumule en fait d'énormes bénéfices. Chaque jour de guerre l'enrichit. Elle vend de l'acier et du charbon à la France, et ses associés fournissent, de l'autre côté de la ligne de front, les Allemands.

Mourier s'était indigné : le scandale était trop grand, on ne pouvait laisser la barbarie l'emporter !

— Vous avez vu ce qu'endurent les hommes. Je ne vous demande pas de vous engager personnellement dans cette lutte, mais de témoigner, Finlay. De nous aider un peu.

Il avait ajouté avec grandiloquence :

— Zimmerwald a été le trait de lumière qui a réveillé mes espérances, la flamme de l'espoir à laquelle j'ai donné ma foi internationaliste !

Des mots sonores. Mais Mourier avait ému Finlay. L'homme s'était encore affaibli. Sa poitrine était si cave que ses épaules paraissaient devoir se rejoindre à la prochaine quinte de toux. Il avait tant maigri qu'on eût dit que son cou s'était étiré et sa pomme d'Adam était si proéminente qu'elle semblait sur le point d'en percer la peau flasque.

Finlay avait donc accepté de se rendre à Kienthal, mais lui aussi avait eu la sensation d'être surveillé, suivi ; et il avait craint qu'on le retienne à la frontière. Cependant il avait pu la franchir si facilement qu'il s'était demandé si la police n'avait pas préféré le laisser gagner la Suisse afin de connaître le lieu de la rencontre et d'en identifier les participants.

Puis, au fur et à mesure que le train s'était enfoncé dans ces étroites et sombres vallées où les futaies de chacun des versants paraissaient se rejoindre avant et après le passage des wagons, il avait oublié ses inquiétudes.

Il avait abaissé la vitre du compartiment et avait respiré, bouche ouverte, les yeux s'emplissant de larmes, cet air qui ne sentait que la terre vierge. Il ne s'était pas lassé de contempler ces denses forêts, ces arbres qui semblaient aussi indestructibles qu'innombrables, et il avait eu l'impression de sortir d'un cauchemar : que s'effaçait peu à peu tout ce qu'il avait retenu des paysages tourmentés du Mort-Homme et de la cote 304, de ce sol meurtri creusé par les obus, de cette puanteur soufrée, écœurante, de ces collines dévastées où pas un homme, pas un tronc ne pouvait rester debout.

Il avait même pensé que sa chronique n'était qu'une fiction, le roman de ses propres angoisses auxquelles il échappait enfin. Il avait eu envie de crier de joie en redécouvrant, dans la lumière apaisée du crépuscule, le glacier de la Jungfrau, puis les sommets du Gehrihorn, du Dreipsitz et de l'Aermighorn qui dominaient les quelques chalets du village de Kienthal.

Il avait marché sur la route déserte, s'arrêtant presque à chaque pas comme pour se convaincre que ce paysage était vide d'hommes.

Pas une voiture sur cette voie sacrée, pas une silhouette au milieu de ces champs de blé, seulement le tintement des clochettes, la déambulation débonnaire des vaches qui se tenaient aux lisières de la forêt.

Vivre ici, loin des hommes...

Mais, tout à coup, ces voix…

Il s'était avancé vers une bâtisse dont la façade et le toit étaient recouverts de larges lattes noirâtres.

Il avait reconnu Lénine, Peschkov, Parvus, puis, plus loin, assises sur un banc, dans le soleil, Hélène Laborde et Elisabeth Volner, et, debout, penchée, les mains appuyées au dossier, Rosa di Bellagio, ses cheveux dénoués si noirs sur sa robe blanche.

Il y avait d'autres hommes qu'il n'avait jamais rencontrés et qui parlaient avec Paul Adler ; peut-être s'agissait-il de ces députés socialistes français dont Mourier avait annoncé la présence ?

Finlay avait eu la tentation de ne pas s'approcher, de s'éloigner, au contraire, de rejoindre les rives d'un de ces lacs – lac Noir, lac Bleu, Bielersee… – dont le train avait longé l'eau lisse.

Il avait eu envie de ne plus jamais entendre de voix humaines, et peut-être était-ce aussi le souhait de Nietzsche lorsqu'il s'était retiré à Silsmaria, dans l'Engadine, entre sommets et forêts, sur les rives d'un lac.

John Christopher s'était arrêté avec la sensation d'être en équilibre précaire à l'extrême bord d'un gouffre.

Tout à coup, Rosa di Bellagio avait levé les bras. Elle avait crié plusieurs fois : « Chris ! Chris ! » Elle avait marché vers lui, si vite qu'on aurait pu croire qu'elle courait.

Elle s'était immobilisée à un pas, les joues rosies, un peu essoufflée. Et elle avait dit en lui tendant les mains :

— Je suis heureuse !

Il les avait saisies et ils s'étaient collés l'un à l'autre, dans le silence, car là-bas, devant le grand chalet, tout le monde s'était tu. Certains, suivant Lénine et Parvus qui gravissaient les quelques marches, pénétraient déjà dans le bâtiment ; les autres contemplaient les retrouvailles de Rosa di Bellagio et de John Christopher Finlay.

Finlay s'était assis au fond de la salle et écoutait distraitement, regardant cette dizaine d'hommes et ces trois femmes qui paraissaient si démunis, si isolés, comme pris de démence, même, quand ils prétendaient vouloir soulever les peuples et défaire les armées, mettre fin par leur seule action à ce qu'ils appelaient la grande tuerie, le crime de masse, ou encore l'aveuglement des foules, le cynisme et le mensonge des gouvernements.

Et peu à peu, tout ce qu'il avait refoulé, presque oublié, comme au réveil d'un mauvais rêve, lui revenait.

Que savaient-ils, ceux-là, de ce qui se passait dans la tête des hommes lorsqu'ils en visaient d'autres, lorsqu'ils enfournaient les obus chargés de gaz dans le tube des canons, puis refermaient la culasse, que savaient-ils de l'excitation, voire de la jouissance du lieutenant Charles Castel quand il survolait le champ de bataille, puis piquait, aux commandes de son biplan, pour lâcher des bombes sur ces silhouettes minuscules qui avançaient en ligne sur la terre trouée d'entonnoirs ?

Que savaient-ils de l'amour de la patrie qui faisait que les hommes, dans chaque trou, dès que l'artillerie avait cessé de les pilonner, se dressaient et couraient les uns au-devant des autres, non pour s'embrasser, mais pour s'entre-tuer ?

Dans l'une de ses lettres à Juliette que Finlay n'avait pas retenue par sa chronique, Léon Dumas écrivait :

> « Ce qui passe l'imagination, c'est que les Boches attaquent encore. Qu'est-ce qu'ils croient ? Qu'on va leur céder le morceau de terre que nous devons défendre ? Quand ils gagnent un bout de terrain, on se lève et on le leur reprend. Il est à nous. Je ne regarde même pas le visage de leurs morts. Dans les trous, on se sert de leurs cadavres pour étayer nos abris. On pend nos musettes à leurs jambes qui sortent de terre comme des racines. Et ils font sûrement de même avec celles de nos camarades qui sont tombés. C'est ainsi. »

À la fin de la réunion, Rosa di Bellagio était venue s'asseoir près de John Christopher. Elle lui avait tendu plusieurs feuillets : le texte des résolutions qui venaient d'être votées.

Finlay avait reconnu les mots qu'il avait entendus sans même y prêter attention. Ils étaient identiques à ceux prononcés à Berne ou à Zimmerwald : la guerre était le fruit de l'impérialisme, stade suprême du capitalisme ; les peuples étaient poussés les uns contre les autres afin que les profits s'accroissent ; la guerre ne cesserait que si partout la révolution l'emportait, balayant le système criminel qui enfantait la barbarie... Guerre à la guerre ! Paix par la révolution ! Refus de voter les crédits militaires ! Internationalisme contre nationalisme !

Rosa di Bellagio lui avait pris la main : il fallait qu'il remette ces documents à Henri Mourier, lequel se chargerait de les diffuser. Hélène Laborde – « Vous l'avez reconnue, Chris ? » – était trop surveillée pour pouvoir les passer. Mais lui, citoyen des États-Unis, qui avait déjà tant fait pour le mouvement...

— Quel mouvement ? avait marmonné Finlay.

Elle avait paru étonnée de sa question. Elle avait souri un peu tristement, puis chuchoté, comme on le fait avec un élève qui a de la peine à comprendre mais pour lequel on a des égards :

— Voyons, Chris, le mouvement qui va changer le monde, *notre* mouvement, et vous en êtes !

Elle lui avait étreint les doigts, ajoutant qu'il était déjà, lui aussi, un bolchevik, comme elle et avec elle.

Il avait dégagé sa main.

Il l'avait suivie au grenier dans la petite chambre qu'elle occupait, un réduit où il n'avait pu tenir debout.

Le parfum de Rosa s'y mêlait à l'arôme des foins, à l'odeur du bois, aux senteurs de la forêt voisine qui, par moments, envahissaient les lieux, pénétrant par une lucarne ouverte.

Rosa avait repoussé une grosse planche qui servait de volet intérieur et la pièce s'était retrouvée plongée dans l'obscurité.

Finlay avait alors perçu le froissement de l'étoffe, le frôlement des pas de Rosa sur le plancher rugueux, enfin la peau de ses bras qu'elle nouait autour de son propre cou, la caresse de ses cheveux, la douceur de ses lèvres, et son corps nu, aussi lisse que l'eau des lacs.

Il avait basculé. Elle l'avait recouvert. Il avait suffoqué, puis s'était laissé couler, perdant conscience, ne se ressouvenant du lieu où il se trouvait qu'après avoir crié.

Elle s'était relevée et il était resté quelques instants allongé sur le lit étroit.

Quand il s'était à son tour redressé, il avait heurté le plafond.

Elle avait ri, murmuré : « Pauvre Chris ! », puis avait rouvert le volet.

Elle avait déjà remis sa robe et elle lui avait montré les feuillets posés sur un tabouret.

— N'oubliez pas ! avait-elle dit.

8.

Finlay se lève en s'appuyant des deux mains aux accoudoirs de son fauteuil. Il reste un instant immobile près de son siège, ne quittant pas des yeux Antoine Oriani.

Le commissaire principal sort lentement un carnet entoilé de la poche droite de sa veste, il le porte à sa bouche, agrippe avec ses dents un coin de la couverture, le retient ainsi suspendu, se contorsionne en fouillant ses autres poches, tire de l'une d'elles un long crayon jaune qu'il glisse sur le dessus de son oreille, le temps de reprendre le carnet, de le poser sur ses genoux, de l'ouvrir et de le feuilleter. Il coince ensuite le crayon entre les pages, puis redresse la tête et fixe à son tour Finlay.

Ses petits yeux sont à la fois enfoncés et rapprochés. Le journaliste a l'impression que leur regard forme un angle aigu, une pointe qui s'enfonce en lui.

Il se souvient des propos de Maurice Flécheux quand il lui avait annoncé la visite d'Oriani :

— Je lui ai conseillé de vous voir, avait dit le député sur un ton badin, presque amusé.

Ils étaient rue de Savoie, devant la porte de l'hôtel particulier où Isabelle Saynac et Barruel recevaient chaque mardi, jour de relâche du Théâtre-Français.

Finlay était rentré le matin même de Suisse. Il avait vu Henri Mourier dans l'après-midi et lui avait remis les textes des résolutions adoptées à Kienthal.

Il n'avait pas répondu aux questions de Mourier, toujours avide de détails.

— Hélène Laborde me racontera, avait insisté Mourier, mais c'est votre avis qui m'importe. Vous êtes un observateur professionnel, un témoin perspicace. Avez-vous enfin senti ce que sont ces hommes-là qui tiennent les clés de l'avenir ? Vous ne pouvez pas ne pas avoir compris cela. Chaque jour qui passe me confirme dans cette conviction. La guerre ne cessera que par la révolution commune de tous les peuples belligérants. Répondez-moi, Finlay : avez-vous compris le sens de l'action des bolcheviks ?

— La révolution, avait répliqué le journaliste, n'est pour moi qu'une autre forme de guerre, la pire, peut-être : la guerre civile, et je ne sens pas vos camarades plus soucieux d'épargner la vie des hommes que les généraux. Peut-être même y sont-ils plus indifférents. Je me défie des fanatiques, Mourier !

Celui-ci s'était emporté, mais John Christopher, désireux de le quitter au plus tôt, n'avait pas répondu. Il entendait se rendre chez Isabelle Saynac pour se montrer, après une semaine d'absence, tromper peut-être ces policiers dont Mourier prétendait qu'ils infestaient tous les milieux hostiles à la poursuite de la guerre et auxquels le gouvernement, sentant que l'opinion commençait à basculer, avait donné des pouvoirs discrétionnaires.

Plusieurs mouvements de grève avaient eu lieu dans les usines d'armement. Des femmes avaient cessé le travail à Puteaux, dans l'atelier de fabrication des fusils de l'usine Dion. Des anarchistes avaient distribué sur les boulevards des tracts intitulés « Pour une paix immédiate ! ».

Ça bougeait aussi à la Chambre des députés. L'un d'eux, un combattant blessé et décoré, le sergent Maginot, avait osé clamer : « Nous avons été trompés par l'optimisme officiel ! » Un autre, sous prétexte de soumettre à l'avis de ses collègues un article que la censure avait interdit de publier dans *La Voix*, avait lu ce texte à la tribune. On y fustigeait le président de la République :

> « *Poincaré ? Un pauvre petit homme dont l'égoïsme impla-cable durcissait les yeux froids, dont la taille était courte comme les idées, qui avait le cœur sec comme sa barbiche, et dont la vanité s'était développée aux dépens du courage, car au moindre danger il courait se cacher au fond d'une cave… »*

Le président de la Chambre, Paul Deschanel, avait laissé l'orateur poursuivre jusqu'au bout.

— Vous mesurez, Finlay, le changement ? Et à l'état-major, on est obligé d'en tenir compte. Mais ce n'est pas nécessairement un bien. Ils peuvent vouloir tenter à nou-veau une percée qu'ils espèrent décisive. On parle de la Somme. Gallieni ne peut plus s'opposer aux folies de Joffre. C'est un spectre, la maladie le ronge. On ne lui donne plus qu'une poignée de jours à vivre. Et Joffre en profite. Il a remplacé Pétain par le général Nivelle, qui aurait davantage l'esprit offensif. Bref, je crains une nou-velle saignée. Mais si la guerre ne se termine pas rapide-ment, ce sera partout la révolte, Finlay !

Le journaliste avait enfin pu quitter Mourier et, rue de Savoie, au moment où il s'apprêtait à pénétrer sous le por-che, entendant déjà les violons de l'orchestre à cordes qui, chaque mardi soir, agrémentait la réception d'Isabelle Saynac et de Barruel, il s'était heurté à Maurice Flécheux qui l'avait retenu, lui avait parlé d'Antoine Oriani – c'était la seconde fois que Finlay entendait prononcer ce nom-là, Mourier l'ayant déjà évoqué devant lui – qui allait sollici-ter de lui un rendez-vous.

— Il vous intéressera, avait expliqué le député. C'est sûrement un type de Français comme vous n'en avez encore jamais rencontré. Un héros des offensives de

Champagne : Légion d'honneur, etc., etc., mais c'est en outre un grand, un très grand policier, obstiné, habile et patriote. Il ne veut pas qu'on poignarde nos poilus dans le dos. C'est une bataille cruciale, vous l'imaginez bien. Écoutez-le. Vous ne le regretterez pas. Faites-en après le personnage de l'une de vos chroniques. Il en vaut la peine. C'est un peu notre Vautrin et notre Fouché...

Finlay se dirige vers la porte-fenêtre ; Oriani continue de parler :

— On vous arrache le bras gauche, dit-il, et c'est votre bras droit qui vous semble impotent. Curieux, n'est-ce pas ? Vous découvrez que tout est double en vous, et que l'on est déséquilibré, impuissant dès que l'on est réduit à l'unité. Borgne, manchot, unijambiste, c'est triste et quasi ridicule. Mais on devient un peu prestidigitateur. On invente des trucs. Vous n'imaginez pas ce que l'on peut faire avec la bouche. Mes lèvres et mes dents, ce sont les doigts de ma main gauche.

Finlay ouvre la porte-fenêtre et passe sur l'étroit balcon. Il respire longuement.

Cet homme l'étouffe. Cet homme pue, imprégné qu'il est par l'odeur de la mort.

— Je ne veux pas vous déranger longtemps, dit Oriani, mais il faut que nous parlions un peu...

Finlay revient vers lui et s'assied.

Le policier pose la main sur le carnet ouvert sur ses genoux.

— Je vais d'abord vous faire une confidence dont vous pourrez faire état sans me citer, reprend-il, car je suis tenu à la discrétion.

Le ton est humble, presque servile. Vautrin ? Fouché ? Plutôt Tartuffe !

— J'estime qu'aujourd'hui, poursuit-il, on ne dénombre pas plus de trois cents pacifistes à Paris. C'est peu, mais ils peuvent faire beaucoup de mal. Certains sont influents. Quelques journaux utilisent les faiblesses de la censure pour faire écho à leurs propos, leur accorder plus d'importance qu'ils n'en ont. Vous connaissez le duc Luís Maurin de Montalban ? Le journal qu'il finance, *La Voix*, va publier dans les prochaines semaines, en feuilleton, le livre qu'achève en ce moment Henri Mourier. Vous l'avez lu ?

Finlay se fige. Mourier n'a jamais évoqué ce projet-là avec lui.

— Henri Mourier a été un remarquable soldat, continue Oriani. Ses poumons sont le tribut qu'il a payé à la patrie. Mais, depuis, il mène un travail de sape…

La voix du commissaire principal s'est durcie.

— Ce n'est pas parce que les gaz vous rongent que vous pouvez vous autoriser à affaiblir la Nation ! Le texte de Mourier, dont j'ai eu copie, c'est comme un jet de gaz asphyxiant sur tout le pays. Mais Mourier est retors : il fait l'apologie des poilus, exalte leurs souffrances. Il intitule son livre *Les Nôtres*. C'est fraternel, patriotique, et pourtant ça consume, ça désespère. Vous connaissez bien Mourier ?

Finlay ne répond pas.

— Ces trois cents pacifistes dont je vous parlais – cela aussi, vous pouvez l'écrire – sont tous identifiés et surveillés.

Il feuillette les pages de son carnet tout en continuant à scruter l'Américain.

— Dans votre chronique sur Verdun, ajoute-t-il, cette Juliette D., cette marraine de guerre qui vous a communiqué la lettre de son cousin et filleul, le caporal-chef du Mort-Homme, c'est bien Juliette Dumas, femme – il s'interrompt, sourit –… ou plutôt fille, fille entretenue par M. le duc Luís Maurin de Montalban, et actrice, chanteuse, danseuse au théâtre Majestic, ancienne pensionnaire de Mme Clarisse, la grande maquerelle du Rendez-Vous.

Oriani referme son carnet.

— Mme Clarisse est fière de la fille Dumas, elle assure l'avoir formée.

Il ricane.

— Le Rendez-Vous, à l'entendre, est une sorte de pensionnat où l'on apprend les « bonnes manières » dans tous les sens de l'expression... Mme Clarisse est en même temps un peu jalouse, car l'élève semble dépasser la maîtresse, la fille défie la maquerelle...

Il s'interrompt, dévisage Finlay avec insistance comme pour capter chacune de ses expressions.

— Il est vrai, poursuit-il, que les habitués, les « réguliers » de Juliette Dumas étaient de qualité. Combien de ministres, de députés à son tableau de chasse ? Flécheux d'abord, que vous connaissez bien : Mme Clarisse prétend qu'il fut votre mentor dans cette affaire...

Il feuillette à nouveau son carnet.

— Vous connaissez Karl Ziegler ? Un grand journaliste, n'est-ce pas ? Il est devenu un héros allemand, mais vous le savez déjà, j'imagine. Après sa blessure à la face, il a été attaché à l'ambassade à Rome. Il a utilisé tous les moyens pour obtenir que l'Italie n'entre pas dans la guerre. C'est un autre de vos confrères, Riccardo Capponi, qui m'a expliqué cela. Il me dit que vous étiez à Rome au printemps de 1915, quand tout s'est joué. Vous auriez pu y rencontrer Ziegler qui était déjà pour vous une vieille relation parisienne...

Oriani glisse son carnet dans sa poche, se lève lentement, la main posée sur le sommet de son crâne.

— Je tiens ma coupole, explique-t-il. Sinon, mon cerveau sautille et c'est assez désagréable. J'ai alors l'impression que ma tête va exploser. Je dois avoir des mouvements mesurés. Je suis interdit de gesticulations brusques. Je ne pourrais guère satisfaire cette Juliette Dumas...

Il sourit, masse son épaule mutilée.

— Mais elle doit sans doute avoir des manières adaptées à chaque cas. Présentez-la-moi, monsieur Finlay...

John Christopher se dirige vers le hall d'entrée sans répondre.

— Au demeurant, peut-être serai-je conduit à la rencontrer sans votre intermédiaire ? reprend Oriani.

Dans la pénombre du hall, il s'est approché de Finlay qui recule tant l'odeur âcre, peut-être d'urine, lui semble insupportable.

— Nous avons disposé de trop peu de temps, soupire le policier. J'aurais aimé vous parler de ceux que vous voyez en Suisse : ces Russes, cette comtesse italienne...

Le journaliste ouvre la porte.

— Dans mon carnet – Oriani frappe de la main la poche de sa veste – j'ai relié entre elles par des lignes un certain nombre de personnes que je crois intéressantes, et, curieusement, j'ai ainsi dessiné sans le vouloir une sorte de toile d'araignée. Vous êtes au centre, monsieur Finlay.

Il soulève son bras, dessine à nouveau avec le pouce et l'index une sorte de pince à hauteur du visage de l'Américain.

— Je ne vois que deux solutions, mais peut-être allez-vous m'en indiquer d'autres...

Finlay avance vers lui et le contraint ainsi à reculer, à passer le seuil, à se retrouver sur le palier.

— Deux hypothèses, donc, poursuit Oriani. Dans la première, vos relations sont le fruit du hasard, et c'est tout à fait possible : vous êtes écrivain, journaliste, amateur de femmes, jeune, étranger, séduisant, américain. On aime bien les Américains et vous êtes prisonnier d'une toile d'araignée qui s'est constituée au gré de rencontres mondaines, sans signification particulière. Ou bien, deuxième hypothèse : vous êtes de ceux qui tissent la toile. Car vos voyages à Berne, à Rome, à Milan, à Zimmerwald et maintenant à Kienthal ne sont pas, eux, dus au hasard. Dans ce cas, monsieur Finlay, comme vous êtes aussi admis dans nos états-majors et qu'on vous y apprécie – vos chroniques, dois-je le redire, sont en effet remarquables, si bien informées que j'imagine qu'on ne les lit pas seulement à

Washington, mais sans doute aussi à Berlin –, dans cette hypothèse-là, vous êtes quelqu'un de dangereux, monsieur Finlay !

Oriani incline un peu la tête et ferme les yeux.

Finlay claque la porte.

9.

Finlay se penche en avant comme s'il était attiré par le livre qu'il tient ouvert sur ses genoux. Mais, dans le même temps, il cache ses yeux avec sa paume droite et place son avant-bras gauche sur le livre comme pour en masquer les lignes.

— Vous ne voulez plus lire ? murmure Mourier.

Ils sont assis côte à côte dans l'une des allées du jardin de l'Observatoire qu'ils avaient parcourue à pas lents, allant et venant sous les marronniers, Finlay évoquant les propos du commissaire principal Oriani.

Mourier avait écouté, haussé les épaules, montré le premier exemplaire de son livre, dit qu'il souhaitait que Finlay en lise quelques pages, ici, et lui donne son sentiment.

Il s'était interrompu, essoufflé et épuisé d'avoir prononcé ces phrases.

Il s'était agrippé au poignet de Finlay. Ses doigts étaient osseux, glacés, et le journaliste avait eu l'impression que c'était tout le corps décharné de Mourier qui l'étreignait.

Il s'était immobilisé, avait dégagé son poignet, attendant que Mourier, qui s'était appuyé au tronc d'un marronnier, retrouve sa respiration, en finisse avec ces quintes qui paraissaient le cisailler.

— Oriani, Oriani…, avait repris Mourier en s'asseyant sur le banc et en invitant Finlay à l'imiter. Oriani, pourquoi craindrais-je ce chien du pouvoir ? Je n'ai peur ni d'une arrestation, ni d'un jugement, ni même d'un peloton d'exécution.

Sa longue toux avait recouvert les voix claires, aiguës comme des trilles, des enfants qui jouaient sur la pelouse, courant derrière un cerceau.

— J'ai la mort là, avait continué Mourier en se frappant la poitrine avec son livre. Je lis Sénèque, Finlay : « Celui qui sait mourir ne sait plus être esclave. Il s'établit au-dessus, du moins en dehors de tout despotisme. » Mais j'ai dû déjà vous citer cette pensée, l'une des plus justes, des plus pénétrantes que je connaisse.

Il avait à nouveau toussé et Finlay avait lu, dans le regard des femmes assises de l'autre côté de la pelouse, de la compassion mêlée d'inquiétude.

L'une d'elles, en robe blanche à fleurs noires, un large chapeau de paille cachant à demi son visage, s'était levée, avait saisi la main d'une petite fille et s'était éloignée, se retournant souvent comme si elle avait craint que Mourier ou son spectre ne la suive.

— Je veux montrer la guerre, avait repris ce dernier. Celle que personne ne veut voir.

D'un mouvement de tête, il avait désigné la femme qui était déjà parvenue au bout de l'allée.

— Même la toux d'un gazé dérange !

Il avait expliqué à Finlay qu'il avait mêlé dans son livre ses propres souvenirs et les témoignages qu'il avait recueillis. Le docteur Bardet lui avait permis de rencontrer des blessés, des infirmiers, des médecins de bataillon.

— Tous disent : ce n'est plus la guerre, mais un massacre. Sept mille hommes meurent chaque jour, oui, chaque jour depuis août 1914 ! Sept mille hommes, Finlay ! Imaginez chacune de ces vies, celles des mères, des pères, des épouses, des sœurs, des enfants...

Une nouvelle quinte de toux l'avait courbé comme un grand souffle rageur.

— Mettez des visages sur chacun de ces morts et de ceux qui les aimaient. Et dites-vous que sur ces soixante-dix mille, trente-cinq mille au moins sont morts au cours d'attaques inutiles pour « grignoter » les Allemands, pour un communiqué, pour la vanité d'un général, les hésitations criminelles d'un autre... Pensez au fort de Douaumont qu'on n'a pas défendu et pour lequel on continue de se battre ; au fort de Vaux qui est tombé le 7 juin parce que notre artillerie était insuffisante ; et pour défendre le 23 juin le fort de la Soudille, on a sacrifié des milliers de soldats, ces jeunes des classes 16 et 17 qu'on avait enrôlés en janvier. Ils n'avaient même pas vingt ans, Finlay. Mais, puisqu'on les tue, puisqu'ils vivent avec la mort pour compagne, ces hommes-là ne vont plus craindre le despotisme. Et le jour venu, Finlay...

Mourier avait secoué la tête, les joues rosies. L'espace de quelques instants, il semblait plein d'énergie, de révolte, disant que ça recommençait dans la Somme, que l'artillerie avait déclenché le 24 juin un bombardement des lignes allemandes qui continuait depuis lors. Le général Foch et le général Haig – Anglais et Français – allaient lancer une attaque frontale. C'était un secret de Polichinelle. Les Allemands le connaissaient. Ils attendaient les vagues d'assaut dans leurs tranchées profondes de quatre mètres et bétonnées, avec des mitrailleuses et des obusiers enterrés qui allaient clouer au sol les nôtres...

— Joffre espère toujours percer, avait conclu Mourier, et à Verdun le nouveau chef de la deuxième armée, le général Nivelle, croit lui aussi que l'offensive va bousculer les défenses allemandes. À quel prix, Finlay, à quel prix ? Combien des nôtres vont à nouveau crever pour quelques mètres qu'on reperdra ?

Mourier avait tout à coup respiré de façon saccadée, comme quelqu'un qui suffoque. Il avait répété : « Les nôtres, les nôtres... », et tendu à Finlay l'exemplaire du livre qui portait justement ce titre-là.

D'un geste de la main, il avait prié Finlay de lire, se frappant la poitrine du bout des doigts pour faire comprendre qu'il ne pouvait plus parler.

John Christopher avait ouvert le livre au hasard et commencé à lire au milieu d'une page, comprenant qu'il s'agissait du récit d'un médecin de régiment dans son poste de secours, à Verdun, quand un bombardement d'obus asphyxiant déploie tout à coup un nuage chloré, tout jaune, qui s'infiltre partout, recouvre les corps des blessés. Il faut soigner en portant un masque cependant que les gazés et les blessés affluent, qu'ils étouffent.

> « Un sergent a tout son larynx, sa trachée et son œsophage ouverts, béants jusqu'aux carotides. C'est un véritable égorgement. Il a toute sa connaissance et, ne pouvant émettre aucun son, sauf le glouglou de l'air et du sang passant dans sa plaie, il nous regarde de ses yeux perçants, lumineux, intelligents... Il est stoïque. C'est au-delà du courage, au-delà des mots...
>
> « Les brancardiers ne peuvent sortir que la nuit et des voix s'élèvent : "Ne me laissez pas crever là... Ayez pitié de moi, sens que je vais mourir !" »

Finlay ferme les yeux ; il ne peut plus lire. Il ne répond pas à Mourier qui l'interroge, puis répète :

— Il faut que l'on sache que la guerre, c'est ça : le pire des despotismes, Finlay !

Entre deux quintes de toux, Mourier expose que le carnage s'étend. Dans les Balkans, en Roumanie, en Serbie, à Salonique, partout coulent des ruisseaux de sang. Tous les peuples sont précipités dans ce feu d'enfer. Les Anglais, dans la Somme, doivent attaquer avec des Canadiens, des Australiens, des Néo-Zélandais et même des Irlandais. Les Français pousseront en avant les Sénégalais, les Marocains, les divisions algériennes.

Mourier serre le poing et ricane.

— Voilà leur internationalisme ! murmure-t-il, les dents serrées. Et ils osent se dire socialistes ! L'un d'eux, Albert Thomas, le ministre de l'Armement, s'est rendu en Russie pour convaincre le tsar d'expédier quatre cent mille hommes en France. Chair à canon ! ajoute Mourier.

Il a vu Anton Gratchev qui lui a raconté la révolte des premiers contingents arrivés en France, que leurs officiers traitent comme du bétail : coups de botte, gifles et injures, coups de fouet, coups de verge.

— Telle est l'armée, telles sont les mœurs de notre alliée, et les bourreurs de crâne que sont Albert de Varin ou Barruel nous assurent que nous combattons au nom des droits de l'homme et du citoyen, pour la civilisation !

Son ricanement s'enroue et se termine en une longue quinte. Il secoue la tête.

— Votre commissaire Oriani ne peut rien contre moi, Finlay. Et les généraux seront impuissants le jour où les nôtres, indifférents à la mort, au-delà du despotisme, auront décidé de ne plus mourir pour les généraux !

Finlay pourrait à nouveau parler de la Patrie, du sacrifice consenti par les officiers comme par les simples combattants. Mais il a l'impression que Mourier ne peut entendre ses propos et que c'est cela aussi, la guerre : la peur, la haine, la révolte enferment chacun en soi. On n'écoute pas. On condamne et on tire. On tue. Ou bien on s'aveugle.

Finlay a essayé d'avertir Juliette Dumas des soupçons et des périls qui pèsent sur elle. Oriani la fait surveiller, suspecte aussi le duc Luís Maurin de Montalban.

Le journaliste a conseillé à la jeune femme de quitter Paris et de s'installer dans un pays neutre. Pourquoi pas l'Espagne ?

Elle s'est récriée, s'est moquée des craintes de John Christopher. Elle a ri, rempli leurs coupes de champagne :

— On n'a qu'une vie, a-t-elle dit. Il faut la boire tant qu'elle pétille et qu'elle est fraîche !

Elle est la vedette de la revue du théâtre Majestic : comment pourrait-elle renoncer à cela ? Et d'ailleurs, elle connaît tous ces messieurs qui gouvernent.

Elle les a vus, et dans toutes les positions ! Elle rit : que peut-elle craindre d'eux ?

— C'est la guerre, a répondu Finlay. Elle change les hommes, les rend sauvages.

Juliette a haussé les épaules et lève sa coupe :

— Aux femmes qui restent des femmes ! s'est-elle écriée.

10.

— Je connais Mourier, c'est un homme courageux, dit Clemenceau en se tournant vers Finlay.

Il serre dans son poing droit un exemplaire froissé du journal *La Voix*.

— Personne, surtout pas le commissaire Oriani, ne met en doute sa bravoure et même son héroïsme, poursuit-il.

La voix est mordante. Finlay cherche à capter le regard de ce vieil homme trapu à la tête enfoncée dans les épaules, mais les yeux ne sont que des fentes dissimulées sous des sourcils blancs aussi broussailleux que la longue et épaisse moustache qui couvre les commissures des lèvres.

Finlay lance un coup d'œil à Maurice Flécheux et à Will Matthews, assis près de lui et qui paraissent eux aussi fascinés par le Tigre, lequel va et vient dans le bureau, s'approche des fenêtres donnant sur la rue Taitbout.

— Nous avons tous fréquenté le numéro 7, n'est-ce pas : le Rendez-Vous ? murmure le sénateur qui a soulevé le rideau de tulle d'une des fenêtres. Vous vous souvenez, Flécheux, de notre bonne Mme Clarisse, une maîtresse femme, une extraordinaire mère maquerelle ! Et vous, Matthews, ne me dites pas que votre flegme britannique n'a pas cédé devant les qualités professionnelles des filles de Mme Clarisse !

Matthews pince les lèvres, mais peut-être est-ce chez lui un sourire ? Il se tient raide, la badine coincée sous son aisselle gauche, son pouce droit accroché au baudrier qui serre sa veste d'uniforme.

— Ce n'est plus tout à fait de mon âge, ou si rarement, marmonne Clemenceau, mais je vois défiler rue Taitbout toutes les races de la planète dans les uniformes les plus extravagants, du battle-dress de l'Australien à la cape du bersaglier. J'ai même vu des cosaques...

Il montre les fenêtres.

— C'est un admirable poste d'observation. Et comme la censure, une fois sur trois, m'interdit de publier *L'Homme enchaîné*, j'ai tout mon temps !

Il bougonne, donne un coup de pied dans le pare-feu placé devant la cheminée. Il émane de ce septuagénaire une énergie si forte qu'elle en devient inquiétante, comme si, en effet, cet homme était une bête fauve, un tigre, puisque c'est ainsi qu'on l'a surnommé.

Il fait un pas vers Finlay, écrase l'exemplaire de *La Voix* entre ses paumes, en fait une boule qu'il pétrit.

— Mourier a eu tort de donner des bonnes feuilles de son livre au journal de cet hidalgo, un bellâtre qui a mal vieilli. Le duc Luís Maurin de Montalban mène un jeu trouble. On me dit qu'il voit Caillaux, et Caillaux est un homme aux aguets qui aspire à incarner une autre politique, celle de la paix de compromis.

Clemenceau montre la boule de papier.

— Vous étiez à cette réunion de Kienthal, Finlay ? Je ne vous accuse de rien et je ne vous condamne pas. Vous faites votre métier. Et vous êtes neutre. Mais que des députés français – un Brizon, une socialiste comme Hélène Laborde – aient participé aux côtés de bolcheviks russes et d'Allemands à une telle entreprise défaitiste, je ne peux l'admettre. Or...

Il s'approche plus près encore de Finlay.

— *La Voix* de Luís Maurin de Montalban a publié un passage, peut-être le plus équivoque, de la résolution de Kienthal.

Il déplie le journal, le défroisse du plat de la main, le repasse en l'appuyant sur son bureau.

— Je lis, messieurs, reprend-il : « Ni vainqueurs ni vaincus, ou plutôt tous épuisés, tel sera le bilan de cette folie meurtrière. Il faut une paix immédiate, sans concession ni indemnité. »

Il pétrit à nouveau le journal.

— Voilà la pensée de M. le duc Luís Maurin de Montalban, et, derrière lui, celle de Caillaux, et, derrière eux, celle du ministre de l'Intérieur Malvy qui laisse passer un tel texte, mais qui interdit mon journal, *L'Homme enchaîné*, comme si, moi, j'étais favorable à la paix...

Il se dirige vers sa bibliothèque et en sort des classeurs.

— Je suis allé en première ligne, dit-il en feuilletant des liasses d'exemplaires de *L'Homme enchaîné*. J'ai voulu flairer le Boche.

Il se redresse.

— Dans les tranchées, près de Commercy, j'ai même reçu d'un poilu un coup de poing en plein visage. C'était un guetteur. Je m'étais adressé à lui. Avec son poing, il m'a coupé la parole en me soufflant : « Ferme ça ! Tu n'entends pas le Boche qui tousse ? » Je me suis tenu coi, et j'ai entendu !

Il étale divers exemplaires de *L'Homme enchaîné*.

— Moi, en première page, j'ai apporté tout mon soutien au général Nivelle, j'ai titré plusieurs jours de suite : « Ils ne passeront pas ! », et je n'ai pas apprécié les prudences de Pétain. Vient dans la vie des peuples une heure où passe sur les hommes un ouragan d'épopée. Nous y sommes. Mais pas de flagorneries ! J'ai dénoncé ceux qui ont envoyé nos poilus se faire prendre dans les barbelés sans aucune préparation d'artillerie. Ça arrive encore. Dans la région d'Arras, j'ai vu un général, un fou, qui jetait ainsi ses hommes dans la gueule de la mort. Je lui ai demandé : « Pourquoi faites-vous ça ? » Réponse du général – oui, un général : « Ça entretient le moral de la troupe ! » Il osait dire cela en 1916 ! Après deux années de guerre ! Il n'a pas compris que mourir n'est rien, que ce qu'il faut, c'est vaincre !

Il marche à nouveau de long en large, penché en avant, une main derrière le dos.

— Mais il faut dire la vérité ! Il faut oser montrer ce qu'est la guerre !

Il se tourne vers Finlay, puis considère Flécheux et Matthews.

— Mourier le fait. *Les Nôtres*, son livre, ne contient pas un seul mensonge, j'en suis convaincu. Il n'a pas tordu la réalité. Mais sa philosophie, c'est : « on arrête, on s'incline », quand moi, à partir des mêmes faits, je dis : « il faut aller jusqu'au bout ! »

Clemenceau bougonne, secoue la tête, se lisse la moustache.

— Mais on préfère créer et répandre une espèce d'optimisme artificiel portant sur toute chose, on fait croire que tout va bien, que, pendant que les soldats se font tuer dans la boue pour reprendre Douaumont ou le fort de Vaux, ou encore sur la Somme, on peut, ici, à l'arrière, vivre gaiement, dans l'insouciance. En laissant lors des séances de « comité secret » de la Chambre des députés – cette faribole ! comme si on pouvait demander à cinq cents députés de tenir leur langue ! – un député, celui de Kienthal, clamer que la victoire est impossible ou hurler : « À bas la guerre ! » Et on se contente de le censurer ! Alors qu'on devrait l'emprisonner sur-le-champ et, pourquoi pas, le fusiller ! Il faut faire aussi bien, aussi dur que la Convention nationale. Et si l'on doit ressusciter Robespierre ou Danton, eh bien, nous les ressusciterons !

Flécheux prononce quelques mots d'approbation mais Clemenceau paraît ne pas les entendre. Il semble même avoir oublié la présence de Finlay et celle de Matthews. Il décrète que Briand doit abandonner la présidence du Conseil. Il ajoute qu'il ne sait si l'on peut faire confiance au nouveau ministre de la Guerre, Lyautey, un officier admirable mais qui n'osera peut-être pas frapper ceux de sa caste, ces généraux incapables !

— Joffre, il faut en finir avec lui : trop d'erreurs ! Qu'on mette Nivelle ou Foch à sa place. D'ailleurs, Joffre, c'est Caillaux qui l'a placé à la tête de l'armée, en 1911. Caillaux, c'était déjà à cette époque l'homme de l'Allemagne, et sans doute l'est-il encore aujourd'hui.

Il baisse la tête, soudain silencieux. Finlay le dévisage. Ce crâne rond, ces yeux mi-clos, cette épaisse moustache tombante qui masque la bouche expriment une résolution hargneuse. John Christopher se souvient tout à coup de ce bolchevik russe, Lénine, qu'il a vu à Zimmerwald, puis à Kienthal, et dont le visage aux yeux enfoncés, aux pommettes saillantes exprimait une énergie semblable.

— Mais j'ai confiance, reprend le Tigre. Je suis allé plusieurs fois en première ligne, j'ai dîné avec Pétain, Foch, j'ai rencontré Nivelle. J'ai vu les chefs de bataillon enfoncés dans la boue. J'ai parlé longuement avec les poilus, de simples paysans de ma Vendée. Eh bien, du plus haut gradé penché sur ses cartes d'état-major jusqu'au plus humble soldat, attentif à son poste d'écoute, dans la glaise, au milieu des cadavres de ses camarades et de ceux de l'ennemi, à quelques mètres des lignes boches, j'ai trouvé, j'ai senti une magnifique unanimité, une résolution d'âme, une volonté sereinement supérieures à toute entreprise de démolition, de capitulation, de paix de compromis comme celle...

Il cherche des yeux la boule de papier, l'exemplaire de *La Voix*. Il s'en saisit et la projette contre le mur.

–... que mènent Mourier, reprend-il, cet homme honnête mais aveugle, victime de ses illusions, mais aussi les autres, ce Luís Maurin de Montalban, et sûrement Caillaux, et tous ces détrousseurs des cadavres de nos soldats qui veulent faire leur profit politique des difficultés de toute guerre.

Il va vers Finlay et s'immobilise devant lui.

— Et votre frère, George Lewis, qu'attend-il pour décider le président Wilson à lancer les États-Unis dans la bataille ? Vous n'allez pas continuer à vous laisser souffleter sans relever le gant ?

Il retourne s'asseoir derrière son bureau.

— J'étais jadis un homme de duel, dit-il. Parfois, je sortais de l'Opéra en habit, gilet blanc et haut-de-forme, et après une petite halte chez… une amie, au 7 de la rue Taitbout, je me rendais, dispos, sur le pré carré. Votre pasteur puritain, votre Wilson ferait bien de ne pas tolérer qu'on coule ses navires et qu'on noie ainsi ses concitoyens ! Mais il y viendra, je connais assez les États-Unis, Finlay. J'ai même – excusez-moi ! – emballé une Américaine que j'ai épousée, puis dont j'ai divorcé : c'est dire que j'apprécie votre pays et que je m'en méfie aussi un peu. Mais enfin, vous ne pourrez pas rester plus longtemps en dehors : écrivez ça dans vos chroniques ! Il est de notre intérêt commun que vous interveniez dans la guerre à nos côtés.

Il se lève et pointe le doigt vers John Christopher.

— Mais nous sommes aussi capables de vaincre sans vous. L'Angleterre et la France, Finlay, rappelez-le au président Wilson, ça représente plus de la moitié du monde !

Il se tourne vers Matthews et s'installe sur une chaise en face de lui.

— Parlez-moi de cette offensive des Anglais dans la Somme…

— J'arrive de là-bas, monsieur, répond Matthews.

11.

Finlay lève la tête, regarde vers le premier étage de l'immeuble du numéro 13 de la rue Taitbout, à l'angle du boulevard Haussmann. Il imagine Clemenceau resté seul dans son bureau, s'approchant d'une des fenêtres, suivant des yeux ses trois interlocuteurs, se demandant lequel d'entre eux s'arrêtera devant la porte du Rendez-Vous, au numéro 7 de la même rue.

Le Tigre les avait provoqués en les raccompagnant dans l'entrée de l'appartement qui tenait lieu de salle de rédaction à *L'Homme enchaîné*, leur disant de prolonger leur conversation dans cette « maison accueillante », à quelques pas de là, où ils avaient leurs habitudes, n'était-il pas vrai ?

Le visage plissé par une ironie amère, il leur avait recommandé d'une voix sarcastique de présenter ses hommages à Mme Clarisse et de la remercier de ce qu'elle accomplissait, avec sa troupe si expérimentée, pour l'effort de guerre allié. Puis il avait pris le bras de Finlay et lui avait conseillé de consacrer une chronique, voire même plusieurs, aux charmes et aux avantages du Rendez-Vous : peut-être cela déciderait-il le président Wilson à envoyer ses *boys* sur le continent européen ?

— Rien n'est plus ennuyeux qu'une Américaine ! avait-il conclu. Elles sont prétentieuses, saines comme des oies, froides et lisses comme des couleuvres, mais sans leur fluidité ni leur souplesse. Des femmes empaillées, voilà ! J'en parle d'expérience.

Il avait étreint l'épaule de Finlay.

— Je suis sûr que vous partagez mon avis. Flécheux me dit que vous êtes épris d'une comtesse italienne perverse et redoutable : une révolutionnaire. Autrefois...

Il s'était interrompu, avait hoché la tête.

— Autrefois, j'ai connu Louise Michel, une communarde, une femme de cœur.

Sur le palier, il avait encore murmuré :

— Faites votre devoir, messieurs, je fais et ferai le mien.

Ils avaient descendu silencieusement l'escalier, puis, au moment de se séparer, Maurice Flécheux avait émis l'avis que Clemenceau songeait en fait à prendre le pouvoir :

— C'est un homme qui ne vit heureux que dans les situations extrêmes, avait-il expliqué. Affaire Dreyfus, grèves, violences, et maintenant la guerre. Il se rêve en sauveur de la Patrie. Vous l'avez entendu parler d'un « ouragan d'épopée » ? Il veut être celui qui sera porté par cette épopée, ou bien qui la suscitera. Peut-être est-il encore trop tôt, mais le temps des hésitants, des habiles et des médiocres est à mon avis passé. Il nous faut désormais la poigne et l'énergie d'un tigre ! Clemenceau, messieurs ! Vous verrez. J'en prends le pari, et s'il a voulu vous rencontrer, vous deux, l'Américain et l'Anglais, c'est parce qu'il prépare le terrain de sa prise de fonctions. Il lui faut le soutien de Londres, et il espère naturellement que les États-Unis seront alors entrés dans la guerre. Il ne vous oubliera pas.

Flécheux s'était éloigné en direction du boulevard Haussmann ; Matthews avait hésité, puis l'avait suivi, et Finlay était resté seul devant l'entrée du numéro 13. Il avait commencé à remonter la rue Taitbout, vers les Grands Boulevards, jetant un coup d'œil vers les bureaux de *L'Homme enchaîné*, puis apercevant Matthews qui, à l'angle de la rue et du boulevard, semblait hésiter.

Cet homme-là avait changé.

Entre le confrère hautain d'avant-guerre, méprisant avec distinction tous ceux qui n'étaient pas issus de Cambridge ou d'Oxford, dédaigneux pour ce Franco-Irlandais, Américain de surcroît, qu'était Finlay, et le témoin qui venait de raconter à Clemenceau ce qu'il avait vu sur le front de la Somme, vers Albert et Bapaume, en direction de Cambrai, il y avait des centaines de milliers d'Anglais, de Canadiens, de Néo-Zélandais, d'Australiens, d'hindous tombés dans la boue, la glaise de ces collines et de ces falaises de craie qui ressemblaient tant à celles du Hampshire ou du Wiltshire.

— J'arrive de là-bas..., avait commencé Matthews.

Et sa voix avait tremblé.

Il avait parlé de ces jeunes *Tommies* qui venaient d'être incorporés et que quelques régiments qui avaient l'expérience du feu, comme le Gordon Highlanders, encadraient et soutenaient.

— À ces enfants on donne des sandwiches, un quart de whisky ou du rhum, puis, quand l'artillerie a cessé son pilonnage, un coup de sifflet et les officiers bondissent les premiers, sont abattus les premiers, et ces soldats sont perdus, et pourtant ils avancent ! Mais on ne peut demander aux morts de continuer à courir. Ils font ce qu'ils doivent : ils meurent. Il y suffit de quelques minutes. Une, deux, trois, c'est la durée maximale de leur courte vie quand ils sortent des tranchées. J'ai vu cela, monsieur. J'étais debout avec eux. L'explosion d'un obus m'a projeté dans un entonnoir. J'étais couché parmi les morts. Quand la nuit est tombée, j'ai rampé jusqu'à nos lignes. Onze bataillons avaient franchi le parapet au coup de sifflet. Cela fait onze mille hommes. Trois minutes après, ils n'étaient plus que

91

cinq mille survivants. J'étais l'un d'eux. Je suis débiteur du sort.

Matthews s'était interrompu, tirant avec le pouce sur son baudrier, faisant glisser dans un lent mouvement d'aller et retour son stick sous son aisselle.

— Nous aurons plus de quatre cent mille morts, avait-il conclu. Plus de cent mille pour les Français de Foch et de Fayolle. Et nous aurons avancé de quelques kilomètres.

Clemenceau l'avait questionné d'une voix rude, irritée. Mais qu'avait donc fait l'artillerie ? Elle avait pourtant bombardé plus de huit jours durant avec des obusiers de 400 mm, des canons de marine de 380, sans omettre l'emploi de gaz, l'appui de centaines d'avions, ces Spad 7 dont les héros – Guynemer, Charles Castel... – vantaient les qualités, et on avait aussi, le 15 septembre, employé des tanks de 28 tonnes. Et, malgré cela...

— Malgré cela, avait confirmé Matthews.

Il avait baissé la tête, comme s'il venait d'entendre un acte d'accusation dressé contre lui.

Il avait expliqué que les chars étaient des mastodontes aveugles que les obus allemands avaient incendiés. Ils avaient participé à la conquête d'un village, mais, pour le reste, ou bien ils s'étaient enlisés, ou bien ils avaient été détruits, leurs équipages carbonisés.

Les Allemands disposaient d'un redoutable système de défense en trois lignes ; des tranchées sinueuses, des abris profonds de trois hauteurs d'homme ; et jamais les obus n'avaient détruit les fils de fer barbelés.

— Les *Tommies* y sont restés accrochés par milliers sous le feu des mitrailleuses et des mortiers. Les blessés ont continué de crier des heures durant, sans qu'on puisse rien faire pour eux, sinon les achever pour qu'ils cessent de souffrir et de hurler à la mort.

Matthews avait tour à tour regardé Clemenceau, puis Flécheux et Finlay.

— Quand vous avez entendu vos camarades appeler leur mère, supplier qu'on vienne les chercher, vous n'avez plus le moral pour repartir à l'assaut, le lendemain matin, même avec une double ration de rhum ou de whisky !

Il avait de nouveau baissé la tête.

— Les *Tommies* aiment bien le rhum...

— Vous avez rendu possible la résistance à Verdun en obligeant les Allemands à déplacer leurs divisions vers la Somme, avait répondu Clemenceau. La France ne l'oubliera pas, Matthews. Écrivez-le, répétez-le. Nos sangs sont mêlés, nous ne serons plus jamais ennemis. La fraternité d'armes est le plus profond des liens.

Immobile, tassé sur lui-même, Matthews n'avait pas répondu. Puis il avait fait observer que cette bataille d'artillerie, ce massacre industriel avec gaz, tracteurs pour tirer les grosses batteries, tanks, avions, n'avait fait qu'exacerber la sauvagerie des combats. Des prisonniers allemands avaient déterré une mitrailleuse et tiré dans le dos d'une compagnie dont il n'était resté aucun survivant. Les Sénégalais du général Fayolle, après avoir été eux aussi attaqués par leurs prisonniers, avaient massacré tous les Allemands ayant survécu aux assauts. Et on avait trouvé dans les tranchées allemandes des Français et des Anglais égorgés, des blessés achevés.

Il s'était levé.

— Je ne crois pas que cela puisse durer encore longtemps, avait-il conclu.

Des sergents avaient déjà dû menacer avec leurs armes des soldats pour qu'ils sortent de leur tranchée. Des régiments français avaient déjà refusé de monter en ligne.

— Quand, des tranchées d'attaque, on a vu descendre les survivants, les yeux hagards, les bras ballants, enveloppés de boue, et qu'on découvre qu'ils ne sont plus qu'une centaine sur un bataillon d'un millier d'hommes, que voulez-vous qu'on ressente, monsieur ? De même si l'on passe devant un poste de secours, qu'on voie les brûlés au lance-flammes, les gazés, les éventrés, qu'on aperçoive les rats courant sur les cadavres ou mordillant les plaies des blessés inconscients...

— Vous avez le regard impitoyable, Matthews, l'avait interrompu Clemenceau. Vous auriez pu être chirurgien. C'est un médecin qui vous parle !

Le Tigre s'était levé.

— À la guerre, nous devenons tous des chirurgiens, avait répondu Matthews de sa voix maîtrisée d'autrefois.

Il s'était levé à son tour, suivi par Flécheux et Finlay.

— Des chirurgiens ou des fossoyeurs, avait-il corrigé dans l'entrée de l'appartement.

— Mais nous irons jusqu'au bout de cette guerre, messieurs, avait martelé Clemenceau. Si la France capitulait, elle se livrerait pieds et poings liés à l'Allemagne qui la dépècerait et la ruinerait à jamais. Et l'Angleterre n'aurait le choix qu'entre la guerre et la soumission.

— Personne ne nous a jamais soumis, avait répondu Matthews.

Finlay l'aperçoit tout à coup à quelques mètres. L'Anglais est donc revenu sur ses pas. Il s'immobilise en découvrant John Christopher. Il regarde la façade du Rendez-Vous décorée de colonnes qu'enlacent de jeunes femmes aux corps recouverts des feuilles et des grappes d'une vigne torsadée.

De son stick, Matthews montre la porte de l'établissement.

— Prenons un verre, Finlay, oublions tout ça.

L'Américain lui emboîte le pas.

12.

Il ne peut rien oublier.

Couché sur le flanc droit, genoux repliés en chien de fusil, il presse de toutes ses forces ses poings fermés contre ses lèvres. Il murmure : « Notre Père qui êtes aux Cieux... » Il écrase ses gencives. Ses dents pénètrent dans sa chair. Il voudrait que la douleur qu'il ressent soit si intense qu'elle brûle toutes ces images qui reviennent et l'obsèdent, l'empêchent de trouver le sommeil.

Il reprend :

> *Notre Père qui êtes aux Cieux,*
> *Que votre volonté soit faite*
> *Sur la terre comme au ciel...*

Il espère que ces mots roulant dans sa gorge, que cette autre supplication – « Je vous salue, Marie, mère de Dieu... » – étoufferont les voix qu'il entend.

Celle de Matthews, dans l'un des petits salons du Rendez-Vous, qui, à chaque nouveau verre de cognac qu'il buvait, se faisait plus aiguë, presque à l'instar d'un cri :

— Ce champ de bataille, répétait-il, ce n'était plus de la terre. Ces boursouflures, on aurait dit les bords d'énormes plaies. Et dans chaque trou la mort grouille au milieu des rats. C'est là que les corps sont enfouis. Vous n'imaginez pas la boue, Finlay, lourde et gluante : quand elle vous a embrassé, qu'elle vous a serré contre elle, elle ne vous lâche plus, elle vous aspire, vous étouffe.

La fille assise entre eux deux, vêtue seulement d'un déshabillé rose, de jarretières et de hautes bottines, avait paru effrayée. Elle s'était levée. À cet instant, Matthews lui avait saisi le poignet, s'était dressé à son tour et, se collant à elle, avait hurlé :

— La boue, Finlay ! Non, ce n'est plus de la terre, mais du sang, de la chair, de la merde !

Il avait eu un spasme et était tombé à la renverse, sa tête heurtant l'accoudoir du fauteuil. La plaie à la base de sa nuque s'était mise à saigner.

La fille avait crié.

Finlay avait entendu des bruits de course dans le salon, les couloirs, les escaliers, puis l'orchestre avait joué plus fort et les rires grêles des filles, mêlés aux exclamations rugueuses des hommes, avaient tout recouvert.

Mme Clarisse avait fait irruption dans le salon, accompagnée de deux hommes portant une curieuse livrée composée d'une veste bleue d'allure militaire et du pantalon rouge de l'uniforme de 1914. Le plus grand, élancé, au corps jeune et vigoureux, portait un masque de cuir sur tout le bas du visage. L'autre, trapu, avait perdu le bras gauche.

Matthews geignait, vomissant par à-coups. Mme Clarisse avait demandé aux deux hommes d'étendre l'Anglais dans l'une des petites chambres du rez-de-chaussée.

— Ne le quittez pas. Quand ce porc se réveillera, il faudra qu'il paie.

Finlay avait tendu un billet, mais elle l'avait refusé, l'entraînant jusqu'à son boudoir, s'appuyant à son bras, lui murmurant qu'il n'avait pas, ce soir, la tête de quelqu'un qui veut une fille.

— Je me trompe ?

John Christopher s'était assis en face d'elle et l'avait regardée. Elle avait encore grossi. Ses yeux, sa bouche, son nez même étaient comme engloutis par l'amas de chairs blêmes qui refluait plus bas en une lourde vague, lui dessinant une poitrine énorme et des cuisses qui ne formaient plus qu'un bloc sous la robe longue en crêpe de Chine noir.

Une sorte de jabot gris couvrait son cou et venait rejoindre et masquer ses bajoues.

— Mes hommes de peine s'occuperont de votre Anglais, avait-elle grommelé. Je n'emploie que des mutilés, des gueules cassées. C'est le moindre de nos devoirs, n'est-ce pas ?

Elle avait longuement dévisagé Finlay, esquissant une moue.

— Chacun devrait faire le sien, avait-elle marmonné.

Puis elle avait passé sa main à plat sur ses cuisses massives.

— Je suis en deuil, mon ami : j'ai perdu mes deux neveux.

Elle s'était redressée, se tenant très droite, les épaules légèrement en avant, détachées du dossier du fauteuil.

— J'ai reçu le chef de bataillon de l'aîné, Marcel. Je sais comment il est tombé : dans le ravin de la mort, à Verdun. En héros, c'est ma fierté. Je pourrais porter ses décorations, j'étais comme sa mère. Mais je ne veux pas mêler la patrie à…

Elle avait montré d'un geste lent et circulaire les meubles à dorures, les gravures.

— Ce ne serait pas lui faire honneur.

Elle avait soupiré bruyamment, serrant les accoudoirs de son fauteuil, le visage tout à coup empourpré. Puis elle s'était rassérénée.

— De l'autre, Pierre, de deux ans son cadet, je ne sais rien de précis. Il est mort, voilà tout, du côté de Péronne. Il était dans les chasseurs. On m'a dit – j'apprends tout, ici – que son bataillon ou sa brigade ont attaqué et qu'en quelques minutes il y en a eu mille six cents de fauchés. On n'a pas pu les enterrer.

Elle avait porté un mouchoir à ses lèvres, hoqueté, mais sans qu'une larme vienne diluer son rimmel ou sa poudre.

— Ils étaient orphelins, je m'occupais d'eux. Maintenant, je n'ai plus personne.

Elle avait eu un haut-le-corps aussi brutal qu'inattendu.

— J'ai mes hommes de peine. Je vais faire un testament en faveur des blessés, des gueules cassées, surtout.

Elle s'était penchée vers le journaliste :

— J'oblige mes filles à ne refuser personne, *personne*. Pas même ceux qui n'ont plus de bouche ou de nez.

Finlay s'était levé et était sorti du boudoir à reculons, comme s'il avait craint, en tournant le dos à Mme Clarisse, qu'elle lui tombe dessus et que, comme une coulée de boue, elle ne l'écrase et l'étouffe.

Il avait retrouvé Matthews assis sur le rebord du lit dans une chambre aux murs blancs et nus.

L'un des hommes de peine – le manchot – se tenait appuyé à la cloison, parlant des rats, des poux, « ces milliers de *totos* qui vous boulottent ». Il s'était interrompu et avait murmuré en désignant Matthews d'un hochement de tête :

— Il va bien, il récupère vite. On va pouvoir le renvoyer au front !

La voix était gouailleuse.

— Mais ce type-là sent l'embusqué ! avait-il chuchoté comme pour lui-même.

Matthews, qui paraissait somnoler, s'était levé d'un bond, avait menacé l'homme de peine de son stick, puis avait laissé retomber son bras et était demeuré ainsi, les yeux fixes, face au mutilé, mais sans le voir.

— Dans cette guerre, Finlay, avait-il épilogué, si l'on veut rester digne et se faire respecter, il faut se faire tuer.

13.

Finlay suit des yeux son frère qui, d'un pas assuré, arpente le bureau lambrissé de l'ambassadeur Preston Caffery.

George Lewis Finlay s'arrête devant l'une des hautes fenêtres qui donnent sur l'avenue Gabriel et, au-delà, permettent de découvrir la place de la Concorde.

C'est le début d'une après-midi grisâtre. Caffery a fait allumer un feu dans la profonde cheminée aux montants et au plateau de marbre rose. George Lewis s'immobilise souvent devant les flammes, continuant à parler tout en tournant ainsi le dos à John Christopher et à l'ambassadeur.

— Cette guerre, c'est comme un incendie dans les Rocheuses, commente le conseiller de Wilson. Tant qu'il y aura des arbres, il s'étendra. Et je ne crois pas que nous puissions demeurer à l'écart. Le président veut nous protéger de ce feu, mais même si, entre eux et nous, il y a l'océan, les Allemands ont décidé de porter la guerre à outrance dans l'Atlantique. Si nous la leur déclarons, il faudra nous y lancer totalement, avec toutes nos forces, et nous le paierons cher en hommes, mais d'autant moins que nous en engagerons davantage. Ici comme à Londres, tout le monde souhaite que nous entrions dans le jeu. Nous sommes l'espoir des Français et des Anglais. La Somme, leur grande offensive, n'est qu'un charnier.

George Lewis Finlay avait rencontré David Lloyd George à Londres. Le Premier ministre britannique s'était montré amer et bouleversé. Les Anglais avaient perdu plus de quatre cent mille hommes. Une hécatombe ! Lloyd George en avait la nausée. Il méprisait ces généraux incapables qui croyaient encore aux vertus des charges de cavalerie après plus de deux ans de guerre, alors qu'on asphyxiait leurs hommes et leurs chevaux, qu'on les brûlait aux lance-flammes, qu'on les massacrait sous un déluge d'obus et de grenades, qu'on les abattait à la mitrailleuse, qu'on commençait à les écraser sous les chenilles des tanks. Mais les grands chefs paraissaient ignorer ces réalités-là.

Lloyd George avait vu Joffre et Haig se pâmer en regardant passer des escadrons de cavalerie sur les routes de Picardie alors qu'on entendait les sourdes explosions des grosses pièces d'artillerie.

— La bataille les exalte et les aveugle, avait-il dit. Ils sont incapables de voir ce qui est au-delà des lignes, en face, ou autour, ou même au-dedans ! Moi, je l'ai vu, avait-il poursuivi en posant ses deux mains sur les épaules de George Lewis Finlay. Ce n'est que boue et sang, sang et boue ! On nous avait dit que la bataille de la Somme allait détruire la vieille armée allemande en tuant le meilleur de ses officiers et de ses soldats ! Mais elle a tué davantage d'Anglais et de Français. Un charnier : dites-le au président Wilson... !

— Et ils veulent que nous envoyions nos *boys* dans cet abattoir ? avait murmuré l'ambassadeur Preston Caffery.

— Nous sommes leur seul espoir, Preston.

George Lewis avait tendu ses paumes vers les flammes.

— Les Alliés s'effondrent les uns après les autres. Les Italiens ?

George Lewis avait haussé les épaules.

— Peut-être cinquante mille prisonniers en quelques jours d'offensive autrichienne, la *Strafexpedition* ! Ils se battent avec des armes datant d'il y a cinquante ans, et leurs officiers les traitent comme un troupeau de chèvres qu'on pousse en avant sur des pentes rocheuses en les cinglant à coups de canne. Quant aux Russes, ils ne sont pas en meilleur état.

Italiens et Russes...

Finlay avait rencontré Riccardo Capponi qui s'efforçait de dissimuler son inquiétude sous la rhétorique et l'emphase : « Nous allons libérer Gorizia de la noire occupation des barbares germains... » Les pertes italiennes étaient quatre fois supérieures à celles des Autrichiens. La démoralisation gagnait le pays, malgré les proclamations des nationalistes, les articles de Mussolini dénonçant « les embusqués, les paisibles moutons de la bergerie catholique et les boucs de la congrégation socialiste officielle ». Dans le *Popolo d'Italia*, son journal, il s'en prenait au pape, « ce Benoît XV qui nous inflige ses encycliques, ses discours et ses lamentations », et dont il prétendait que les nonces, dans les différents pays d'Europe, s'efforçaient de préparer une paix de compromis.

Capponi avait dénoncé une fois de plus ces aristocrates – ainsi la comtesse Rosa di Bellagio, « votre amie, Finlay » – qui avaient choisi de trahir leur patrie en rejoignant les rangs des révolutionnaires bolcheviques...

Finlay n'avait pas répondu à Capponi.

C'était, il s'en souvient, sur l'une des tribunes dressées le long des Champs-Élysées, en ce 14 juillet 1916, il y avait plus de quatre mois déjà.

Il s'était éloigné de l'Italien pour saluer Anton Gratchev qui l'avait retenu, le conviant à s'asseoir près de lui, à suivre le défilé des troupes russes : un régiment composé d'ouvriers de Moscou, un autre constitué de paysans de la région de Samara. Ils avaient une allure martiale. La foule les avait acclamés plus encore que ne l'avaient été les Néo-Zélandais, les Canadiens, les Australiens et les Britanniques qui se rendaient ensuite directement à la gare du Nord. On les y embarquait dans des wagons à bestiaux qui roulaient vers la Picardie, les boues gluantes et rougeâtres des champs de bataille de la Somme.

Finlay avait écouté distraitement les propos de Barruel, assis non loin, qui déclamait l'article qu'il allait rédiger pour *Le Petit Parisien* du lendemain :

— Ces troupes superbes, ce sont les soldats nouveaux d'une Russie nouvelle ! Je viens d'assister, Finlay, au plus impressionnant spectacle qu'il m'ait été donné de voir. Les Boches sont fichus ! Ils peuvent renoncer à tout jamais à l'espoir d'une paix séparée...

Puis Gratchev s'était penché vers son confrère américain, expliquant que le bruit courait à l'ambassade – c'étaient les attachés militaires qui le répandaient – que ces soldats russes envoyés en France avaient été choisis parmi les fortes têtes, les bolcheviks, ceux qui gangrenaient l'armée et dont l'état-major de Saint-Pétersbourg souhaitait se débarrasser...

— Parvus, notre baron, est à Paris, avait enfin murmuré Gratchev. Il souhaite vous rencontrer. Le gouvernement français se prépare à expulser Trotski et à l'expédier dans un pays neutre, sûrement l'Espagne. Mais cela ne suffira pas à étouffer le mouvement révolutionnaire.

Il avait posé sa main sur le genou de Finlay.

— Je suis en dehors du jeu, Finlay, vous le savez, mais la partie m'intéresse, et Parvus est un homme remarquable, fascinant. C'est un jongleur, aussi fascinant et mystérieux que la comtesse Rosa di Bellagio !

Elle encore...

Finlay regarde droit devant lui et ne voit ni les arbres ployés des Champs-Élysées, ni la foule qui, massée au bord des trottoirs, acclame maintenant les poilus et tente de se protéger des bourrasques. Il ne sent pas la pluie qui a commencé à tomber en même temps que le vent s'est levé. Il a envie de se coucher à même le sol, tant le désespoir tout à coup le submerge.

Il songe à la joie instinctive, à l'incomparable élan qu'il a éprouvés chaque fois qu'il a pu – si rarement – et il tente de se souvenir de ces moments-là, de ces quelques nuits – enlacer Rosa di Bellagio, s'étendre auprès d'elle, l'aimer.

Il la revoit chez lui, boulevard Raspail, ou bien dans cet hôtel de Berne – il hésite, il en retrouve le nom : le Schweizerhof – et il est comme transporté par un nouvel espoir. Schweizerhof : comme si le fait de ne pas avoir oublié ce nom le rassurait pour l'avenir, le persuadait qu'il reverrait Rosa. Mais, tout à coup, c'est à nouveau l'angoisse de l'avoir perdue, de ne plus jamais ni la rencontrer ni pouvoir la caresser, s'abandonner à elle.

Il a l'impression que ses doigts, ses lèvres, sa langue, son sexe se souviennent d'elle, et c'est douloureux comme parfois l'amour quand le plaisir est si aigu qu'il frôle à son summum la souffrance. Le pic devient abîme ; l'amour, mort.

— Parvus…, murmure Gratchev. Qu'est-ce que vous décidez, Finlay ?

John Christopher baisse la tête. Il accepte de rencontrer le baron. Par lui, peut-être…

— Les Russes…, reprend George Lewis Finlay.

Il se tourne vers Preston Caffery et vers son frère cadet, et poursuit :

— … les Français ne peuvent plus rien en attendre, fait-il en secouant la tête. Selon notre ambassadeur Allen Milford – vous le connaissez, Caffery, c'est un homme pondéré –, la dernière offensive russe, celle du général Broussilov, lancée à la demande de Joffre pour soulager Verdun et la Somme, a coûté si cher en hommes qu'aucune autre ne peut plus être envisagée avant plusieurs mois. Les soldats abandonnent leurs unités, rentrent chez eux, se rebellent contre des officiers qui les traitent comme s'il s'agissait d'esclaves auxquels on peut donner le fouet à volonté. Quant à la famille impériale – George Lewis écarte les bras, grimace –, elle s'est exposée aux critiques, on veut tuer ce mage, ce suborneur de Raspoutine qui a ensorcelé la tsarine...

Le conseiller de Wilson s'approche de son frère.

— Milford nous assure qu'un complot s'est noué entre les révolutionnaires et les Allemands pour abattre le tsar et signer une paix séparée. L'âme en serait un socialiste, Lénine, défaitiste et révolutionnaire, car il semble qu'on associe les deux en Russie. Il est réfugié en Suisse, mais ses partisans parcourent l'Europe pour remettre sur pied une Internationale. Tu les connais, me dit-on ici. La police a adressé un rapport à Preston. On se plaint de toi, Chris. Tu les as rencontrés à Zimmerwald, à Kienthal, à Berne. Tu aurais participé à l'évasion de cette comtesse italienne que traquent toutes les polices. Tu restes en Europe pour elle ? Et ce baron Parvus qui a eu l'audace de s'adresser à moi, affirmant que notre banque pouvait effectuer pour lui des transferts de fonds ? Es-tu conscient des risques que tu prends et du mal que tu peux nous faire ?

Il parle, penché sur son frère. Sa voix est sifflante, brutale, et John Christopher a l'impression que son aîné se sert des mots pour le frapper comme autrefois, dans leur enfance, il le martelait de ses poings.

John Christopher se lève.

— Les Français te surveillent, enchaîne George Lewis. Preston le sait et te protégera autant qu'il pourra. Mais les Français sont en guerre. Ils ont perdu plus d'un million d'hommes. Ils craignent ce qu'ils appellent le « mauvais esprit » – c'est Poincaré qui m'a parlé de cela, quand je l'ai rencontré –, une vague de pessimisme...

George Lewis s'en retourne vers l'âtre.

— Poincaré m'a confié qu'il a reçu deux socialistes, des patriotes fidèles à l'Union sacrée, hostiles à toute idée de paix de compromis. Ils se sont rendus à l'Élysée en compagnie d'un jeune poilu en permission. C'est lui qui a raconté ce qu'il avait vécu : unités sacrifiées, survivants épuisés renvoyés en première ligne après deux ou trois jours passés à l'arrière dans des conditions déplorables. Certains régiments ont même quitté leurs tranchées et déguerpi après un pilonnage de l'artillerie allemande. Tout cela inquiète le président de la République. Il m'a même avoué qu'à son retour d'une visite dans les tranchées, alors que les voitures officielles traversaient – peut-être un peu trop vite – un village, obligeant les soldats qui y déambulaient à se ranger sous peine d'être renversés, certains d'entre eux ont crié « Embusqués ! » et ont jeté des pierres contre le cortège. Poincaré m'a paru très affecté par cet incident : « Des pierres, des pierres contre le président de la République ! » m'a-t-il répété.

George Lewis s'approche de son frère, resté debout au milieu du salon.

— Tu le sais, Chris, c'est quand un animal est blessé, qu'il souffre ou qu'il se sent acculé, en danger, qu'il devient enragé. Il peut sauter à la gorge de ceux-là mêmes qu'il connaît bien et dont il léchait jusque-là les mains.

Il raccompagne John Christopher jusqu'à la porte du salon et, détachant chaque syllabe :

— Les Français sont blessés, Chris, lui dit-il.

14.

Finlay ralentit le pas, se retourne plusieurs fois. Il sent que, près de lui, le baron Parvus s'inquiète, baisse d'abord la voix, s'interrompt, puis, demandant au journaliste s'il craint qu'ils ne soient suivis, il regarde à son tour derrière lui, murmure qu'il ne voit rien, qu'il a pris toutes les précautions, qu'Anton Gratchev est un ami sûr en dépit de ses liens avec Isvolsky et les services de l'ambassade russe.

— Il veut le bien de la Russie, comme nous, ajoute le baron. Peut-être par d'autres chemins, mais il pense que le tsarisme est une moisissure dont il faut nettoyer le pays. Et le dernier acte à accomplir, c'est d'en finir avec la camarilla de Saint-Pétersbourg, avec cet homme fangeux, ce devin de foire, ce Raspoutine qui, à lui seul, est le symbole de la corruption, de la perversion du régime impérial.

Finlay toussote pour étouffer un soupir d'ennui ou d'accablement.

Voilà plus d'une demi-heure qu'il marche aux côtés du baron Parvus d'un bout à l'autre des quais de l'île Saint-Louis. C'est Anton Gratchev qui lui a transmis le lieu et l'heure du rendez-vous : à l'extrémité du quai Bourbon, à seize heures trente.

La nuit de novembre est déjà là, humide, avec son obscurité poisseuse qui se répand comme une eau sale.

Finlay avait hésité à reconnaître Parvus : l'homme aux mains enfoncées dans les poches d'un pardessus noir à col de fourrure, une casquette de velours à large visière lui masquant une partie du visage, lui était apparu amaigri. Il avait laissé pousser un collier de barbe dont la blondeur amincissait et en même temps adoucissait ses traits.

Le baron s'était montré chaleureux, saisissant les épaules du journaliste, l'attirant contre lui, le maintenant serré contre sa poitrine, puis passant son bras sous le sien, murmurant qu'en ce moment retrouver un ami vivant lui semblait toujours miraculeux.

Ils avaient commencé à marcher alors que les passants n'étaient déjà plus que des ombres rares que signalait seulement le bruit de leurs pas ou qui apparaissaient soudain quand la lumière jaillissait d'une porte cochère, les éclairant fugacement et faisant aussi surgir des pavés luisants des amoncellements de feuilles mortes.

— J'arrive de Berlin, avait indiqué Parvus.

Il avait ri en précisant :

— Pas directement, bien sûr ! Heureusement, la Suisse existe, c'est un poste d'aiguillage, on y rencontre tout le monde, mais chacun s'évite. Si l'on s'aperçoit ou se croise dans le hall des mêmes banques, on détourne les yeux, on baisse la tête.

Il avait appris que les Français avaient désigné le général Foch pour préparer un plan de défense de la Suisse contre les menaces d'une invasion allemande. C'était le comble du ridicule, estimait-il :

— Les Allemands ont intérêt, comme les Français, les Anglais ou les Russes, à ne pas toucher aux coffres-forts de Zurich et de Genève !

Il s'agissait sans doute d'un prétexte pour ôter tout commandement à Foch, après les vaines offensives de la Somme.

— Un désastre, Finlay ! Pour les Anglais, d'abord : quatre cent mille tués ; pour les Français : plus de cent mille. Mais les Allemands ont aussi perdu plus de quatre cent mille hommes. À Berlin, tous ceux que j'ai rencontrés comptaient parmi leurs proches un tué ou un blessé tombé à Verdun ou dans la Somme. Aussi l'idée de la paix...

Il avait étreint le bras de John Christopher.

S'il avait tenu à venir à Paris, avait-il repris, c'était pour nouer des fils, tresser une sorte d'alliance entre tous ceux qui désiraient que cesse le massacre.

À chacun ses objectifs, mais d'abord la paix !

Il souhaitait que Finlay voie les uns et les autres. Henri Mourier, Hélène Laborde étaient trop surveillés. Ils agissaient de leur côté, en direction des syndicats et des socialistes. Mais Finlay était le mieux à même de parler au duc Luís Maurin de Montalban qui était connu à Berne, à Saint-Pétersbourg, et dont le journal *La Voix* était lu partout avec attention. On y entendait les voix du front.

— Le livre de Mourier, un Allemand aurait pu l'écrire et l'un d'eux l'écrit sûrement au fond d'une tranchée. Vous n'imaginez pas, Finlay, la lassitude des peuples ! La donne change en Europe...

Le baron avait parlé d'une voix de plus en plus exaltée.

La mort de l'empereur d'Autriche, François-Joseph, il y avait seulement quelques jours, allait modifier l'atmosphère à Vienne. Son héritier Charles IV aspirait à une paix de compromis. Le Vatican la souhaitait aussi. Les milieux politiques italiens, à l'exception des nationalistes de Mussolini, n'avaient jamais voulu la guerre, et la situation de l'armée – les soldats faisant une sorte de grève des combats – les renforçait. En Hongrie, en Roumanie, on ne rêvait pareillement qu'à la paix.

— Mais en France, Finlay, dites-moi...

Le journaliste n'avait été capable que de prononcer quelques phrases vagues. Il s'était étonné de découvrir en lui tant de réticences à confier à Parvus ce qu'il avait appris sur les signes du découragement qui gagnait certaines unités, sur ces séances des « comités secrets » de la Chambre au cours desquelles certains parlementaires refusaient de voter les crédits militaires et criaient : « À bas la guerre ! » On leur avait répondu : « Combien l'Allemagne vous paie-t-elle pour faire cette besogne-là ? » Des coups avaient été échangés, un orateur lançant même depuis la tribune son verre d'eau à la figure d'un contradicteur. L'Union sacrée se fissurait. On s'opposait à propos de l'affectation dans les usines de guerre des ouvriers jusque-là mobilisés au front, ou bien de ces privilégiés, « jeunes gens riches, élégants, fortunés, distingués » – avait déclaré un député socialiste – qui peuplaient les villes, à l'arrière du front, ou se prélassaient aux terrasses des restaurants et des cafés de la capitale. Et on avait rétorqué : « Vous autres socialistes, vous mettez vos électeurs du service armé dans les usines, et vous vous opposez à ce que vos électeurs du service auxiliaire repassent des visites. Vous tenez ainsi tout votre corps électoral à l'abri ! »

Finlay s'était donc tu comme s'il avait craint, en parlant, en révélant ce qu'il savait du « mauvais esprit » qui s'insinuait au Parlement, dans les régiments, les usines, de devenir complice de Parvus et de trahir ainsi ceux qui continueraient de combattre pour la France. Et il avait pensé au lieutenant Charles Castel, à Léon Dumas, à ces hommes épuisés qui descendaient des tranchées de Verdun et longeaient dans les champs la « voie sacrée ».

Le baron n'avait pas insisté. Il avait recommencé à évoquer la force irrésistible du mouvement contre la guerre, les intentions des bolcheviks :

— La paix à tout prix, avait-il martelé, y compris par la défaite, car la défaite sera celle du tsar et non celle du peuple ! Nous nous apprêtons à lancer un appel à l'action révolutionnaire avant la fin de cette année.

Mais, avait-il poursuivi, il fallait que dans toute l'Europe, sur tous les fronts, les sacrifiés se révoltent, fraternisent, marchent sur leurs capitales, s'emparent du pouvoir, que de la guerre naisse un autre monde dont la Révolution serait l'accoucheuse.

Il avait été grandiloquent, exalté, puis, tout à coup, il avait changé de ton, exposant à John Christopher ce qu'on attendait de lui. Il fallait qu'il fasse part de la situation aux uns et aux autres, à tous ceux dont on savait qu'ils participaient au pouvoir en place ou pouvaient l'infléchir : Maurice Flécheux, qui réussissait l'exploit d'être à la fois proche de Poincaré et de Clemenceau, Barruel, qui pesait sur l'opinion grâce au *Petit Parisien*, sans oublier les autres : Albert de Varin, Vincent Marquis, la marquise Mosca-Visconti...

— C'est Rosa di Bellagio qui a dressé la liste de ceux que vous pourrez toucher et influencer.

C'est à ce moment que Finlay avait ralenti et s'était retourné.

Les quais de Bourbon et de Béthune sont silencieux, la nuit à peine rayée par le fanal voilé d'une péniche dont, en s'accoudant au parapet, il suit le tracé. Puis la lueur disparaît, sans doute masquée par l'arche d'un pont.

Après un instant d'hésitation, le baron rejoint Finlay et s'accoude près de lui.

— Votre président Wilson vient d'être réélu, lui dit-il. Je sais que votre frère effectue une tournée en Europe, destinée à l'informer. Vous le rencontrerez. Décrivez-lui la situation, convainquez-le. Les États-Unis n'ont aucun intérêt à se fourrer dans ce guêpier. Qu'ils laissent les peuples d'Europe régler leurs comptes ! Car la guerre se terminera par la faillite du système et la victoire des peuples...

Finlay l'a laissé continuer avec un sentiment croissant de gêne. Il repense au récit de Matthews, à ce que l'Anglais avait vu à Verdun, à cet héroïsme quotidien des poilus, aux sacrifices de tous ces combattants, à quelque camp qu'ils appartinssent. Il a l'intuition que faire partie d'un peuple, c'est partager son sort et non pas décider, dans un village dominé par l'altière beauté du glacier de la Jungfrau, qu'il faut utiliser la souffrance subie, le martyre de millions d'hommes en armes pour faire naître une révolution aussi dure et cruelle au peuple que la guerre elle-même.

— Rosa di Bellagio..., se contente-t-il de murmurer en interrompant Parvus.

Celui-ci lui tapote l'avant-bras : Rosa est plus déterminée que jamais, dit-il. Elle s'est rendue à Berlin sous une fausse identité. Elle a rencontré Elisabeth Volner. Finlay se souvient sûrement de cette étudiante allemande. Puis la comtesse a gagné Saint-Pétersbourg au terme d'un voyage de plusieurs semaines qui l'a aussi conduite en Suède.

Peut-être est-elle maintenant rentrée en Suisse ?

— Elle me parle souvent de vous, ajoute Parvus.

Finlay a l'impression que le baron le flatte comme un chien qu'on souhaite faire obéir. Il est humilié, et la colère l'envahit brusquement.

— Elle compte sur vous, poursuit Parvus, impavide. Nous comptons tous sur vous.

John Christopher se redresse et fixe Parvus, mais la nuit masque le visage du baron.

— Aidez-nous, Finlay ! insiste celui-ci. Les gouvernements ont déjà sacrifié en vain des millions d'hommes. Il faut que ce massacre cesse. Vous devez peser pour que les États-Unis restent en dehors du conflit.

— C'est le point de vue de Berlin ! marmonne le journaliste.

— Finlay, Finlay ! s'exclame Parvus. C'est d'abord l'intérêt de tous les peuples, et donc celui des États-Unis.

John Christopher s'éloigne de quelques pas. Il n'aperçoit déjà plus Parvus que la nuit a englouti.

— Finlay, lance encore le baron d'une voix étouffée, est-ce qu'on peut compter sur vous ?

— Je crois à la force du patriotisme ! lui répond-il.

Mais peut-être a-t-il parlé trop bas pour que l'autre l'ait entendu ?

15.

Finlay croise les bras. Il ne regarde pas le commissaire Oriani qui se tient pourtant devant lui, l'empêchant de pénétrer dans le grand salon de l'ambassade des États-Unis où se presse la foule des invités.

Il paraît ne pas entendre les questions que le commissaire principal lui pose une nouvelle fois : a-t-il rencontré ce baron Parvus dont plusieurs témoins affirment qu'il a été vu à Paris ces derniers jours, mais qui semble avoir quitté la France pour passer en Suisse où on l'a signalé à Berne, puis à Zurich, en compagnie de ces révolutionnaires russes que Finlay connaît bien, puisqu'il les a côtoyés lors de ces réunions de Zimmerwald et de Kienthal auxquelles il a assisté ?

— Ce que vous avez vous-même reconnu, insiste Oriani. On sait que vous êtes proche de la comtesse Rosa di Bellagio, et vous avez même reçu une lettre d'elle...

Le policier s'interrompt, de la main droite étreint son épaule gauche, grimace de douleur, puis lâche :

— Je l'ai d'ailleurs lue.

Finlay fait un pas en avant comme s'il voulait bousculer Oriani qui recule et répète :

— Avez-vous rencontré Parvus ?

D'un geste brutal, le journaliste repousse le commissaire, puis se mêle aux invités en jouant des coudes.

Il serre les poings, ne répond pas aux quelques saluts que lui adressent Barruel et Flécheux. Il a l'impression qu'un voile lui a recouvert les yeux, qu'Isabelle Saynac, qui lui sourit, ou bien la marquise Mosca-Visconti ne sont plus que des silhouettes floues qui tantôt s'approchent, tantôt s'éloignent. Il entend la voix de son frère, George Lewis, l'aperçoit au milieu d'un groupe d'invités. Le conseiller de Wilson parle fort, remercie les présents d'avoir bien voulu répondre à l'invitation de l'ambassadeur Caffery qui a souhaité, par cette réception, exprimer sa gratitude à tous ceux qui avaient manifesté leur sympathie au président des États-Unis, dont lui, George Lewis Finlay, n'est ici que le représentant.

On l'interroge.

John Christopher reconnaît Clemenceau qui, mains derrière le dos, buste penché en avant, déclare qu'il faudrait que les États-Unis ne se contentent pas de se nourrir de la guerre européenne, dont ils profitent :

— Le mot n'est pas trop fort ! martèle-t-il. Vos exportations ont décuplé. Vous augmentez le salaire de vos ouvriers, les revenus de vos agriculteurs. Votre puissance s'accroît. Et ce sont nos morts qui permettent cela ! Mais vous perdrez en influence si vous ne prenez pas parti pour la civilisation dont vous êtes issus et que nous défendons !

On applaudit le Tigre.

Finlay se retourne. Oriani se tient derrière lui, souriant.

— Je ne vous lâche pas ! chuchote le commissaire principal. Vous êtes en relation avec nos ennemis, avec les défaitistes. Cette lettre de votre comtesse…

— Je vous méprise, monsieur, lâche sèchement Finlay. Vous êtes ici sur le territoire des États-Unis. Je suis donc chez moi et je vais vous faire foutre dehors…

Le journaliste s'éloigne, mais sa colère est telle qu'il trébuche, heurte des invités qui s'exclament. Il reconnaît ce rire de femme : Juliette Dumas s'est retenue au bras du duc Luís Maurin de Montalban.

— Trop de champagne ! lui lance-t-elle. Vous l'aimez trop, ce vin, j'ai été payée pour le savoir...

Elle remet de l'ordre dans ses cheveux tout en lui clignant de l'œil.

Finlay s'éloigne. Il se sent ivre, alors qu'il ne s'est même pas encore approché des buffets.

Ivre de colère : voilà ce qu'il est.

Il a le sentiment qu'Oriani l'a souillé en violant son courrier et en lisant cette lettre de Rosa, les quelques lignes qu'elle lui a écrites et qu'il a relues si souvent qu'il pourrait les réciter par cœur :

> « *Je suis heureuse de savoir que vous allez bien. Je m'inquiétais. Notre ami m'a rassurée. Cher, très cher Chris, j'ai beaucoup voyagé dans cette Europe barbare. Je prends quelques jours de repos en Suisse, mais, en fait, je ne me repose pas ; j'agis d'une autre façon, avec mes amis. Je dois repartir. J'espère vous voir à mon retour. Mais les peuples bougent, et nous faisons tout ce qui est en notre pouvoir pour les réveiller. Je compte – nous comptons – aussi sur vous. J'ai beaucoup apprécié le discours de votre président. Il dit qu'il veut "la paix des âmes". Il souligne que les États-Unis sont "la seule des grandes nations blanches à être restée en dehors de la guerre et à avoir ainsi évité le crime contre la civilisation". Soyez fidèle à ces propos, Chris ! À bientôt.* »

Finlay sursaute. On lui a agrippé le poignet. On le serre si fort qu'il ne peut se dégager. C'est Oriani qui se tient à nouveau près de lui. Ses ongles s'enfoncent dans la peau du journaliste.

— Vous devriez nous aider, monsieur Finlay, murmure le policier. Nous dire ce que vous avez appris. Vous devez comprendre que je ne peux laisser assassiner les nôtres par des gens dont vous êtes le complice. Ils sont au service des Boches, vos amis !

Finlay réussit enfin à faire lâcher prise à Oriani.

Il se faufile parmi les invités jusqu'au premier rang de ceux qui entourent George Lewis. Ceux-ci interpellent l'envoyé de Wilson, s'étonnent de la neutralité américaine, de l'attitude de Washington qui tolère que des sous-marins allemands coulent les navires de pays neutres, et donc, parmi eux, ceux des États-Unis.

— Le président Wilson est parfaitement conscient de sa responsabilité, dit George Lewis. Il doit non seulement protéger les ressortissants américains, mais aussi se préoccuper du sort du monde.

— Rejoignez-nous, alors ! s'exclame Flécheux.

George Lewis sourit et, désignant du doigt son frère cadet, ajoute :

— Nous savons parfaitement ce qui se passe ici, en Europe. Nous vivons avec vous cette tragédie. Les chroniques de mon frère, John Christopher Finlay, sont lues, discutées par des millions d'Américains. Le président en est l'un des premiers lecteurs. Vous connaissez la probité de mon frère. Aidez-le à nous rendre compte de votre guerre. Vos intérêts, comme ceux de toutes les nations du monde, sont aussi les nôtres. Nous sommes partenaires. Ce qui affecte l'humanité nous affecte inéluctablement. Les nations d'Europe et d'Asie ne peuvent douter de notre solidarité.

On murmure, on maugrée :

— Vous êtes aussi habile que le plus roué de nos politiciens…, lance Clemenceau d'un ton sarcastique.

Son visage est plissé par un sourire moqueur.

–… mais vous ne pourrez longtemps vous contenter de belles phrases. Quand on fait la guerre – dites-le au président Wilson –, les prêches des pasteurs sont moins utiles que les obusiers, les avions et les fantassins !

Clemenceau s'éloigne en compagnie de l'ambassadeur Caffery. Finlay les suit dans la longue enfilade des salons où les invités déambulent entre les boiseries dorées, les hautes tentures bleues, les grands tableaux relatant les batailles de la guerre d'Indépendance et les portraits en pied de Washington, Franklin et Lincoln.

Dans la dernière pièce, un général de haute stature, au visage jeune et aux traits réguliers, va et vient tout en s'adressant à une dizaine d'invités. Finlay reconnaît parmi eux Jean Rouvière, ce journaliste de *L'Excelsior* qui s'était enrôlé dès les premiers jours de la guerre et avait été blessé sur le front alsacien. John Christopher lui avait rendu visite au Val-de-Grâce ; Rouvière s'était alors longuement confié à lui et ce premier témoignage avait fait découvrir au correspondant du *Washington Times* l'horreur et la barbarie des combats.

Il s'approche de Rouvière qui lui recommande avec un sourire :

— Écoutez le général Nivelle. C'est le vrai sauveur de Verdun. Il a forcé la main à Pétain. C'est à lui que nous devons d'avoir reconquis les forts de Douaumont et de Vaux.

Nivelle s'est interrompu. Il sourit à son tour à Rouvière et le désigne du doigt :

— Sans l'abnégation des officiers de première ligne, dit-il, sans le patriotisme de nos soldats et leur courage, nous n'aurions pas pu briser les attaques allemandes et repartir à l'assaut. Ils sont le meilleur de notre race gauloise !

Nivelle salue d'une inclinaison de tête Clemenceau et l'ambassadeur Caffery qui se sont approchés.

— Nos amis américains et nos dirigeants politiques doivent savoir que vingt-huit mois de guerre, huit mois de bataille à Verdun ont démontré et confirment chaque jour davantage la supériorité du soldat français sur l'allemand. C'est un fait, messieurs. Cette supériorité française dont il faut que nous ayons tous conscience est encore accrue par la diminution progressive de la qualité des troupes allemandes que nous avons en face de nous, dont beaucoup reviennent de la Somme très affaiblies, au matériel comme au moral. Je suis sûr de notre victoire !

D'un geste, l'ambassadeur interrompt les applaudissements. Il arbore un sourire gêné que l'humour ne tarde pas à éclairer :

— Nous sommes neutres, dit-il. Cette réception, j'ai donc voulu que personne n'en soit exclu. Mais – il écarte les mains – il m'était naturellement difficile d'y convier des Allemands. La situation militaire, si j'en crois le général Nivelle, rend d'ailleurs leur voyage ardu. À titre personnel, je ne le regrette pas. Mais que cela reste entre nous ! Ne le répétez pas...

On l'applaudit.

Les invités se dispersent cependant que Clemenceau bavarde avec Nivelle.

— Je suis affecté à l'état-major du général, murmure Rouvière à l'oreille de Finlay. Venez nous voir. Il faut que l'opinion apprenne à connaître Nivelle. C'est un chef napoléonien. Il l'a montré à Douaumont. Je vous présenterai aussi au général Mangin. Ces deux-là, si on leur en donne les moyens, si on les laisse agir, vont bousculer les Allemands. Vous serez étonné de leur réussite !

— Comme dans la Somme ? demande Finlay, sceptique.

— Ni Joffre, ni Foch, ni Pétain n'avaient l'étoffe nécessaire pour conduire une guerre moderne. Il faut que vous vous rendiez compte par vous-même. J'insiste : venez, Finlay ! Notre quartier général est installé pour l'instant à Beauvais, mais le général a déjà fait préparer ses cantonnements à Compiègne. Napoléon y a laissé sa marque. Et Nivelle croit aux symboles.

— Austerlitz, mais aussi Waterloo..., grommelle le journaliste.

Rouvière hausse les épaules.

— Nous avons sauvé Verdun, repris Douaumont et le fort de Vaux. Napoléon, c'est la tradition de l'offensive foudroyante : coup d'œil, détermination, artillerie, action violente et brutale, mais surtout préparation minutieuse. Vous savez ce que dit Nivelle ? « Nous n'avons pas *une* méthode, mais *de la* méthode. » N'oubliez pas, Finlay : Nivelle est un polytechnicien, un artilleur, comme Napoléon.

Rouvière s'éloigne en lançant :

— Je lui parle de vous !

Puis il revient sur ses pas et complète :

— Sa femme est anglaise. Il n'ignore rien de la culture anglo-saxonne. C'est un moderne. Il vous surprendra !

John Christopher quitte les lieux. Il aperçoit, appuyé à la rambarde de l'escalier, Oriani. Il hésite, rentre dans le grand salon, se heurte à nouveau à Juliette Dumas et au duc Luís Maurin de Montalban.

— La France, qui prétend combattre au nom de la liberté et du droit, devient une dictature, s'indigne l'Espagnol. Regardez cet homme – il montre le commissaire d'un mouvement du menton –, il me file, me harcèle. Ses sbires viennent chaque jour au siège de *La Voix* pour nous censurer. Je vais modifier le titre de mon journal. Il y a déjà *L'Homme enchaîné*, *Le Canard enchaîné* ; je vais l'appeler *La Voix bâillonnée* ! Savez-vous que l'on fait les pires difficultés aux libraires qui veulent commander *Les Nôtres* ? Oriani a même menacé Henri Mourier.

Le duc baisse la voix :

— Ils ont peur du peuple, et c'est moi, l'aristocrate espagnol, qui m'insurge contre ce que devient le pays des sans-culottes ! Amusant, non ?

Juliette a pris le bras de Finlay.

— Moi, dit-elle en riant, le commissaire Oriani est venu me voir dans ma loge, au Majestic, après le spectacle, et il m'a félicitée.

— Il vous a surtout interrogée ! corrige Luís Maurin de Montalban.

— Il savait tout de moi, reprend Juliette.

Elle serre contre son sein le bras de Finlay.

— Même le nom de mon tailleur, ce bon Juif Alexandre Graevski, et dans son carnet il avait la liste de toutes mes connaissances.

Elle rit.

— Vous le savez, Finlay, j'ai connu pas mal de messieurs importants.

Elle se tourne.

— Ici, ce soir, commence-t-elle, si je comptais...

— Je vous en prie ! s'écrie le duc.

Oriani ne bronche pas quand tous trois passent près de lui, mais il esquisse un sourire.

— Quand les choses vont mal, poursuit l'Espagnol, on cherche des boucs émissaires, on brûle les sorcières, on crucifie les étrangers, on lapide ceux qui disent la vérité. Les hommes ont agi de la sorte depuis les débuts de leur histoire...

Ils descendent lentement les escaliers.

— Les lustres brillent dans les salons parisiens, reprend le duc, on célèbre les succès du général Nivelle, on prépare déjà pour le début de l'année 1917 une nouvelle offensive fulgurante, victorieuse – comme celle de la Somme, sans doute ! –, et pendant ce temps les familles pleurent leurs tués et leurs mutilés. Elles ne peuvent même plus acheter du café, de la viande ou du beurre : tout est trop cher pour les petites gens. Le peuple, mon cher Finlay, le peuple murmure. Les ouvriers protestent, réclament une hausse des salaires. Il y a déjà eu en 1916 trois cent quatorze grèves, et l'année n'est pas finie...

Luís Maurin de Montalban lève la tête et montre Oriani qui, penché, les suit des yeux.

— Alors M. le Commissaire principal désigne des coupables, des traîtres, des espions. Sans doute vous et moi sommes déjà parmi les suspects.

Il baisse la voix.

— Je repars bientôt pour l'Espagne. Venez donc avec moi, Finlay !

— Ils n'ont qu'à tous signer la paix ! lance étourdiment Juliette avec un rire perlé.

16.

CHRONIQUES DE L'EUROPE EN GUERRE
par
John Christopher Finlay
correspondant permanent en Europe du *Washington Times*

Paris, le 28 décembre 1916

C'est mon troisième Noël de guerre. Il me paraît plus gris et plus noir que ceux de 1914 et 1915, peut-être parce que, l'espace de quelques heures, j'ai cru à la paix prochaine en Europe.

Tout s'est joué à la mi-décembre.

Le bruit s'est d'abord rapidement répandu que l'empereur Guillaume II avait proposé l'ouverture de pourparlers de paix. Le 12 décembre, apprenait-on, il avait déclaré qu'il voulait mettre fin à « une guerre qui menaçait d'ensevelir sous ses ruines le progrès moral et matériel dont s'enorgueillissait l'Europe à l'aurore du XXᵉ siècle ».

J'avais assisté ce soir-là à la nouvelle revue du théâtre Majestic dont la vedette est Mlle Juliette Dumas, peut-être la plus célèbre des danseuses et chanteuses de cabaret et de café-concert. La salle avait été enthousiaste, applaudissant les artistes légèrement vêtues d'un voile tricolore et portant toutes des casques de carton-pâte.

Au foyer, à l'issue du spectacle, j'ai croisé la plupart des personnalités de la presse et du monde politique. Même au cœur d'une guerre implacable, la Ville lumière ne perd aucune de ses habitudes.

On ne parlait que de la proposition allemande dont on ne connaissait pas encore avec précision les termes. Les opinions étaient partagées. Était-ce un aveu de faiblesse, un piège, ou, au contraire, un acte de sagesse qu'il fallait saisir pour mettre fin au massacre, à cette guerre civile européenne plus cruelle encore que celle de Trente Ans ? Après tout, disaient certains, il faudra bien conclure un jour de nouveaux traités de Westphalie, comme ceux qui, précisément, en 1648, mirent fin à la guerre commencée en 1618.

Tout à coup, Mlle Dumas était montée sur une table. Elle avait ôté son casque et ses cheveux blonds s'étaient répandus sur ses épaules. Drapée dans son voile tricolore, elle avait la beauté un peu lourde d'une divinité antique.

Elle avait levé une coupe de champagne et lancé d'une voix forte : « Sauvons la paix ! Au retour de nos hommes ! »

Il y avait eu un moment de stupeur et de silence, puis les applaudissements avaient éclaté, ne s'interrompant qu'après que l'un des hommes politiques les plus influents du moment, Maurice Flécheux, proche de Clemenceau, mais ayant aussi l'oreille du président de la République, Poincaré, eut crié à plusieurs reprises d'un ton irrité, chargé de colère : « À la victoire ! Buvons à la victoire ! »

Cette scène significative n'a été rapportée par aucun journal, mais la réaction de Flécheux avait suffi à me faire douter de la possibilité d'engager une négociation entre belligérants.

Quelques heures plus tard, le texte complet de la déclaration de Guillaume II fut connu à Paris.

Il était à la fois vague et brutal. L'empereur s'adressait d'abord à ses soldats, présentant l'offre de paix comme le résultat de leur bravoure, de leurs victoires, de leur force invincible. Guillaume II ajoutait que « si, malgré cette offre de paix et de conciliation, la lutte devait continuer, elle serait conduite jusqu'à une fin victorieuse, en déclinant solennellement toutes responsabilités devant l'humanité et l'Histoire ».

Le ton de cette déclaration et son imprécision ne pouvaient que la rendre inacceptable.

Tous les hommes politiques que j'ai rencontrés la rejetaient.

Le président du Conseil, l'habile Aristide Briand, devait, dès le lendemain, 13 décembre, me déclarer : « Ce cri de paix est un cri de faiblesse, un acte de ruse destiné à troubler les consciences. Ce sont les mêmes cris qui reviennent toujours sur les lèvres allemandes, avait-il poursuivi : "Nous avons été attaqués. Nous nous défendons." À ces cris je réponds pour la centième fois : "Non, c'est vous qui fûtes les agresseurs ! Quoi que vous disiez, les faits sont là, qui le crient. Le sang est sur vos têtes, et non sur les nôtres !" »

Clemenceau s'est montré tout aussi catégorique : « Accepter ces propositions, m'a-t-il dit, ce serait passer la tête dans un nœud coulant dont l'Allemagne tiendrait le bout. »

Durant les quelques jours qui ont suivi, j'ai eu pourtant le sentiment que le destin hésitait encore.

Les propositions de notre président Wilson, connues dès le 17 décembre, demandant à tous les belligérants d'énoncer leurs buts de guerre afin que l'on sache quelles étaient les fins poursuivies et que puissent ainsi s'ouvrir des négociations, ont troublé l'opinion, gêné les milieux politiques.

Les journaux ont reproduit le texte de Wilson condamnant cette guerre, une guerre qui conduit à offrir « en holocauste des millions et des millions de vies humaines ». À plusieurs reprises, ces jours-là, mes voisins, garçons de café ou relations perdues de vue, ont tenu à me faire savoir, parfois par un simple regard, une pression de la main, qu'ils approuvaient l'initiative de notre président.

Puis j'ai quitté Paris pour le front de Verdun.

Le général Nivelle, chargé désormais du commandement de la deuxième armée en lieu et place de Pétain, m'avait convié à assister à l'offensive qui devait, selon ses plans, éliminer toute menace allemande sur Verdun et mettre ainsi fin à cette bataille de plusieurs mois au cours de laquelle le camp français et l'allemand avaient perdu, chacun pour sa part, plus de cinq cent mille hommes.

J'ai retrouvé avec émotion, et non sans un certain sentiment de désespoir la « voie sacrée » et les routes boueuses qui conduisent aux premières lignes.

J'ai à nouveau croisé ces hommes épuisés qui regagnaient l'arrière après une dizaine de jours passés sous le pilonnage de l'artillerie allemande.

Dans son poste de commandement, Nivelle paraissait sûr de lui. Ce sexagénaire aux traits fins, au regard vif, donne une singulière impression d'énergie et d'intelligence.

Son second, le général Mangin, ne cessait d'entrer et de sortir de la pièce en bousculant les nombreux officiers qui s'y trouvaient. Mangin est un homme trapu au teint très brun, à la moustache en brosse, qui parle avec autorité et même brutalité. On le devine entraîneur d'hommes, débordant de confiance en lui-même, suscitant pour cela obéissance et dévouement.

À la fin de la matinée, alors que les premiers rapports sur l'attaque lancée à l'aube dans le brouillard commençaient à parvenir au poste de commandement, les généraux Joffre et Pétain sont arrivés et sont passés à table pour le déjeuner auquel ni moi ni Armand Barruel, le directeur du *Petit Parisien*, qui m'accompagnait, n'étions conviés.

Mais nous avons partagé le repas des aides de camp, de jeunes officiers heureux de servir sous le commandement de Nivelle et de Mangin. Le commandant Rouvière, que je connais depuis l'avant-guerre, m'a confirmé l'exceptionnel magnétisme de ce dernier, capable de galvaniser des fantassins épuisés et de les faire s'élancer à nouveau à l'assaut des lignes ennemies.

— C'est un patriote et un républicain intransigeant, m'a dit Rouvière.

Au milieu de l'après-midi, les « coureurs », les messages téléphoniques ou ceux confiés aux pigeons voyageurs, ont confirmé le succès de l'offensive.

Des chasseurs avaient attaqué dans le secteur des Carrières d'Hautmont en entonnant un couplet de l'hymne national qui commence par ces mots : « Nous entrerons dans la carrière... » L'assaut avait été impérieux, irrésistible. À seize heures, tous les objectifs avaient été atteints.

Les généraux Joffre et Pétain ont quitté le quartier général. Peu après, Nivelle et Mangin ont réuni leurs officiers en nous invitant, Barruel et moi, à rapporter les propos qu'ils allaient tenir.

Le général Nivelle a été bref : « Notre expérience est concluante, a-t-il dit. Notre méthode d'attaque vient d'être éprouvée. Elle est efficace. Je puis vous assurer de la victoire. L'ennemi l'apprendra à ses dépens. »

Puis Nivelle est parti rendre visite aux postes de commandement de chaque division. Nous sommes restés aux côtés du général Mangin. J'ai eu le sentiment qu'il parlait d'autant plus longuement que nous étions présents et qu'il savait que nous rapporterions ses propos dans nos journaux.

C'est en l'écoutant que j'ai perdu tout espoir de voir s'ouvrir des négociations.

Chaque gouvernement, chaque peuple poursuivrait la guerre jusqu'à ce que l'autre camp demande grâce.

L'holocauste dont avait parlé le président Wilson continuerait.

Les attaques qui venaient de se conclure avaient pourtant coûté, estimaient les officiers, plus de vingt-cinq mille hommes aux Allemands, et seulement quelques milliers de moins aux Français.

Or ce secteur du front ne représentait que quelques kilomètres sur plus de huit cents !

Et le général Nivelle avait laissé entendre qu'il préparait une nouvelle offensive pour le début de 1917. Et que, si on lui laissait les mains libres, si on lui en donnait les moyens, Mangin et lui remporteraient la victoire.

— Toute paix prématurée est un piège grossier, a dit Mangin en se tournant vers nous. Nous connaissons les Allemands. Incapables de nous vaincre sur le champ de bataille, ces sauvages agresseurs nous tendent ce piège. Tout en amassant de nouvelles armes, ils crient : « *Kamerad !* » Nous connaissons ce geste. Nos pères de la Révolution refusèrent de traiter avec l'ennemi tant qu'il souillait le sol sacré de la Patrie, tant qu'il n'était pas repoussé hors des frontières, tant que le triomphe du droit et de la liberté n'était pas assuré contre les tyrans.

Mangin m'a alors défié du regard comme s'il voulait me faire connaître sa pensée sur les propositions du président Wilson qui s'adressaient à tous les belligérants sans vouloir juger aucun d'eux.

— Nous, nous ne traiterons jamais avec les parjures pour qui les traités ne sont que chiffons de papier, ni avec les bourreaux de femmes et d'enfants. Après la victoire finale qui les mettra hors d'état de nuire, nous leur dicterons nos volontés. À leurs hypocrites ouvertures la France a répondu par la gueule de nos canons et la pointe de nos baïonnettes.

Puis il s'est écrié avec emphase, bras écartés, comme s'il voulait embrasser chacun de ses officiers :

— Vous avez été les bons ambassadeurs de la République ; elle vous remercie !

Quitter la zone des combats et retrouver Paris est aussi une épreuve.

En rentrant du poste de commandement du général Nivelle, en cette mi-décembre, j'ai été à nouveau saisi par une forte émotion faite d'un sentiment de délivrance, de déception et de culpabilité mêlées.

En première ligne : la tragédie. On côtoie des hommes, y compris les officiers de l'état-major, qui sont à chaque instant confrontés à la mort – celle qui les menace et celle qui frappe plusieurs milliers de fois par jour d'autres hommes qu'ils connaissent, avec qui ils partagent la misère et les dangers de la vie des tranchées, l'exaltation mêlée de panique des assauts.

À Paris, tout, en cette fin d'année 1916, m'a semblé à la fois terne, angoissant et révoltant. Les femmes arborent les couleurs de ce mois d'hiver, les gris et noir du deuil. Elles s'agglutinent en longues queues devant les comestibles. Rien ne manque vraiment, mais tout est devenu plus rare et plus cher. Elles lancent aux hommes jeunes et vigoureux des regards où j'ai lu, quand je les ai croisés, autant de haine que de désir. En passant près d'elles, j'ai entendu parfois grommeler des insultes et elles m'ont souvent lancé comme une injure le mot : « Embusqué ! »

Alors que les journaux claironnent chaque jour des airs de victoire, célèbrent la gloire des généraux Nivelle et Mangin, et annoncent l'effondrement de l'Allemagne lors de la prochaine offensive, je ne ressens, parmi les passants qui parcourent ces gros titres, qu'une indifférence lasse, de l'accablement, parfois même de la colère.

Je me souviens d'une femme en deuil qui s'est mise tout à coup à sangloter, les mains cachant son visage, puis qui a hurlé qu'il fallait empêcher qu'on tue tous ces pauvres enfants. On lui avait pris les siens, expliquait-elle ; les fils n'étaient pas de la chair à canon ! Soudain, elle a paru prendre conscience de ce qu'elle proférait et elle s'est enfuie.

La tristesse imprègne les rues de Paris. Elles sont silencieuses. Les chanteurs et leurs orgues de Barbarie, jadis si nombreux aux carrefours, tout comme les baraques foraines et les manèges qui envahissaient les boulevards et les places à l'approche de Noël, ont disparu.

La fête se déploie encore, mais elle se cache derrière les portes des restaurants des Grands Boulevards et celles des cabarets ou des cafés-concerts. Là, elle est si violente, si débridée qu'elle ressemble à une gesticulation exacerbée, au bord d'un gouffre.

Dans les salles calfeutrées, la lumière est crue. Les femmes ont toutes des allures de filles. En robes trop courtes aux corsages échancrés, elles livrent leurs appas aux regards. On boit, on chante, on danse, on banquette. Les embusqués côtoient les héros. Les aviateurs qui passent une nuit à Paris entre deux raids au-dessus des lignes ont toujours autour d'eux des essaims de jeunes femmes qui se pendent à leur bras, à leur cou. On reconnaît les officiers et les soldats qui arrivent du front ou qui s'apprêtent à y retourner à leur maigreur, à leur pâleur, à leur regard à la fois fixe et brillant. Les autres, dans leurs uniformes repassés, sont les « planqués », ceux dont on dit qu'à l'état-major de Joffre, à Chantilly, ils festoyaient chaque soir au meilleur établissement de la ville, l'hôtel de Condé.

Mais cette coterie a été dispersée, car Joffre a perdu tout pouvoir. Nivelle vient d'être désigné pour le remplacer à la tête des armées. Mangin le suit au grand quartier général. Pour éviter toute protestation de Joffre, le nouveau ministre de la Guerre, Lyautey, a proposé que le gouvernement l'élève à la dignité de maréchal de France. Aristide Briand a naturellement accepté :

— Je vais mettre à Joffre un bâton de maréchal dans la gueule ; comme ça, il n'aboiera pas, a dit le président du Conseil.

Joffre se tait, en effet. On l'a oublié au bout de deux jours. Dans les milieux politiques, on ne jure plus que par les généraux Nivelle et Mangin. Mais de ce dernier on rapporte que les hommes placés sous ses ordres disent : « Mangin est un type extraordinaire : quand on est dans la merde, il vous en sort ; quand on n'y est pas, il vous y met. »

La guerre continue donc. Et la mort marche avec elle.

Bonne année 1917 !

Deuxième partie

LE CHEMIN DES DAMES

17.

Alors qu'il se tient encore sur le marchepied du wagon, Finlay aperçoit tout à coup un groupe d'hommes qui, au loin, au milieu des uniformes bleus et des vêtements bigarrés des passagers déjà descendus, constitue une sorte de môle noir, au début du quai, à hauteur de la locomotive dont les jets de vapeur colorent de gris la pénombre de la gare, par cette matinée du 5 janvier 1917.

Le flot des permissionnaires et des civils – surtout des femmes – qui se déverse du train vient heurter ce môle.

Finlay tarde à sauter sur le quai. On le bouscule.

Il voit un homme se détacher du groupe, s'avancer, suivi par quatre gendarmes aux uniformes noirs de la prévôté militaire. Ils approchent.

À la manche vide qui bat le flanc gauche de l'homme en pardessus sombre qui marche en tête du groupe, Finlay reconnaît aussitôt le commissaire principal Antoine Oriani.

Il ralentit. On le bouscule en maugréant. On lui lance :

— Hé, l'embusqué, laisse-nous aller nous faire tuer !

Finlay plonge la main dans sa poche. Ses doigts retrouvent aussitôt la petite carte que Rosa di Bellagio lui a fait remettre, le 30 décembre.

Il tente maladroitement de la déchirer sans la sortir de sa poche, craignant qu'Oriani, qui n'est plus qu'à quelques mètres, ne se précipite pour s'en emparer, lire ces quelques mots :

« Début d'une année cruciale. Pourquoi pas ensemble au Schweizerhof ? Je vous y attends jusqu'au 4. Venez. C'est un miracle d'être encore vivants. Demain, chi lo sa ? »

Rosa di Bellagio n'avait pas signé, mais quand le petit homme lui avait tendu la carte, Finlay avait reconnu d'emblée l'écriture penchée, et tout en faisant signe au messager d'entrer, il l'avait lue et relue, l'émotion et le désir lui étreignant la gorge.

Il avait imaginé la chambre du Schweizerhof – peut-être la même que celle où ils s'étaient aimés ?

Il avait serré la carte dans son poing, dévisageant enfin celui qui l'avait portée, surpris par ses yeux lumineux, son doux sourire.

Il disait s'appeler Alexandre Graevski. Il était le tailleur de Mlle Juliette Dumas, ainsi que de toutes les filles de Mme Clarisse.

Finlay s'était alors souvenu de ce tailleur juif qui habillait en effet – lui avait rapporté Juliette – les pensionnaires du Rendez-Vous.

Il avait rouvert la main, montré la carte, interrogé Graevski du regard. Mais l'homme avait haussé les épaules et dit :

— Vous comprenez, n'est-ce pas ?

Quand il riait, tout son visage se ridait, si bien qu'il paraissait grimacer.

— Moi, bien sûr, je ne sais rien. Je ne suis qu'un messager.

Il s'était approché des rayonnages qui tapissaient l'entrée de l'appartement.

— Parfois, avait-il poursuivi, on tue les messagers, surtout ceux qui apportent de mauvaises nouvelles. Mais celle-ci est bonne, n'est-ce pas ?

Du plat de la main, il avait commencé à caresser les reliures.

— Combien de livres auraient pu être écrits et lus par les millions d'hommes qu'on a déjà tués ? avait-il mur-

muré. Est-ce que vous avez pensé à cela ? Qui ose s'insur-
ger devant un tel crime ? Notre civilisation se suicide,
monsieur. Nous redevenons des bêtes sauvages.

Il y avait dans sa voix comme un sanglot étouffé. Il
s'était rabougri, voûté ; la tête rentrée dans les épaules, on
eût dit tout à coup un vieillard.

— Vous ne souffrez pas de ça ? avait-il murmuré.

Finlay avait relu la carte de Rosa di Bellagio et l'homme
s'était redressé, avait à nouveau souri.

— Au milieu du malheur, il faut savoir trouver une oasis
de joie. Ne vous détournez pas de la source, monsieur ;
sinon, vous aurez soif tout le restant de votre vie.

L'homme était parti sans que le journaliste songe même
à lui tendre la main.

Mais, après être resté quelques minutes immobile dans
l'entrée à contempler ses livres, Finlay s'était hâté de rem-
plir de quelques vêtements son sac de voyage, se souvenant
qu'il l'avait déjà utilisé quand il s'était rendu à Berne pour
la première fois.

À l'ambassade, il avait obtenu de Preston Caffery un passeport diplomatique, puis avait pris le premier train pour
Berne, *via* Pontarlier.

Il s'était dit qu'Alexandre Graevski avait su en quelques mots le décider à ce départ, ou plutôt lui avait permis de maquiller son désir par une justification pleine
de sagesse.

Mais, tout au long du voyage, il n'avait pensé qu'au
corps de Rosa di Bellagio, se souvenant de ce qu'il avait
déjà vécu avec elle, qui le laissait à la fois comblé et frustré,
car elle se donnait et se reprenait, et toujours il avait eu le
sentiment de n'avoir fait que l'effleurer sans jamais vraiment la posséder ni pouvoir la retenir.

Il avait souffert d'être enfermé dans ce wagon sur-chauffé qui sentait la sueur.

Des soldats étaient allongés sur les banquettes, leurs capotes noircies par la boue séchée.

Le train prenait du retard, s'arrêtait parfois plusieurs heures alors que défilaient des convois chargés de troupes ou de canons.

Aux portières de ces trains qui roulaient vers le nord, des jeunes soldats chantaient, réveillant les permissionnaires qui juraient, puis insultaient ces « pauvres cons » qui ne savaient pas qu'on arrive toujours trop tôt au front, et qu'on aura bien le temps de s'y faire tuer !

Ils chantaient, ces enfants, avec encore du lait plein la bouche ! grognaient les plus âgés. À peine vingt ans et ça croyait que la guerre était une partie de plaisir, alors que ça se résumait à la merde, aux poux, à la boue, à la mort partout.

Finlay avait vu leurs regards se durcir, se charger de mépris et de haine.

L'un de ces soldats avait fait mine de cracher dans sa direction. Finlay avait alors murmuré : « Je suis américain », et il leur avait tendu son paquet de cigarettes. Ils s'étaient alors confiés :

— On n'imagine pas ce que c'est. J'y retournerai pas, avait marmonné le plus vieux d'entre eux. J'attendrai la fin dans la forêt, chez moi.

— On te retrouvera, avaient répliqué les autres, on te collera douze balles dans la peau et on défilera devant toi en fanfare.

— Je me défendrai. Mourir pour mourir, j'en descendrai quelques-uns avant !

— Tue plutôt les Boches.

Puis ils avaient parlé de la « bonne » blessure, celle qui donne droit à la réforme. Ils étaient prêts à sacrifier une main, une jambe, un œil pour ne plus avoir à remonter en ligne – à pourrir, comme ils disaient, dans les tranchées, au milieu des cadavres.

— Même un bras, c'est rien ! avait précisé l'un d'eux.

Mais il avait ajouté qu'il fallait cesser de raconter ces « conneries » qui portent la poisse. Pour s'en sortir, il fallait en mettre un coup, finir la guerre, la gagner, et que ce soit la dernière, la « der des ders » !

Le train s'était à nouveau arrêté et un interminable convoi aux wagons marqués d'une croix rouge était passé, roulant lentement, ses essieux grinçant comme des cris.

Finlay s'immobilise devant Oriani. Il achève de déchirer en morceaux la carte de Rosa, puis reprend chacun, l'effrite dans sa poche, le roule en boule entre le pouce et l'index.

C'est comme s'il triturait sa propre chair, faisant sourdre une souffrance qui se diffuse dans sa poitrine, son ventre, son sexe écrasé et tordu.

— Il faut nous suivre, monsieur, lui dit le commissaire.

Les quatre gendarmes encadrent Finlay. Il veut avancer, mais se heurte à Oriani qui ne bouge pas.

— Vous revenez de Suisse, murmure ce dernier. Nous savons que vous avez rencontré là-bas une espionne allemande, la comtesse Rosa di Bellagio, recherchée pour trahison par la Justice militaire italienne.

Finlay sort son passeport diplomatique, l'exhibe à quelques centimètres du visage d'Oriani. Les gendarmes se sont rapprochés. Il les sent qui l'entourent. Il les voit écarter à gestes impérieux les permissionnaires qui, chargés de lourdes musettes, leurs capotes brossées, le dévisagent, puis s'éloignent tout en se retournant.

— Vous l'avez vue ! reprend Oriani en appuyant sa main droite sur la poitrine de Finlay et en le repoussant.

John Christopher était arrivé à Berne au milieu de la nuit. Il se souvenait seulement de la lumière blanche répandue par la pleine lune à la surface du fleuve, du vent glacial qui tailladait les joues, la bouche, du bruit de ses pas claquant sur les pavés des rues désertes du centre-ville, puis sur la berge de l'Aar, enfin de la sensation de chaleur étouffante quand il était entré dans le hall du Schweizerof et que le portier lui avait remis la clé de la chambre retenue pour M. John Christopher Finlay, ainsi qu'une enveloppe.

Il avait commencé à gravir lentement l'escalier, mais s'était arrêté après quelques marches, essoufflé, s'appuyant à la large rampe de cuivre. Il avait déchiré l'enveloppe, déplié le feuillet et lu :

« Chambre voisine. Porte communicante ouverte à toute heure. »

Il avait craint de ne pas recouvrer sa respiration. Il était resté ainsi à regarder fixement le tapis qui ornait l'escalier, avec l'illusion qu'il s'agissait d'un flot tombant en cascade qui, de marche en marche, allait l'entraîner, l'empêchant de rejoindre Rosa di Bellagio.

Il se souvenait de la voix rauque du portier qui, tête levée, l'interpellait, s'étonnait qu'il n'eût pas pris l'ascenseur.

Ç'avait été comme si on l'arrachait à un sortilège. Il avait rassuré le portier tout en reprenant son ascension.

Puis, comme si un rideau noir se levait, il avait découvert, dans la lumière bleutée de sa lampe de chevet, Rosa di Bellagio couchée sur le drap blanc. Elle était rouge et noir, comme dans l'un de ses souvenirs, les cheveux répandus comme une gerbe dénouée sur l'oreiller, de fines bretelles de soie noire retenant une chemise de nuit rouge terminée à mi-cuisse par un volant de dentelle noire.

Il était resté debout au pied du lit à la contempler longuement, n'osant la réveiller.

Et le rideau noir qui voilait une partie de sa mémoire ne s'était à nouveau écarté qu'au moment où Rosa était apparue dans l'encadrement de la porte communicante, alors qu'il était en train d'ouvrir son sac de voyage – mais peut-être avait-il volontairement heurté l'armoire afin que le bruit la réveillât ?

D'abord les corps, sans échanger un mot, seulement un bref regard. La mémoire est précise.

Il a même l'impression que son œil est une loupe qui grossit les détails pour lui permettre de mieux les graver en lui.

Il voit les lèvres du sexe, larges, de couleur bistre, sertissant le cœur rouge et humide de la vulve.

Il voit chaque pore de la peau.

Il sait qu'il n'oubliera plus la langue de Rosa, dure et effilée, lui écartant les dents, emplissant sa bouche, vive et palpitante.

Il retrouve la saveur un peu sucrée des mamelons qu'il mordille, abandonne pour se porter vers cette toison noire, entre les cuisses – et ce ressaut, une autre langue, le clitoris, qu'il lèche et caresse.

Il a le désir de tout goûter, d'avaler tout de Rosa di Bellagio.

Il glisse sa main sous son dos, la soulève. Il a la sensation de boire à une source, de plonger son visage dans un fruit si mûr qu'il s'est fendu.

Une figue, disaient les Grecs. Moite, gluante même, mais qu'il ne se lasse pas de savourer, comme s'il ne pouvait étancher sa soif ni être repu.

Combien d'heures ou plutôt combien de jours et de nuits sans quitter le lit, changeant de chambre quand on frappait à la porte de l'une ou de l'autre, d'abord de manière hésitante, puis avec insistance, et qu'une voix un peu rieuse répétait « *Putzfrau !* », puis « *Cameriera !* » ?

Rosa di Bellagio répondait avec autorité « *Moment !* », puis elle entraînait Finlay vers la seconde chambre, laissant la porte de communication entrouverte, et, impudique ou indifférente, avec une liberté qui fascinait Finlay, elle continuait de l'embrasser ou de l'attirer en elle alors que les femmes de chambre qui s'affairaient dans la pièce voisine jetaient sans doute, en passant, un coup d'œil par la porte entrebâillée tout en écoutant les soupirs et les rires de Rosa.

Ils n'étaient descendus ni pour dîner, ni pour déjeuner, se faisant servir dans la chambre de Finlay, mais picorant seulement dans les assiettes de viande séchée et de jambon d'Aoste qu'on leur montait, buvant principalement, peut-être pour ne pas se départir de cette griserie pétillante et de cette excitation des sens qui leur donnaient l'impression de flotter loin du monde où l'on s'entre-tuait.

Mais, avec l'épuisement ou l'usure du désir, ou par l'effet d'un alcool trop fort, mais surtout du fait de l'attitude de Rosa, tout à coup préoccupée, téléphonant – « Que Peschkov ou Parvus viennent me chercher demain ! », puis lançant un coup d'œil à Finlay et ajoutant : « Demain, oui, mais pas avant le soir » –, le charme s'était rompu.

Rosa di Bellagio avait ouvert les rideaux et le soleil d'hiver avait envahi la chambre, éclairant aussi le sommet massif de la Jungfrau qui fermait l'horizon.

Au cours de cette dernière nuit, Finlay avait eu l'impression que le glacier avait peu à peu envahi la chambre et que Rosa et lui n'étaient plus que des corps gelés, emprisonnés. Leurs gestes étaient devenus lents, presque douloureux, et comme leurs corps avaient cessé de dialoguer, la jeune femme s'était mise à parler, bras croisés cachant ses seins, et le monde oublié, la tuerie s'étaient à nouveau dressés entre eux deux.

Elle avait passé plusieurs semaines à Petrograd, racontait-elle.

— Vous tous l'appelez encore ici Saint-Pétersbourg, parce que vous ne comprenez rien à ce qui se passe là-bas, en Russie. On y hait tellement l'impératrice Alexandra Fedorovna, l'Allemande, qu'on a débaptisé la ville au nom trop germanique.

La voix de Rosa était âpre. Chaque mot qu'elle prononçait était comme un coup de griffes dont John Christopher éprouvait douloureusement la violence, presque la rage méprisante. Après toutes ces heures, ces jours d'union silencieuse durant lesquels il avait pu croire qu'elle et lui ne formaient plus qu'un seul corps, une seule pensée, toutes paroles devenues inutiles, puisque le désir les fondait l'un en l'autre, il se sentait tout à coup exclu, rejeté, à l'écart, différent d'elle.

Entre eux, ce monde, cette Russie qui, selon Rosa, serait bientôt comme un volcan en éruption, répandant sur l'Europe sa lave rouge.

Il avait murmuré qu'il savait que, lors d'un « Comité secret », un député socialiste, Marcel Cachin, s'était inquiété de la situation en Russie, disant qu'il était troublé par les nouvelles venues de là-bas : des ministres de la Guerre russes accusés de pactiser avec les Allemands, des grèves de plus en plus nombreuses... Mais le président du Conseil, Briand, avait assuré que « la noble nation russe, avec son chef, son armée, reste ce qu'elle est, loyalement dans l'Alliance ».

Finlay avait été désarçonné par le brusque mouvement de Rosa di Bellagio qui s'était dressée, criant presque qu'il y avait une armée russe invisible dont on ne parlait jamais, celle du million de déserteurs qui erraient par les campagnes, sans compter tous ceux qui se mutilaient pour ne plus retourner au front, obéir à des officiers incapables, brutaux, qui avaient déjà fait tuer trois millions d'hommes.

— Trois millions, Finlay !

Elle ne l'avait plus appelé Chris.

Elle avait poursuivi, parlant de l'impératrice qu'on surnommait *Niemka* – la « bochesse » –, et du tsar qui s'accrochait au trône, qui était censé avoir déclaré : « Dussé-je faire pendre la moitié de la Russie, je ne m'en irai pas ! », et de la haine qui s'accumulait contre lui, de celle qui avait foudroyé ce corrompu, ce faux prophète, cet imposteur de Raspoutine.

— Celui-là, il ne nuira plus ! avait-elle ricané.

Elle revenait de Petrograd. Finlay savait-il qu'un prince Ioussoupov avait assassiné le prétendu guérisseur, que des aristocrates s'étaient ligués contre le tsar, avaient empoisonné le favori de l'impératrice, mais le colosse avait résisté au poison, il avait fallu l'abattre à coups de revolver, et comme il vivait encore, on l'avait précipité dans les eaux glacées de la Neva ?

Rosa avait vécu tout cela, disait-elle. Elle devait faire un rapport à Lénine et aux bolcheviks, et c'était pour cette raison qu'elle quittait Berne : elle allait rencontrer ses camarades à Zurich.

Elle s'était tournée vers Finlay :

— Ni Briand ni les socialistes, personne ne comprend rien à l'éruption qui se prépare en Russie. Ils entendent les premiers grondements, mais sont incapables d'imaginer l'explosion, le déferlement de la lave...

— La cendre..., avait ajouté Finlay.

Il avait eu envie de lui parler de Pompéi, de cette ville entière étouffée avec ses habitants sous les cendres du Vésuve, de ces cadavres qu'on avait retrouvés des siècles plus tard – toute une civilisation détruite. La révolution dont Rosa rêvait et qu'elle organisait pouvait être un nuage aussi gris, brûlant et ravageur que celui qui avait enseveli la ville romaine.

— Nous avons besoin de vous, Finlay, avait-elle répété en se glissant sur lui et en le chevauchant.

Elle avait parlé de Parvus, d'argent à faire passer de Suisse en France, puis de là en Russie. Il connaissait Anton Gratchev. Personne ne soupçonnait ce journaliste, familier de l'ambassadeur Isvolsky. Finlay avait aussi rencontré Alexandre Graevski, un fidèle de Trotski, qui avait, depuis l'expulsion de ce dernier, pris la tête de l'organisation des révolutionnaires russes en France et de la propagande auprès des troupes russes présentes dans ce pays.

— Il faut choisir, Finlay, avait-elle insisté. C'est le sort de l'humanité qui se joue !

Elle se tenait droite, bras tendus, mains appuyées aux épaules de John Christopher. Elle avait la fière beauté d'une amazone, seins dressés, parlant sans regarder l'homme dont elle serrait les hanches entre ses cuisses.

Il avait eu la tentation de la saisir par la taille, de la presser encore plus étroitement contre lui. Mais elle continuait de parler, évoquant l'entrée peut-être prochaine des États-Unis dans la guerre, car Wilson devrait lui aussi, comme les autres, baisser la tête sous le joug du capital.

— Votre frère est banquier. Il conseille Wilson. C'est l'un de ceux qui détiennent le vrai pouvoir. Mais ils seront tous emportés, tous ! Vous, vous êtes avec moi, pas avec eux...

Finlay s'était soulevé, rejetant Rosa di Bellagio, et il avait eu l'impression de s'arracher une partie de lui-même.

— Vous l'avez vue ! répète Oriani.

Il a laissé sa main droite plaquée sur la poitrine de Finlay. Il tourne la tête, montre du menton ces permissionnaires qui passent près d'eux, leurs brodequins martelant le quai.

— Ceux-là, mes camarades de première ligne, regardez-les bien, Finlay : votre amie, la comtesse, veut leur défaite et leur mort.

Finlay écarte la main du commissaire principal.

— Vous êtes son complice ! reprend le policier. Vous allez me suivre !

Il fait un signe. Les gendarmes empoignent le journaliste par les deux bras, l'entraînent. Finlay tente de se dégager, mais on le pousse vers l'avant du quai.

18.

Finlay se tient assis, le dos droit, les mains posées bien à plat sur les cuisses. Ses muscles sont si contractés qu'il a parfois l'impression que l'un d'eux, dans le mollet ou l'avant-bras, la nuque ou les épaules, se met à trembler puis se durcit, soudain douloureux.

Il s'efforce de ne pas bouger.

Il refuse de s'appuyer au haut dossier de la chaise rembourrée, recouverte d'un cuir vert tendu entre des clous à grosse tête de cuivre.

Il se contente de respirer longuement, de se tasser un peu afin de relâcher ses muscles. Mais, parfois, la douleur est si vive qu'il doit se mordre les lèvres pour ne pas hurler.

La crampe dure quelques secondes. Finlay crispe les doigts sur ses cuisses, se mord les lèvres. Il ne bouge pas, ne baisse pas la tête. Il continue de défier du regard l'homme qui s'est assis en face de lui et qui mâchonne un long fume-cigarette doré coincé au coin de la bouche.

Les coudes sur le bureau, les doigts entrecroisés – parfois, il en fait craquer les phalanges, ou bien enroule l'un sur l'autre ses pouces –, l'homme porte un monocle opaque sur l'œil gauche.

Lorsque Finlay est entré dans la pièce, précédé par le commissaire principal Oriani, le personnage s'est levé et, d'un geste, a demandé aux gendarmes de la prévôté militaire de rester dehors, dans le couloir de ce troisième étage du ministère de l'Intérieur. Il est allé vers le journaliste, a incliné la tête, dit qu'il était le commandant Rebeirolles, du contre-espionnage, puis il lui a fait signe de s'asseoir.

Il est retourné s'installer derrière son bureau et s'est penché vers Oriani.

Celui-ci a commencé à parler d'une voix saccadée en tenant de la main droite le moignon de son épaule gauche.

Finlay s'est efforcé de ne pas écouter, tout en dévisageant le commandant Rebeirolles. Il a remarqué la cicatrice partant du coin de l'orbite gauche et allant jusqu'à l'oreille, – peut-être la trace d'un coup de baïonnette qui avait crevé l'œil, puis dérapé, ou bien le sillon creusé par un éclat d'obus.

À plusieurs reprises, Rebeirolles a interrompu Oriani, interpellant Finlay, lui demandant de confirmer ou d'infirmer les propos du commissaire.

— Ce ne sont là que des hypothèses, a-t-il précisé, mais chacune d'elles est une accusation. Qu'en dites-vous, monsieur Finlay ?

Le journaliste a répondu qu'il était citoyen des États-Unis d'Amérique, titulaire d'un passeport qui lui accordait l'immunité diplomatique. Par ailleurs, il était correspondant du *Washington Times*, écrivain, auteur de chroniques régulières qui l'obligeaient à enquêter, à rencontrer les personnalités les plus diverses. Non sans ironie, il a mentionné les généraux Nivelle et Mangin, les derniers à l'avoir reçu. Mais il a aussi interviewé le maréchal Joffre lorsque celui-ci n'était encore que généralissime.

— Nous savons qui vous avez vu, monsieur Finlay, l'a interrompu Oriani.

— Laissez, laissez ! a ordonné le commandant Rebeirolles. Il est naturel que M. Finlay nous parle de nos généraux, voire, pourquoi pas, de Clemenceau ou de Maurice Flécheux...

Il a ouvert une chemise et commencé à en extraire certains feuillets.

–... du colonel Albert de Varin, et sans doute aussi de la marquise Mosca-Visconti plutôt que de...

Il a souri, ôté son monocle. L'orbite est une cavité profonde tapissée d'une peau rosée. Finlay a détourné la tête. Puis le commandant a toussoté comme pour faire comprendre à son vis-à-vis qu'il avait remis le monocle en place.

— Oui, monsieur Finlay, vous pourriez aussi évoquer vos rencontres avec Karl Ziegler. Cet officier courageux, votre ancien confrère, nous intéresse. Il est devenu le conseiller diplomatique du grand état-major allemand, l'intime du général Ludendorff. Vous l'avez rencontré à Rome en mai 1915. Exact, n'est-ce pas ?

Oriani a confirmé. Finlay s'est tu.

La tête légèrement levée, paraissant suivre des volutes de fumée, le commandant Rebeirolles a expliqué que Karl Ziegler cherchait maintenant à obtenir une paix séparée avec la Russie, de manière à pouvoir transférer sur le front français les dizaines de divisions allemandes engagées à l'est. Naturellement, une révolution, la chute du tsar seraient les bienvenues.

— Ziegler les prépare. Et voyez comme les choses se nouent : il a rencontré à plusieurs reprises le baron Parvus, que vous connaissez aussi, le financier et le commis voyageur des bolcheviks, l'ami du banquier Günzburg, proche de Joseph Caillaux avant-guerre. Et c'est précisément Parvus que la comtesse Rosa di Bellagio a retrouvé à Zurich après vous avoir quitté.

Il s'est interrompu.

— J'aime beaucoup Berne. Je suis descendu en 1913 au Schweizerhof. De ma chambre, la vue sur le glacier de la Jungfrau était saisissante, surtout au coucher du soleil. Je suis sûr que vous avez apprécié.

Il a toussoté une nouvelle fois.

— Ziegler, Parvus, la comtesse Rosa di Bellagio – qui a aussi rencontré Ziegler, toujours pour le compte de

Lénine –, et vous au milieu de tout cela ? Intéressant, n'est-ce pas ? Or, vous n'avez guère parlé de ces rencontres dans vos chroniques. Étonnant, non ?

Il a montré un épais dossier, dit qu'il a lu toutes les chroniques de Finlay avec attention, mais qu'il y a surtout découvert des indications pouvant être utiles aux services allemands.

— Vous savez, nous passons notre temps, nous autres, du renseignement, à rassembler les pièces d'un puzzle. Chacune d'elles n'a apparemment aucune signification, mais, encastrée parmi d'autres, elle révèle ce qu'on voulait cacher. Par exemple, cette lettre d'un caporal-chef au Mort-Homme, que vous avez publiée...

Il a retiré un feuillet du dossier.

— « Léon D. » : Léon Dumas, évidemment, le cousin et filleul de Juliette Dumas. Un personnage également fort intéressant que cette jeune femme entretenue par le duc Luís Maurin de Montalban, qui a fourni les fonds nécessaires au lancement de ce journal défaitiste, *La Voix*. Il serait en Espagne. Savez-vous que lui aussi connaît fort bien le baron Parvus ? Cette lettre pouvait donc permettre d'identifier la nature des unités engagées à Verdun. Que nous répondez-vous, monsieur Finlay ?

Le journaliste s'apprêtait à répéter qu'il était citoyen des États-Unis, mais le commandant Rebeirolles l'a interrompu :

— Suffit ! Vous savez fort bien que nous ne vous emprisonnerons pas. Pas pour l'instant, en tout cas. Peut-être vous expulsera-t-on, mais j'en doute. Vos amis, votre ambassadeur, Caffery, votre frère, si influent, interviendront. Vous avez Maurice Flécheux, Barruel et d'autres dans votre manche. Mais soyez prudent : nous savons empêcher d'agir ceux qui cherchent à nous nuire. Nous vivons une époque où la mort d'un homme passe inaperçue.

Il se lève, montre la porte à Finlay, puis, alors que ce dernier s'apprêtait à sortir, il l'a rappelé.

Finlay n'a sans doute pas eu le temps de se procurer *Le Petit Parisien* d'aujourd'hui ; le commissaire Oriani n'a pas dû songer à le lui offrir.

— Le voici, monsieur Finlay, ajoute le commandant en tendant à John Christopher un exemplaire du journal.

Finlay l'a glissé dans sa poche sans prendre la peine de le déplier.

Plus tard, tout en marchant rue du Faubourg-Saint-Honoré, il a déchiffré le titre barrant la première page du journal :

UNE ESPIONNE ALLEMANDE ARRÊTÉE

« *Juliette Dumas, actrice renommée, mais fille de joie et femme entretenue, était la maîtresse de plusieurs personnalités, ministres, aristocrates, écrivains français et étrangers.*

« *Elle a été démasquée par notre contre-espionnage.*

« *Elle serait passée aux aveux.* »

Finlay s'est figé sur place.

Peut-être est-ce la fatigue du voyage depuis Berne, puis la longue confrontation avec le commandant Rebeirolles ? Sa lassitude et son accablement sont si grands qu'il a soudain envie de se coucher à même le trottoir, au milieu des passants.

Il s'adosse à une façade comme pour se soutenir, s'empêcher de chanceler, de tomber.

Il relit le gros titre, puis le commentaire de Barruel imprimé en caractères gras :

« *Juliette Dumas a du sang de nos soldats sur ses mains. Elle doit être châtiée à la mesure de son crime : la trahison de la Patrie !*

« *Les Boches, grâce à elle, ont pu à coup sûr tirer avec précision sur les nôtres, les massacrer, et connaître les points faibles de notre défense. Sans elle, un grand nombre de nos difficultés, de nos reculs, de nos pertes auraient pu être évités.*

« *Elle mérite la mort.*

Les Boches n'ont de pitié ni pour nos poilus blessés, qu'ils achèvent souvent, ni pour les femmes qu'ils violent, ni pour les habitants des villages occupés, qu'ils volent et fusillent, qu'il s'agisse de femmes, d'enfants ou de vieillards. Quand ils n'incendient pas les maisons où nos compatriotes se sont réfugiés.

« *Pourquoi serions-nous indulgents pour une fille au passé fangeux ?*

« *La pitié n'est pas de mise pour les traîtres et les espions.*

« *Face à l'Empire barbare, la nation du Droit et de la Liberté, la France qui combat pour la civilisation a le devoir de se défendre.*

« *La Justice doit passer, impitoyable comme un couperet qui tombe !* »

Finlay a l'impression qu'un voile rouge lui couvre les yeux.

19.

Il croise les bras, secoue la tête, dit qu'il attendra Barruel ici, dans la cour.

Il perçoit le désarroi de la domestique, une petite femme ronde qui porte un tablier blanc à volants sur sa robe noire.

Elle invite une nouvelle fois Finlay à entrer. Elle montre le hall, la banquette de velours rouge ; elle ajoute qu'elle ne sait pas si M. Barruel est déjà rentré du journal, mais elle est sûre que Mlle Isabelle est dans sa chambre ; quant au docteur Robin, le major, le neveu de M. Barruel, il est au salon.

Finlay répète qu'il restera dans la cour.

Il commence à redescendre les marches du perron, mais la domestique ne bouge pas, sa main gauche sur la poignée de la porte vitrée, la droite montrant toujours le hall.

Peut-être n'a-t-elle pas entendu Finlay ? Mais il ne peut parler plus haut.

Depuis quelques jours, plus précisément depuis son interrogatoire par le commandant Rebeirolles, au ministère de l'Intérieur, le journaliste a l'impression qu'un nœud plus ou moins serré lui comprime la gorge. On l'étouffe. Chaque matin, quand il lit l'article de Barruel, à gauche de la première page du *Petit Parisien*, il a le sentiment qu'on lui écrase le larynx et qu'en même temps une boue douceâtre et grenat, comme du sang mêlé à la terre, lui emplit la bouche.

Comment parler ? Comment hurler que tout ce que Barruel écrit sur Juliette Dumas – sur l'« affaire Juliette Dumas » – n'est qu'une suite d'élucubrations, un appel, réitéré chaque jour, au meurtre légal – la visant, elle, mais aussi Henri Mourier, Hélène Laborde, le docteur B. – Bardet, à l'évidence –, « un officier responsable d'un grand hôpital militaire parisien, et qui, de ce fait, peut recueillir de la bouche des mourants des renseignements précieux, transmis le jour même en Suisse et, de là, au grand quartier général allemand, au général Ludendorff en personne, ou bien à son âme damnée, le commandant Karl Ziegler, qui fut précisément, de longues années durant, jusqu'à la veille de la guerre, correspondant d'un journal allemand à Paris et... l'amant de Juliette Dumas ! Revoilà la fille, revoilà l'espionne ! C'est, en la débusquant, un nid d'espions que notre contre-espionnage a enfumé ».

Finlay reconnaît sous la plume de Barruel les propos du commissaire principal Oriani, les accusations du commandant Rebeirolles, les noms de tous ceux qu'ils soupçonnent ou veulent faire taire.

Henri Mourier, dont le livre *Les Nôtres* est un succès de librairie.

Hélène Laborde, qui anime le groupe des socialistes internationalistes dont l'influence s'accroît.

La vie devient en effet chaque jour plus difficile. Le charbon, la viande, le chocolat et le café, mais aussi le pain sont plus chers, manquent souvent. Les grèves se multiplient. Des permissionnaires se mêlent parfois aux cortèges. On crie : « À bas la guerre ! »

Le docteur Bardet, lui, est un gêneur, un témoin. Il dénonce depuis des mois les carences du système de santé, les blessés qui meurent faute de soins, l'indifférence avec laquelle l'état-major accepte de laisser crever ces hommes, comme si, dès lors qu'ils ne peuvent plus courir à l'assaut, ils n'étaient plus que du matériel périmé à remiser ou à jeter, à remplacer. Bardet s'est confié au journal *La Voix*, sans doute parce qu'il ne pouvait plus vivre avec cette indignation dans la poitrine et qu'il lui fallait crier en prenant le risque d'être identifié. Car comment ne pouvait-on pas le reconnaître en ce commandant B., médecin-major dans un hôpital militaire parisien et naguère ami de Jaurès ?

Il a déclaré à *La Voix* : « La guerre est une industrie, désormais. L'usure des divisions entre dans les dépenses prévues par l'entreprise, tout comme l'usure des pioches, des roues, des canons. »

Puis il a rappelé qu'on comptait déjà plus d'un million de morts et plus de deux millions de blessés, qu'entre eux les soldats disaient qu'ils n'étaient que « de la chair à canon, de la chair à souffrance, des aspirants macchab' ».

Et parmi les blessés qu'il avait recueillis, rares étaient ceux qui ne remâchaient pas leur colère, ne s'indignaient pas de leur « servitude », de la manière dont on les envoyait à la mort, qui ne se demandaient pas comment « en finir avec ce massacre », ou bien qui, révoltés, ne méditaient pas des vengeances.

Ces déclarations ont fait scandale et on s'est étonné que la censure les eût laissé publier.

Bardet est désormais devenu un traître, un infâme qui « confessait les mourants pour leur arracher des renseignements, et peut-être les empoisonnait afin que les drogues les conduisent à parler ».

Quant à *La Voix*, elle est entre les mains de Luís Maurin de Montalban, dont on cherche la trace en Suisse ou en Espagne. Mais il s'est sans doute réfugié chez ses maîtres allemands auprès de qui Juliette Dumas, arrêtée alors qu'elle s'apprêtait à fuir, devait le rejoindre.

Elle croupit maintenant en prison aux côtés d'une autre espionne, Mata Hari, danseuse et fille de joie, femme entretenue comme Juliette Dumas, « deux sœurs, deux jumelles en trahison et en ignominie ».

Au fil des jours, Barruel a naturellement cité Alexandre Graevski, le baron Parvus et la comtesse Rosa di Bellagio.

Et le public s'arrache *Le Petit Parisien*, et chaque quotidien rivalise avec lui pour dénoncer *La Voix*, ainsi que ces autres feuilles qu'on accuse de pacifisme : *Le Journal*, *Le Bonnet rouge*...

Certains de leurs propriétaires ont touché de l'argent allemand, ils l'ont reconnu.

Finlay souvent doute. Il est si commode de confondre lassitude de la guerre et trahison, témoignage et espionnage, et de faire du docteur Bardet ou de Juliette Dumas des complices de Luís Maurin de Montalban, voire de se servir des uns ou des autres pour atteindre des rivaux politiques, Caillaux ou bien le ministre de l'Intérieur, Malvy !

Malvy avait eu beau tenter de se défendre à la Chambre des députés en déclarant qu'il combattait la propagande pacifiste – « Si je ne vous apporte pas des têtes, avait-il ajouté, je vous apporte des résultats ! » –, Clemenceau s'était levé et, bras tendu, l'index accusateur, lui avait lancé :

— Je vous reproche de trahir les intérêts de la France !

Que dire, après cela ?

Chaque matin, en parcourant l'article de Barruel, John Christopher s'était attendu à y découvrir son nom, ou bien une allusion qui aurait valu dénonciation. Il l'avait imaginée : Barruel aurait décrit les liens qui l'unissaient à tous ces suspects, ces accusés, de Juliette Dumas à Karl Ziegler. Oriani et Rebeirolles n'avaient-ils pas procédé ainsi ?

Mais Barruel n'avait jamais mentionné Finlay.

C'était donc qu'Oriani et Rebeirolles avaient reçu l'ordre de l'épargner, sans doute sous la pression de l'ambassadeur Preston Caffery.

Finlay l'avait rencontré à plusieurs reprises au cours du mois de janvier. Caffery s'était indigné de la manière dont la police et le contre-espionnage français avaient traité ce ressortissant des États-Unis. Que voulait-on, à Paris ? Que l'opinion américaine, au moment où elle commençait à se rassembler contre l'Allemagne, fût à nouveau sensible à ceux qui répétaient que les États-Unis devaient rester neutres et qu'aucun des pays en guerre ne valait qu'on s'engageât à ses côtés ?

Caffery s'était démené, avait fait directement intervenir George Lewis Finlay, au nom du président Wilson. Il était inacceptable qu'on interpelle un citoyen américain disposant d'un passeport diplomatique, qu'on l'interroge, qu'on le menace comme l'avaient fait le commissaire principal Oriani et le commandant Rebeirolles.

Il avait obtenu une audience de Poincaré, puis du président du Conseil. Briand l'avait rassuré. Tout le monde connaissait John Christopher Finlay, on appréciait ses chroniques. Le zèle de quelques subalternes ne pouvait compromettre les relations si confiantes et fraternelles qui unissaient la France et les États-Unis – bientôt alliés, Briand en était persuadé.

Caffery avait aussi morigéné les hommes politiques, députés ou ministres, qu'il recevait régulièrement, de Flécheux à Clemenceau. Il était même intervenu auprès du général Lyautey, ministre de la Guerre. Mais Clemenceau comme Lyautey, s'ils avaient écarté d'un haussement d'épaules les soupçons visant Finlay, s'étaient montrés persuadés qu'une entreprise de démoralisation de la Nation était à l'œuvre à Paris.

— Les hommes politiques ne sont jamais sûrs, avait déclaré Lyautey. Je ne leur livre aucune information, pas même en « Comité secret ». Je n'ai aucune confiance dans ces bavards professionnels et dans ces corrompus !

Clemenceau était allé plus loin encore. Non seulement, selon lui, certains députés étaient achetés par des constructeurs d'avions ou des industriels de l'armement, mais quelques-uns trahissaient réellement.

L'Allemagne rémunérait indirectement mais grassement certaines personnalités éminentes.

— On leur parle de paix de compromis, on leur graisse la patte, et ils font le beau, ils jappent à la Chambre, au Sénat et dans les rédactions.

Il y avait aussi les imbéciles et les naïfs qui rêvaient d'une entente entre socialistes.

— Ceux-là, les Allemands les paient avec des mots, mais aussi avec un peu d'or, avait poursuivi Clemenceau. John Christopher Finlay est tombé dans le piège. Les manipulateurs existent, tout comme les traîtres et les espions. Vis-à-vis de ceux-là, nous devons être impitoyables, comme les jacobins en 1793 et 1794. La Nation doit être sauvée. La victoire ou la mort, monsieur l'ambassadeur !

Lors de ses dernières visites à l'ambassade, John Christopher avait trouvé Caffery préoccupé, n'évoquant plus que machinalement son sort.

— Pour vous, ils ont compris : ils se sont excusés. Le commandant Rebeirolles m'a écrit très respectueusement. Vous pouvez exiger d'eux ce que vous voulez, ils vous l'accorderont, m'ont-ils dit.

Puis il avait entraîné Finlay dans son bureau du deuxième étage. Bowler, l'ambassadeur à Berne, l'attendait. Il se rendait régulièrement à Berlin afin de rencontrer l'ambassadeur Coleridge et de faire le point avec lui.

Selon Coleridge, les Allemands s'apprêtaient à lancer ce qu'ils appelaient la guerre sous-marine à outrance en décrétant un blocus complet des côtes françaises et britanniques. Tout navire neutre qui s'aventurerait dans leurs eaux serait coulé sans sommations. Une exception serait faite – mais elle n'allait pas sans risques – pour les transatlantiques américains suivant des routes régulières. Guillaume II lui-même avait donné l'ordre de lancer cette guerre sous-marine « sans restriction, avec la plus grande énergie ».

— Ce sera pour nous la guerre, avait murmuré Caffery.

Bowler avait rapporté les propos tenus par le secrétaire d'État allemand Zimmermann, qui avait reçu Coleridge à plusieurs reprises.

— Coleridge l'a laissé parler, avait raconté Bowler, mais c'était par trop insupportable. Zimmermann a d'abord déclaré qu'il fallait tolérer que l'Allemagne conduise durant deux mois la guerre sous-marine à outrance, et, d'ici trois mois, le conflit serait terminé, la paix signée.

— Et combien de citoyens et de navires américains par le fond ? avait grommelé Caffery.

— Zimmermann est persuadé que nous ne ferons rien, avait poursuivi Bowler. Il a affirmé à Coleridge qui en était encore, quand je l'ai vu, indigné : « Tout ira bien. L'Amérique ne fera rien, car votre président Wilson est exclusivement partisan de la paix. Et nous préparons une paix victorieuse. La guerre sous-marine ne changera rien à nos relations avec les États-Unis. Tout marchera comme auparavant, vous verrez ! Je vous ai ménagé une entrevue avec le Kaiser pour la semaine prochaine, au grand quartier général, et je vous le répète : tout ira à souhait ! »

Preston Caffery s'était tourné vers Finlay :

— Votre frère me dit au contraire que le président est décidé à la rupture des relations diplomatiques dès que la proclamation de la guerre sous-marine sera faite. Or elle doit intervenir le 31 janvier. Nous romprons avec eux un ou deux jours plus tard. Ils ne s'en rendent pas compte...

Il avait hoché la tête.

— La guerre rend fou, avait-il épilogué.

À chaque fois qu'il quittait l'ambassade et retrouvait le froid glacial de ce mois de janvier 1917, le plus rigoureux qu'il eût connu depuis qu'il était en France, donc depuis un peu plus de quatre ans, Finlay s'interrogeait : après ces millions de morts et de blessés, qui pouvait échapper à la démence qui se donnait le visage de la raison, de la détermination et du patriotisme ?

Il avait l'impression que les hommes étaient condamnés, comme ces écureuils qui tournent dans leur roue, à continuer sans fin cette guerre, les pertes subies rendant aussi vaines qu'absurdes les espérances en une paix de compromis.

Tourner sans fin, ne pas pouvoir échapper à cet engrenage : tel était le destin des nations en guerre, la folie engendrant la folie, l'arrêt de la folie apparaissant comme une autre sorte de folie.

Parfois, il lui semblait pourtant que l'on s'accommodait de ces folies.

Les pauvres eux-mêmes se « débrouillaient » malgré les restrictions, les pommes de terre qui manquaient, les boucheries qui baissaient leurs rideaux dès une heure de l'après-midi, la vie chère. Les pâtisseries étaient fermées deux jours par semaine, les cinémas faisaient relâche quatre jours sur sept. Mais la vie – la folie ? – se poursuivait en dépit des grèves, des vitres brisées çà et là dans les gares par des permissionnaires, ou les cris des femmes qui, sur les quais, retenaient leurs hommes et bousculaient les gendarmes de la prévôté.

Quant aux « embusqués », aux planqués, aux spéculateurs, ils continuaient de s'empiffrer dans les restaurants censés pourtant ne plus servir de la viande au dîner !

— Jamais les Français ne se plieront à ces règles-là. Nous ne sommes pas des Prussiens ! disait Maurice Flécheux. On fait la guerre et on la fera jusqu'au bout, mais on veut vivre, nom de Dieu !

Le Casino de Paris vantait les corps luxurieux de ses danseuses, leurs « trente-deux jambes en feu ». Le théâtre Majestic, après une courte relâche due à l'arrestation de Juliette Dumas, lançait la Revue excitante, la Revue des mollets...

— Tout le monde couche et partout, avait ajouté le député. Ça aussi, c'est français, Finlay ! On veut bien mourir, mais on baise d'abord. Quand vous voyez un taxi qui brinquebale un peu trop, c'est qu'il est devenu une alcôve, mon vieux !

Il avait chuchoté que Mme Clarisse, « notre vieille amie », se plaignait :

— Elle a des clients, mais ce sont surtout des étrangers : des Anglais, des Australiens, des Néo-Zélandais. Ils sont brutaux, aiment davantage l'alcool que les femmes. Les Français, dit-elle, ont presque disparu. Il n'y a plus de « messieurs », seulement quelques permissionnaires pressés. Ses filles sont concurrencées par toutes ces femmes : les épouses esseulées, les veuves, les dames qui attendent les trains arrivant du front. Elles racolent, font ça dans les taxis, plument ces malheureux soldats affamés... Une époque se termine, mon cher Finlay. Vous autres, Américains, allez entrer dans la guerre, et nous, Européens, aurons du mal, vainqueurs ou vaincus, à faire entendre notre voix. Mais nous, Français, il nous faut la victoire ! Et pas un simple morceau de victoire, pas une victoire au rabais, non, une victoire totale !

Il chuchotait que le général Nivelle préparait une offensive sur l'Aisne. Elle romprait le front allemand. Nivelle avait rassemblé autour de lui des généraux fougueux comme Mangin, de l'école napoléonienne. Joffre s'était montré hésitant, Foch médiocre, Pétain temporisateur et prudent. Avec Nivelle, la donne changeait. Nivelle croyait à la puissance du feu, tout comme Pétain, mais aussi à la valeur du coup de reins, de l'offensive en masse, à la « fourchette », la bonne baïonnette française ! Il conjuguait toutes les qualités qui, jusqu'alors, n'avaient pas réussi à s'incarner dans un grand chef.

— Avec Nivelle, nous l'avons trouvé !

Folie ?
Qu'est-ce qui n'était pas folie, en ce début d'année 1917 ? se demandait Finlay.

Pouvait-on croire Nivelle lorsqu'il disait : « Nous romprons le front allemand quand nous le voudrons, à condition de faire l'opération par surprise » – alors qu'on assurait dans le même temps que les espions étaient partout, à la Chambre des députés, dans les hôpitaux militaires, à l'arrière du front, guettant les troupes qui descendaient de première ligne, dans les gares, les usines d'armement, et jusque dans les alcôves et les salles de café-concert ?

C'est ce que répétait chaque jour Barruel dans sa colonne de dénonciation des espions et des traîtres, dans son feuilleton sur l'« affaire Juliette Dumas », cette fille qui avait eu pour amants Karl Ziegler, le conseiller de Ludendorff, et divers hommes politiques et officiers français.

Il concluait : « La guillotine ou le peloton pour l'espionne ! Et réservons le même sort à tous ceux qui trahissent ! »

À chaque fois, Finlay a le sentiment qu'on lui comprime la gorge. Il a un goût de sang dans la bouche, éprouve une difficulté grandissante à parler distinctement. Sa voix est comme étouffée, la fatigue a de plus en plus vite fait de l'accabler.

Il a consulté le docteur Neveu, le vieux médecin qui habite le même immeuble que lui, au premier étage.

Neveu porte une barbe grise taillée en pointe. Quatre fois par semaine, il se rend au Val-de-Grâce pour soigner les blessés.

— C'est la plus dure épreuve de ma vie, murmure-t-il. Voir tous ces jeunes hommes vigoureux démantibulés, défigurés, martyrisés, monsieur Finlay, est insupportable. Comment ne pas être accablé, révolté ? Je suis patriote, je veux qu'on gagne cette guerre, mais je comprends que certains en soient révulsés. Ce qu'on exige de notre peuple est exorbitant. Il faut certes verser cet impôt du sang pour la Patrie, pour que nous soyons débarrassés de l'Empire allemand qui veut nous écraser depuis mille ans ! Mais il faut aussi de l'indulgence pour ceux qui aspirent à la paix. Vous avez lu ce que l'on dit de Bardet ? On en fait un espion ! C'est un praticien admirable. Il est scandaleux, indigne, d'écrire que Bardet puisse être un traître ou un espion !

Neveu a ausculté le journaliste. Ses mains froides et blanches, dont la peau presque transparente laisse voir les veinules bleues, ont palpé les épaules et la poitrine de John Christopher.

— Votre tension est un peu pincée, a-t-il diagnostiqué. C'est un problème d'aorte. Je rencontre souvent ça, en ce moment : l'émotion contenue, le désespoir consécutif à un deuil, la révolte aussi qui ne peut s'exprimer. C'est comme un tuyau, l'aorte : si la pression augmente, si votre colère ne fuse pas, ça risque d'exploser à l'intérieur. Laissez-vous aller, monsieur Finlay, et vous irez mieux !

Ce matin-là, après la consultation de Neveu, Finlay a lu l'article de Barruel réclamant pour le docteur B., ce médecin militaire, espion et traître à ses serments, une exécution rapide, comme celles qu'hélas on décide sur le front quand les lâches refusent de partir avec leurs camarades se couvrir de gloire.

Finlay a été pris de nausée. Il a décidé d'aller dire son fait à Barruel. Sortant sans plus réfléchir, descendant d'un pas rapide du boulevard Raspail à la rue de Savoie, il est entré sans hésiter sous le porche de l'hôtel particulier où Barruel a installé Isabelle Saynac.

Il a traversé la cour, gravi les marches du perron ; la domestique a ouvert la porte vitrée.

Elle lui dit :
— Ne restez pas dehors, monsieur. Il fait un froid à fendre les pierres.

Finlay la regarde, redescend les marches du perron.

Il pense tout à coup à Jeanne, la domestique de Juliette Dumas. Quel sort lui a-t-on réservé ? On l'a sans doute interrogée. On l'a invitée à raconter tout ce qu'elle savait sur cette putain : « Vous en avez vu, hein, des gens ? Qui ? »

Qu'est-elle devenue ? Est-elle retournée dans sa ferme ? S'est-elle penchée sur la margelle de ce puits dans lequel s'étaient précipités et sa mère et son père après qu'ils eurent appris que leurs trois fils – trois : classes 12, 13 et 15 – avaient été tués au combat ?

Peut-être est-elle déjà, elle aussi, au fond du même puits ?

Et Léon Dumas, le cousin et filleul de Juliette, l'ont-ils traduit en Cour martiale pour avoir renseigné une espionne ? Ou bien l'ont-ils muté dans l'un de ces régiments de fortes têtes qu'on envoie et renvoie au front pour qu'ils s'élancent les premiers, que leurs corps couvrent les barbelés, qu'ainsi les autres vagues d'assaut puissent franchir plus aisément l'obstacle, leurs cadavres formant passerelles ?

La domestique interroge à nouveau Finlay.

Il répond qu'il attendra dans la cour.

Elle hésite, la tête enfoncée dans les épaules. La coiffe blanche qui lui couvre les cheveux paraît peser sur elle et la ployer.

— Je referme la porte, dit-elle. Sinon, toute la chaleur s'en va.

Finlay murmure :

— Fermez, fermez. Gardez la chaleur pour Barruel !

Mais elle ne l'a sûrement pas entendu.

20.

Finlay se penche en avant. Il grelotte. Il tend les mains vers les flammes qui commencent à lécher et envelopper les bûches superposées dans la cheminée.

Il n'est resté que quelques minutes dans la cour, mais il a l'impression qu'il ne parviendra jamais à se réchauffer.

Il s'approche encore du foyer. Il se trouve ainsi presque accroupi, à peine appuyé au rebord de son fauteuil placé à droite de la cheminée.

Isabelle Saynac est assise à côté de lui, face aux flammes d'où jaillissent parfois, dans un crépitement bref, des bouffées d'étincelles qui s'élèvent vite et disparaissent – et, l'espace de quelques secondes, les flammes présentent alors des reflets bleutés.

Jean-Baptiste Robin occupe le troisième siège, à gauche, un peu en retrait.

— Vous imaginez, la nuit, là-haut, par moins vingt-cinq ou moins trente ? lance ce dernier. Car on a eu ces températures-là dans les tranchées.

Finlay l'écoute sans le regarder.

C'est Jean-Baptiste Robin qui était venu le chercher dans la cour au moment même où le journaliste se dirigeait vers le porche, ayant renoncé à attendre, surpris que la domestique ne lui eût pas apporté de réponse, imaginant que Barruel se terrait peut-être, craignant leur rencontre.

Et puis, tout à coup, cette voix joyeuse qui l'avait interpellé, résonnant sous la voûte.

Il s'était retourné, avait reconnu Robin, ce jeune sous-lieutenant, médecin adjoint de bataillon, avec qui, en 1915 – ce devait être vers la fin mai, à son retour de Rome –, il avait voyagé entre Nice et Paris.

L'homme s'était alors présenté comme le neveu de Barruel, il avait parlé pendant tout le trajet, décrivant ces corps « boches » qui, sous des toiles de tente, remplissaient le fond des tranchées et constituaient un sol élastique et spongieux, presque « vivant ».

Durant plusieurs semaines, Finlay avait rêvé chaque nuit de ces cadavres qu'on piétinait, et de tant d'autres scènes que Robin lui avait décrites comme s'il avait voulu en partager l'horreur, s'en délester sur lui.

Il parle à nouveau depuis que Finlay, après une hésitation, a accepté d'entrer afin de saluer Isabelle Saynac, peut-être aussi pour découvrir si un lien ne s'était pas noué entre la jeune comédienne et le neveu de Barruel. Car il y avait donc près de vingt mois, Robin avait évoqué cette jeune beauté que son oncle avait conquise – « achetée » – en échange d'une place d'*embusqué* pour l'amant de cœur de celle-ci. Depuis lors, ledit amant, un jeune peintre, Denis Marrou, avait été envoyé au front et tué, mais Isabelle était restée dans l'hôtel particulier de la rue de Savoie où Barruel l'avait installée.

En traversant lentement la cour et en s'arrêtant souvent, Jean-Baptiste Robin avait expliqué à Finlay que son oncle était absent depuis quelque quarante-huit heures. Il avait baissé la voix, cligné de l'œil et placé sa main sur sa bouche :

— Un grand secret, avait-il murmuré. Mon oncle est allé rencontrer le général Nivelle… Je ne vous ai surtout rien dit, personne ne le sait… à part… – il s'était esclaffé – une centaine de personnes à Paris ! Nivelle va lui annoncer qu'il prépare... C'est un autre secret, absolu ! Silence, donc, sur la GODP ! Sigle mystérieux, n'est-ce pas ? Mais quelques centaines de gens ont été capables de le traduire : « grande offensive de printemps ». Naturellement, les Allemands sont supposés tout ignorer de nos préparatifs. Nivelle et Mangin jurent que nous les attaquerons par surprise !

Il s'était immobilisé sur le perron, avait écarté les bras :

— Ça n'est pas eux que le ridicule tuera ! Mais nous autres !

En pénétrant dans le salon, Finlay avait eu l'impression qu'un flot de chaleur lui soufflait le visage, et pourtant ses oreilles et le bout de ses doigts étaient restés douloureux et glacés, tout comme l'intérieur de son corps. Il avait éprouvé la curieuse sensation que chacun de ses os était un bâton de glace.

Isabelle Saynac l'avait embrassé. Moins dodue qu'autrefois, elle s'était affinée, manifestait plus de lenteur dans ses mouvements, comme si elle se tenait à distance du monde, indifférente à ce qui s'y déroulait.

En invitant d'un geste John Christopher à s'asseoir, elle n'en avait pas moins demandé :

— Vous connaissiez bien cette Juliette Dumas ? Vous croyez que...

Mais elle s'était interrompue, avait lancé un coup d'œil à Jean-Baptiste Robin, puis avait esquissé une moue avant de s'installer face à la cheminée entre les deux hommes.

En se rapprochant des flammes, Finlay avait essayé de se réchauffer.

— Les guetteurs, reprend Robin, ne peuvent tenir qu'une heure. Ils battent la semelle, encapuchonnés, avec des écharpes, des gilets en peau de mouton par-dessus leurs capotes. Ils se gardent de toucher l'acier de leurs fusils : sinon, ils s'y brûleraient, leur peau y resterait collée. Il faudrait alors faire une incision, voire couper le doigt. Je l'ai fait.

Il garde un instant le silence, tirant sur sa pipe, hoche la tête, puis murmure à nouveau :

— Vous n'imaginez pas.

Il se remet à raconter, les yeux fixant les flammes, ces jours et ces nuits d'hiver sur le front de l'Aisne.

Les boyaux sont remplis de glace à ras bord, si bien qu'il faut souvent marcher à découvert sur plusieurs kilomètres. Personne ne tire :

— Ni eux ni nous. On laisse passer les corvées de soupe, les relèves.

Il a un ricanement amer.

— Les Boches sont à moins de quarante mètres. On les entend. Ils nous entendent. On se parle : « *Guten tag, Fritz !* – Bonjour, monsieur ! – *Kalt ?* – *Ja*, pas chaud ! ». Naturellement, nous autres officiers, nous n'aimons pas ça. Et leurs officiers non plus. Alors, de temps à autre, on donne l'ordre d'ouvrir le feu afin que nul n'oublie qu'on est là pour faire la guerre et s'entre-tuer.

Il se lève, s'accroupit quelques instants devant la cheminée, puis marche de long en large dans le salon.

— Le froid, dit-il, c'est une guerre dans la guerre. Il faut lutter contre lui. Vous ne pouvez même plus briser le pain, ni même le couper au couteau. Il faut le fendre à coups de hache. Ou alors s'asseoir dessus, ou le glisser sous sa chemise pour le réchauffer, attendre qu'il ramollisse. Quant aux macaronis ou au riz qu'on sert aux hommes, ce sont des briques qu'ils cassent avec leur crosse.

Il caresse sa courte moustache :

— Elle gèle aussi…, dit-il en riant. Mais quand la température monte – cela s'est produit durant une semaine –, on regrette la glace, car tout se liquéfie. On a brûlé les rondins des tranchées pour se chauffer, alors la terre croule, cette soupe de craie blanchâtre envahit tout, aspire les hommes qui s'y enlisent, y disparaissent.

Il retourne s'asseoir, tire longuement sur sa pipe, puis récite d'une voix lente :

> *Seigneur, pitié pour ceux qui portent des rondins*
> *Au long de la tranchée étroite et tortueuse*
> *C'est la nuit ; il fait noir et les pieds incertains*
> *Clapotent lourdement dans la terre boueuse...*

— *Prières de la tranchée*, de Louis Mercier, indique-t-il. Je lis ça. Voilà quelqu'un qui exprime ce que nous vivons. Pas de bourrage de crâne. Il sait de quoi il parle : les cuistots, les sentinelles, les soldats-paysans...

Robin murmure :

> *Pour que les longs malheurs de cette immense guerre*
> *Ne désespèrent pas les soldats-paysans*
> *Accordez-leur, mon Dieu, des récoltes prospères*
> *Et qu'il n'arrive rien de funeste à leurs champs*
>
> *Que les pères trop vieux, que les femmes trop seules*
> *Ne leur écrivent pas que l'on n'a plus de bras*
> *Pour engranger le foin, pour construire les meules*
> *Et qu'au prochain automne on ne sèmera pas...*

Il reste silencieux, puis, d'une voix devenue sourde, lâche que les hommes sont las. Certaines unités n'ont pas eu plus de huit jours de repos depuis juin 1916, avant donc les offensives sur la Somme. Lui-même, qui comme médecin de bataillon est moins exposé que les fantassins, ressent la fatigue et l'angoisse.

— On fait le compte de ses chances de survie quand on n'a pas encore été blessé. On sait qu'à tout instant un éclat peut frapper et qu'on aura un trou gros comme le poing dans la poitrine ou le ventre, qu'on peut agoniser six heures dans la boue, les jambes broyées. Vous êtes assis dans votre popote, à trois kilomètres en arrière de la première ligne, vous mangez, vous plaisantez avec vos camarades, et tout à coup une explosion comme vous n'en avez jamais entendu : le plafond s'effondre, les éclats sifflent… C'était avant mon départ en permission, il y a huit jours. Un obus boche avait atterri sur une de nos réserves d'obus amorcés. Un tas a fait exploser l'autre. On estime à quarante-cinq mille le nombre d'obus qui ont ainsi explosé, ensevelissant dans un cratère rouge sang près de huit cents hommes – huit cents ! Quand nous avons voulu aller dégager les survivants, les Boches ont bombardé, et il y a eu encore des dizaines de morts. Après, mon travail commence : les mains dans le sang et la boue, j'ampute, je coupe les bras, les jambes, j'énuclée. Puis, permission ! Je prends le train et quand je ressors, gare du Nord, je reste là, tout hébété. Cette foule pressée, ces femmes, cette frénésie de vivre, ces taxis, ces autos, ces bruits de trompe, ces klaxons assourdissants… Un autre monde, n'est-ce pas ? Le vôtre.

Il se lève à nouveau, passe derrière le siège d'Isabelle Saynac. Il pose ses mains sur les épaules de la jeune femme qui ne bouge pas, comme si elle ne ressentait rien.

— Mon oncle traque les espionnes, les traîtres, s'esclaffe Robin. Pourquoi pas ? Il faudra bien désigner des coupables si la grande offensive de printemps – la mystérieuse GODP – échoue…

Il se penche, sa bouche effleure les cheveux d'Isabelle.

Durant quelques minutes, Finlay contemple encore les flammes, hautes maintenant, puis il se redresse.

Il est bien entendu inutile, dit-il, de faire part à Barruel de sa visite.

21.

Finlay pose son sac de voyage sur le lit et reste un instant penché, les mains appuyées à l'armature de cuivre du bagage.

C'est ce même sac qu'il a utilisé chaque fois qu'il s'est rendu en Suisse rejoindre Rosa di Bellagio. Il y empilait ses vêtements à la hâte, faisait claquer le fermoir, saisissait la poignée, balançait le sac à bout de bras avec l'impression que ce mouvement d'avant en arrière lui donnait de l'élan, l'entraînait plus vite vers Rosa.

Qu'est devenu ce désir ?

Il demeure immobile, redresse la tête, aperçoit son image dans le miroir de l'armoire placée à la droite du lit.

Il s'observe comme s'il découvrait un étranger, car il ne se reconnaît pas dans ce corps trop lourd, trop rond, comme si, durant ces années de guerre, au lieu de maigrir, il s'était empâté, comme s'il avait voulu s'empiffrer, prendre, jouir, dévorer, alors que tant d'hommes avaient faim et froid, que leurs corps souffrants se rabougrissaient, étaient mutilés, amputés, défigurés.

Il détourne les yeux du miroir avec un sentiment de malaise.

Le désir a peut-être été étouffé par la graisse, la honte, la lâcheté, cette neutralité dans laquelle il s'est calfeutré au lieu de s'engager comme tant d'autres étrangers. Souvent, depuis août 1914, innocemment ou perfidement, on s'est en effet étonné qu'il ne se fût pas enrôlé, lui, John Christopher Finlay, dont la mère française, si patriote... Et puis,

169

poliment, Mme Clarisse, Flécheux ou Barruel ont conclu qu'on le comprenait, qu'il était en définitive plus utile à la cause des Alliés en écrivant ses chroniques qui, peut-être, feraient enfin sortir les États-Unis de leur passivité.

Barruel s'était toujours montré le plus indulgent, chuchotant d'un ton complice qu'on ne mesurait pas assez « l'importance du front de l'esprit, du combat pour le moral » :

— La guerre se gagne d'abord dans les têtes et les consciences, avait-il déclaré lorsqu'ils s'étaient rencontrés dans la rue de Savoie, à peine quelques minutes après que le journaliste, renonçant à l'attendre, eut quitté Isabelle Saynac et Jean-Baptiste Robin.

Et il était là en face de lui, le corps emmitouflé dans un long paletot noir à col de fourrure, une chapka enfoncée jusqu'aux sourcils.

Barruel avait voulu lui prendre le bras, l'inviter à retourner chez lui, puis, sans même l'interroger sur les raisons de sa visite, il avait, en frappant ses mains gantées, dit que le moment était crucial, peut-être le plus important de toute la guerre : le général de Castelnau était rentré d'une mission en Russie, et, selon lui, comme aux dires de l'ambassadeur de France à Petrograd, Paléologue, la Russie courait à l'abîme, la révolution frappait aux portes des palais, l'armée impériale se décomposait.

— Les Allemands, avait-il exposé, ont des détachements de propagande qui prennent contact avec les premières lignes russes et distribuent de la nourriture à ces malheureux moujiks. Les soldats russes crèvent de faim. Les Allemands les approvisionnent, et, dans le même temps, leur parlent de la paix, de la terre qu'on devrait leur octroyer plutôt que de la laisser aux mains de ces « hautes noblesses » qui les commandent si mal et si brutalement. Et ça prend, mon cher ! Les Allemands utilisent même des textes de Lénine. On dit que Berlin a versé plus de deux millions de marks aux bolcheviks pour favoriser leur action révolutionnaire. Tous ces suspects que nous avons identifiés – Alexandre Graevski, le baron Parvus et même cette comtesse rouge, votre Rosa di Bellagio – sont en fait à la solde des Allemands. La révolution qu'ils invoquent et exaltent n'est que le paravent de la stratégie allemande !

Barruel avait pris Finlay par l'épaule et ajouté d'un ton bienveillant qu'il devinait qu'on pût être choqué par la violence de ses articles, mais il fallait gagner la bataille de l'opinion, ne pas laisser l'ennemi s'infiltrer dans les âmes.

— Je viens d'apprendre que Malvy, le ministre de l'Intérieur, a été l'un des intimes de Juliette Dumas. Le duc Luís Maurin de Montalban a servi d'intermédiaire, présentant et offrant la fille à Malvy. Il y a aussi autour de ce personnage toute une nébuleuse suspecte qui parle de paix de compromis, de République russe, de renversement du tsar. Elle englobe Malvy, mais peut-être aussi Briand, et naturellement Caillaux : toujours les mêmes personnages tentés par la trahison, par ambition et esprit de jouissance. Maurin de Montalban orchestre tout cela, et Juliette Dumas danse sur cette musique. Elle sert d'appât.

Finlay s'était écarté, puis, après avoir fait quelques pas, s'éloignant ainsi de Barruel, resté immobile au milieu de la chaussée, il s'était retourné vers lui, disant qu'il avait été lui aussi un des amants de Juliette Dumas, l'un de ses clients réguliers, qu'il avait par ailleurs dîné avec Luís Maurin de Montalban, que le commandant Rebeirolles, du contre-espionnage, et le commissaire principal Oriani l'avaient interrogé et considéré comme suspect. De ce fait, il s'étonnait que Barruel n'eût jamais mentionné son nom dans l'un de ses articles de dénonciation. Et pourquoi n'aurait-il pas cité aussi Maurice Flécheux, familier du président de la République et de Clemenceau, qui avait, comme d'autres, fréquenté le Rendez-Vous, apprécié les charmes de Juliette Dumas, donc côtoyé Karl Ziegler, le conseiller du général Ludendorff, l'émissaire de Berlin à Rome, en mai 1915, celui-là même qui négociait aujourd'hui avec le baron Parvus, donc avec Lénine, les conditions d'un retour des bolcheviks en Russie afin que la révolution achève de désorganiser l'empire des tsars ?

— Voyons, voyons, Finlay, avait protesté Barruel en saisissant le coude du journaliste. Qui pourrait vous confondre, vous et Flécheux, avec des aventuriers, des gens de sac et de corde ? Vous avez couché avec Juliette Dumas ? Eh bien, je vais vous faire une confidence : moi aussi, deux ou trois fois... C'était une fille, elle était là pour ça, et je ne le regrette pas. Nous avons ça en commun, mon cher Finlay !

Il avait hoché la tête.

— Et bien autre chose... Vous et moi, nous savons que le front moral, la conquête des esprits sont aussi importants que les batailles et les offensives de première ligne. Nous les menons à notre manière. Mais il faut trois heures pour apprendre à un paysan à se servir d'une baïonnette, et il faut toute une vie et bien du talent pour manier la plume avec efficacité. On peut mettre un fantassin à la place d'un autre, et rien ne changera. Mais vous, Barrès, Varin et moi sommes irremplaçables. Voilà pourquoi, Finlay, je ne me sens ni embusqué, ni planqué. Je mène le combat à ma place. Je m'engage. Je signe de mon nom. Je me désigne aux coups de l'ennemi. Mon uniforme, ce sont mes articles. Je suis chaque jour à l'offensive. Alors...

Il s'était tourné, avait montré le porche de son hôtel particulier.

— J'ai droit, moi aussi, à des permissions. Les aviateurs, entre deux combats, viennent passer la nuit à Paris. Pourquoi pas nous, Finlay ?

Il l'avait de nouveau invité à le suivre jusque chez lui, mais le journaliste, sans répondre et sans même le saluer, avait tourné les talons.

— N'oubliez pas, Finlay, avait crié Barruel, le front de l'esprit ! Menons et gagnons cette bataille-là !

John Christopher tourne un peu son avant-bras gauche sans lâcher son sac de voyage. Il consulte sa montre. Il a laissé passer toute la journée sans se décider à choisir les vêtements qu'il emportera, car le voyage sera long.

— Prenez ce que vous avez de plus chaud, lui avait dit Anton Gratchev. On ne connaît ni la date du départ, ni celle de l'arrivée. Il faut prévoir plusieurs arrêts en Allemagne, peut-être même des risques d'emprisonnement. Car, malgré la décision, prise par l'empereur Guillaume II lui-même, de laisser passer les bolcheviks, il y a des oppositions ; certains généraux craignent que l'état d'esprit de l'armée russe ne contamine l'armée allemande, et s'ils pouvaient fusiller Lénine et votre Rosa di Bellagio, ils n'hésiteraient pas une seconde. Ils ont marchandé, tenté d'obtenir que Lénine leur livre Paul Adler – vous vous souvenez : notre Adler, celui de la *Wiener Zeitung* ?

Gratchev s'était interrompu comme pour laisser à Finlay le temps de se remémorer les soirées d'avant-guerre, avec Matthews, Capponi, Ziegler, Adler, Varin, Duchesnes et Barruel, qui tous aujourd'hui avaient choisi leur camp. Leurs vies, comme celles de millions d'autres Européens, avaient été distordues, écrasées ou exaltées par la guerre. De celle-ci on eût dit un formidable naufrage, celui de l'immense paquebot sur lequel toutes les nations européennes étaient naguère rassemblées suivant une organisation apparente, une hiérarchie respectée, des destins dont les tracés couraient de cabine en cabine, le long des coursives, de la naissance à la mort, avec toutes les étapes prévues jalonnant carrières et vies privées, promotions et mariages, passions et ambitions, deuils et naissances – et puis, tout à coup, cette Europe-là, ç'avait été le *Titanic*, toutes ces vies englouties, le chacun pour soi, les illuminations et les musiques recouvertes par les vagues glacées.

Finlay s'était souvenu de ces quelques naufragés américains recueillis en mer du Nord par un patrouilleur français et débarqués au Havre, puis reçus à l'ambassade par Preston Caffery. Il avait été convié afin de noter leur témoignage et de rédiger une chronique consacrée à la barbarie allemande qui ne respectait aucune règle, mais violait la neutralité américaine, emportée qu'elle était par sa guerre sous-marine à outrance.

Ces survivants étaient encore transis, comme paralysés par ce qu'ils avaient vécu, les gerbes d'eau crevant les parois des cabines, projetant corps et objets brisés contre la coque, et celle-ci s'ouvrant à l'océan.

Il n'était resté que quelques hommes perdus dans l'écume, s'accrochant à des planches, à des embarcations renversées, regardant couler le *City of Memphis*, l'*Illinois*, le *Vigilancia*…

Les naufragés balbutiaient, répétaient : « Pourquoi ? », puis ils parlaient du froid qui paralyse et oppresse la poitrine, du désir de fermer les yeux et de se laisser recouvrir, et ils évoquaient le miracle de leur sauvetage.

Preston Caffery était allé de l'un à l'autre qu'entourait le personnel de l'ambassade. Il avait invité chacun à raconter ce qu'il avait vécu à John Christopher Finlay afin qu'on s'indignât, à Washington, mais aussi dans les Rocheuses ou l'Alabama, le Kentucky ou le Nouveau-Mexique.

Précisément, avait-il ajouté d'une voix emportée, les Allemands avaient incité Mexico à entrer en guerre contre les États-Unis afin de reconquérir le Texas et le Nouveau-Mexique, à ouvrir ainsi un front pour que le président Wilson ne puisse engager son pays contre l'Allemagne. Preston Caffery avait brandi un feuillet, expliquant qu'il possédait le texte du télégramme envoyé par le secrétaire d'État aux Affaires étrangères Zimmermann à son chargé d'affaires à Mexico.

Il avait parcouru le texte des yeux et ajouté :

— J'oubliais : ils promettent même aux Mexicains l'Arizona !

— Le président…, avait bredouillé l'un des naufragés.

Il s'était interrompu, avait secoué la tête, et Preston Caffery s'était exclamé en lui posant les mains sur les épaules :

— Croyez-moi, le président Wilson n'acceptera pas ! Nous allons leur faire payer tout cela, nous allons leur montrer qui nous sommes ! Ils ne le savent pas encore, ici, en Europe.

Il s'était tourné vers John Christopher.

— Ils vont apprendre que nous avons grandi, que nous avons le droit et le devoir d'agir. Nous sommes l'avenir ! Eux sont le passé et... – il avait fait une grimace de dégoût – ce sont de vieux salauds !

Tous avaient ri et applaudi.

C'était bien la guerre dans toutes les têtes, déjà.

Peu après, Finlay avait quitté l'ambassade et passé la nuit à rédiger cette chronique consacrée à ce qu'il avait appelé la « guerre sauvage », se contentant de décrire les naufragés, de rapporter leurs propos, mais sachant que son texte n'en serait ainsi que plus fort, qu'il convaincrait ceux qui le liraient de la nécessité pour les États-Unis d'« entrer dans la danse ».

À peine avait-il terminé de relire et corriger sa chronique et s'apprêtait-il à sortir qu'Anton Gratchev avait rappliqué, le visage empourpré, les yeux à la fois voilés et exorbités, les mots se bousculant dans sa bouche, y composant des phrases qui avaient d'abord paru incohérentes au journaliste, mais qui, peu à peu, avaient composé le dessin d'un puzzle, celui de la situation russe : le tsar avait abdiqué, incapable de faire régner l'ordre à Petrograd et dans l'armée, d'empêcher la décomposition de cette dernière que les bolcheviks – et les Allemands – s'employaient si bien à démoraliser.

— *Prikaz* n° 1, avait plusieurs fois répété Gratchev. C'est la sape qui va tout faire s'écrouler, avait-il ajouté sans que Finlay comprenne de prime abord.

Le Russe avait alors expliqué que les soviets, ces assemblées de militaires et de civils contrôlées par les bolcheviks, avaient diffusé un ordre du jour, ce *Prikaz* n° 1, qui invitait les soldats à ne plus obéir aux officiers qu'ils jugeaient hostiles au peuple.

— Toutes ces « hautes noblesses » qui ont fait fouetter leurs hommes vont devoir s'enfuir, et vite, sinon...

Il avait mimé le geste d'épauler.

— C'est la fin de l'armée programmée pour dans quelques semaines. Plus aucune unité n'est sûre : ni celles de la Garde, ni les cosaques. Quand ils ont entendu les femmes de Petrograd les supplier : « Petits frères, ayez pitié de nous ! », les cosaques ont laissé les cortèges déferler sur la perspective Nevski en criant : « Du pain et la paix ! »

Gratchev l'avait saisi par les revers de la veste.

— La paix, Finlay ! avait-il répété.

Son haleine empestait l'alcool et le tabac. La Russie allait sortir de la guerre, avait-il continué en titubant à travers le salon, s'appuyant, pour ne pas trébucher, au rebord du bureau.

— Les Russes, les Allemands, tout le monde le veut ! Il n'y a qu'ici qu'on reste aveugle.

Gratchev avait vu Albert de Varin, Barruel et Capponi qui s'obstinaient à croire ou feignaient de croire que la chute du tsar, l'instauration d'un gouvernement modéré conduit par le prince Lvov et comptant le socialiste Kerenski en son sein ne pouvaient que renforcer le parti de la guerre en Russie.

— Ils sont fous ! avait rugi Gratchev. Ils m'ont raconté que la Russie avait renversé le tsar pour mieux se battre, pour lutter au couteau contre les Allemands. Capponi, ce fat, a même affirmé : « Cette révolution russe est le coup le plus rude porté à l'Allemagne depuis la Marne ! »

Il s'était affalé sur le canapé et avait enfoui son visage entre ses mains.

176

— Vous n'imaginez pas, Finlay, ce qu'est la Russie. Si un corset ne la tient pas, elle se défait, et c'est l'apocalypse, le temps des troubles ! Ivan le Terrible et Pierre le Grand l'avaient compris. Mais le pouvoir impérial s'est laissé corrompre...

Il avait serré les poings et grondé :

— Nicolas II est tombé parce qu'il s'est mis entre les mains d'une impératrice allemande, d'une misérable Hessoise, d'une Messaline de Darmstadt qui jouissait entre les pattes de Raspoutine, qui aimait l'odeur de pourceau de ce faux prophète...

Il s'était levé, manquant à plusieurs reprises de perdre l'équilibre.

— Mais je veux rentrer en Russie, Finlay. Je veux voir notre volcan en fusion. Ce sera encore plus terrible que la guerre. Quelque chose d'ardent, de destructeur et désespéré comme nous savons l'être, Finlay. Je me suis rendu à l'ambassade : c'est déjà le naufrage. Isvolsky se terre dans son bureau, essaie d'entrer en contact avec la capitale, mais il ne sait à quel pouvoir s'adresser : celui de la Douma et du gouvernement ou celui des soviets ? Les généraux hésitent. Ce sont les seuls, avec les bons bourgeois libéraux de Petrograd, à vouloir continuer la guerre, à rêver d'une démocratie à la française ou à l'anglaise. Et ils imaginent qu'en restant aux côtés des Alliés, en résistant à l'Empire allemand, ils vont atteindre leur objectif ? Pauvres fous ! Comme si d'un moujik on pouvait faire en quelques semaines un citoyen !

Gratchev avait haussé les épaules, demandé à John Christopher de lui préparer un café, car ils avaient bu toute la nuit entre Russes, chez Igor : vodka, champagne, vin de Crimée. Il y avait là des partisans du tsar, des libéraux qui levaient leur verre à la santé de Milioukov, le ministre des Affaires étrangères, des socialistes qui vantaient la politique de Kerenski, et même des camarades de Lénine !

— On a célébré l'événement tous ensemble. Depuis la révolution de 1905, tous sentaient que ça ne pouvait pas continuer comme ça, qu'il fallait sauver notre bonne petite mère la Russie, la secouer. L'abdication de Nicolas II, c'est l'électrochoc ! Mais c'est ici qu'on va être secoué !

Gratchev s'était mis à arpenter le salon, déclarant que si la paix était conclue entre Berlin et la Russie, plus de cent divisions allemandes déferleraient sur la France, et une bonne soixantaine de divisions autrichiennes se répandraient en Italie où elles s'empareraient sans doute de Venise et de la Lombardie. Il n'y avait que l'entrée en guerre des États-Unis qui pouvait d'abord rétablir l'équilibre, puis le rompre en faveur des Alliés.

— Nous allons participer à la danse macabre, avait répondu Finlay.

— Je sais, je sais, avait marmonné Gratchev d'un ton las.

Il s'était approché et s'était penché vers Finlay.

— Mais ce n'est pas ici qu'il y aura le plus de surprises. C'est en Russie. Tout va se jouer à Petrograd. Je n'ai rencontré Lénine qu'une fois, à Zurich, il y a quelques jours, au lendemain de l'abdication du tsar. Il est à la fois Machiavel et Savonarole : un cynique qui ne croit qu'aux rapports de forces et, en même temps, un fanatique. Il est d'une intelligence diabolique. Je l'ai écouté une ou deux heures, le temps a passé très vite. J'étais là-bas en compagnie de Paul Adler, de Parvus, de la comtesse Rosa di Bellagio, de Peschkov, ainsi que de quelques socialistes suisses. Il a brossé un tableau lumineux de la situation internationale. À l'entendre, la « guerre impérialiste » – ce sont ses termes – est terminée, elle se traîne ; ce qui est en question maintenant, c'est la « paix impérialiste », autrement dit le partage des dépouilles. Ce sera aussi cruel que la guerre. Son obsession est de sortir la Russie révolutionnaire, celle des soviets, de ce guêpier. « Ou bien la révolution aboutira à une seconde et victorieuse Commune de Paris, ou bien nous serons écrasés par la guerre et la réaction », nous a-t-il dit.

— La révolution, réplique Finlay, est une guerre encore plus cruelle et barbare que celle qui oppose des armées régulières. La chair à canon des révolutions, ce sont les gens sans défense.

— Vous avez raison, acquiesce Gratchev. J'ai vécu celle de 1905, j'ai assisté aux feux de salve de la Garde impériale contre les manifestants désarmés. Mais, cette fois-ci, ce sera différent, croyez-moi.

Gratchev se rapproche encore de John Christopher qui tente d'échapper, en renversant la tête vers le dossier de son fauteuil, à l'haleine du Russe.

— Lénine veut rentrer en Russie pour prendre la direction de la révolution, poursuit ce dernier. Parvus négocie pour lui avec le gouvernement de Berlin afin d'obtenir l'autorisation de traverser l'Allemagne à bord d'un train qui bénéficierait d'une sorte d'extraterritorialité diplomatique. Karl Ziegler est à Zurich. Il voit Lénine chaque jour. Je l'ai rencontré à plusieurs reprises : il est effrayant, pas seulement à cause de ce visage défoncé, partagé en deux, mais parce qu'il est animé d'une détermination implacable. Il veut en finir avec la France. Pour cela, il faut que la Russie sorte de la guerre. Ziegler est prêt à tout céder à Lénine – conditions du voyage à travers l'Allemagne, argent pour sa propagande, etc. – afin de permettre que le défaitisme révolutionnaire l'emporte. Lénine, lui, se sait en position de force. Il nous a expliqué : « Si personne ne veut accepter nos propositions de paix, nous aurons à préparer et à conduire une guerre révolutionnaire et à appeler systématiquement à l'insurrection le prolétariat socialiste d'Europe et les peuples opprimés d'Asie ! »

Gratchev se redresse.

— Je vous le dis, Finlay, la Russie est un volcan en éruption. Sa lave et ses nuées vont recouvrir le monde.

— La guerre d'abord ! murmure Finlay. C'est d'elle que tout naît ; c'est le chaudron des sorcières.

— Si vous voulez : la guerre est le tremblement de terre, et du sol fissuré surgit le volcan. C'est notre mère la Russie. Venez avec moi au bord du cratère, Finlay, vous serez témoin de l'apocalypse, vous écrirez le grand livre qui racontera la naissance du siècle. Venez, je pars ce soir, je vous emmène !

Gratchev parle à la hâte tout en marchant de long en large dans le salon.

Dans quelques jours, après que le baron Parvus et Karl Ziegler seront parvenus à un accord – et ils trouveront un terrain d'entente : bolcheviks et Allemands ont les mêmes intérêts –, Lénine quittera Zurich avec ses plus proches camarades : Parvus, naturellement, la comtesse Rosa di Bellagio et une vingtaine d'autres. Paul Adler, lui, ne se risquera pas à traverser l'Allemagne. Me Seligman est chargé de veiller au respect scrupuleux de l'accord, mais il ne restera pas en Russie et rentrera aussitôt en Suisse.

— Ils ont accepté que je participe au voyage. Et...

Gratchev se penche à nouveau vers Finlay :

–... Rosa di Bellagio m'a demandé de vous convaincre de vous joindre à nous. Ils veulent un témoin qui ne soit pas totalement engagé à leurs côtés mais dont ils espèrent bienveillance et compréhension. Vous leur avez donné des gages, Finlay. Lénine a lu vos *Chroniques*. Et Rosa di Bellagio – elle me l'a dit – s'est portée garante de vous. Parvus et Peschkov aussi...

Gratchev compte partir en voiture. Il a obtenu un passeport de l'ambassade.

— Ils ne savent plus où ils en sont ! s'exclame-t-il. Le ministre de l'intérieur, Malvy, m'a délivré un visa. Il s'imagine que je vais plaider pour le maintien de la Russie dans la guerre aux côtés des Alliés. Je m'y suis engagé...

Il a un geste désinvolte de la main.

— Je sais que personne ne m'écoutera, là-bas. Ils veulent la paix. Alors, Finlay, ce café ?

Gratchev suit John Christopher à la cuisine, et, pendant que le café passe, continue de le harceler :

— Venez, Finlay ! Ici c'est la guerre, et vous la connaissez. Là-bas, tout est possible, c'est l'inconnu, l'aventure ! Lénine peut être Ivan le Terrible ou Pierre le Grand – ou bien rien : un fétu que l'Histoire emportera...

Il boit rapidement la tasse de café que lui a tendue l'Américain. Sa voiture sera en bas de l'immeuble en fin de journée, indique-t-il.

— Prenez des vêtements chauds, insiste-t-il encore. Là-bas, le printemps vaut souvent l'hiver...

Finlay s'allonge, mains croisées sous la nuque, à côté du sac de voyage.

Il imagine Rosa près de lui, durant ce long voyage à travers l'Allemagne, puis dans le tumulte de la Russie.

Il regarde sa montre.

Le temps a filé.

Il s'assied sur le rebord du lit, les coudes sur les genoux, le menton appuyé dans ses paumes.

Il pense à ces survivants du *City of Memphis*, de l'*Illinois*, du *Vigilancia*.

Il songe à Léon Dumas, à tous ces ossements dispersés sur les plateaux, dans les entonnoirs et les tranchées.

Il est avec eux, américain et français.

En se levant, il fait tomber le sac sur le parquet.

Il ne le ramasse pas.

22.

Finlay s'arrête sur le palier et découvre cette femme accroupie devant la porte de son appartement. Elle ne bouge pas, comme si elle ne l'avait pas entendu monter l'escalier.

Dans la pénombre, les plafonniers ne diffusant qu'une lumière voilée, il ne distingue d'abord qu'une boule de tissu noir, puis une robe plissée, un châle dont des mains tiennent les bords serrés, un bonnet qui cache tous les cheveux.

Il fait un pas. La femme sursaute, lève la tête, mais son visage reste encore dans l'obscurité, et cependant il semble à Finlay la reconnaître. Petite, le corps noueux, elle se redresse, toujours appuyée à la porte.

— Je suis Jeanne, murmure-t-elle à l'instant où le journaliste se remémore la première fois qu'il l'a vue, dans la chambre de Juliette Dumas, au Rendez-Vous, ce soir où elle était entrée, portant un seau à champagne. Depuis lors, il l'avait rencontrée à de multiples reprises dans l'appartement de Juliette, boulevard Haussmann, mais elle était restée pour lui la domestique qui lui avait lancé un regard soumis et las quand elle l'avait vu, nu, sur le lit de Juliette, les draps cachant seulement son sexe.

— Jeanne, vous vous souvenez..., reprend-elle.

Elle s'avance, mains jointes, et ce geste gêne Finlay qui détourne les yeux, fouille dans ses poches, en sort le trousseau de clés.

— Laissez-moi entrer, supplie Jeanne.

Elle chuchote encore quelques mots, mais si bas que le journaliste ne les comprend pas. Il se retourne, Jeanne lui agrippe les mains.

— Si personne ne la défend, ils vont la tuer, monsieur, c'est sûr. Ils vont la tuer !

Finlay se dégage, glisse la clé dans la serrure, ouvre la porte, ne la referme pas. Il sait que Jeanne va entrer derrière lui.

— Mlle Juliette avait confiance en vous, lui dit-elle. Elle parlait tout le temps de vous. Vous étiez celui qu'elle aimait le plus... Ils veulent la tuer, monsieur Finlay !

John Christopher se retourne, allume le petit lustre qui éclaire le hall d'entrée. La lumière déborde de cette vasque rose, et le visage de Jeanne lui apparaît enfin. Les rides s'y entrecroisent, s'y ramifient comme autant de nervures formant un maillage serré qui emprisonne et déforme les traits. Elle a le même regard désespéré que ceux des blessés proches de la mort que Finlay a vus au Val-de-Grâce.

Il ressent une émotion si forte qu'il craint de se laisser aller à un mouvement de compassion qui lui ferait prendre Jeanne dans ses bras afin de la rassurer, de la bercer, de lui promettre qu'il l'accueillera, qu'il défendra Juliette Dumas.

Il referme brutalement la porte.

— Que voulez-vous ? demande-t-il.

Elle secoue la tête, puis la laisse retomber sur sa poitrine comme si elle offrait sa nuque au couperet.

— Je dis la vérité, murmure-t-elle. Ils veulent la tuer.

Finlay sait qu'ils seront impitoyables. Il a encore dans l'oreille la voix de Barruel répétant :

— Il faut des exemples, fusiller ou décapiter sur les places, dans chaque ville si nécessaire, et pas seulement des filles, mais aussi ceux qui mènent le bal, les ministres, vous voyez de qui je veux parler : Malvy, mais oui, et

Caillaux, et naturellement ces étrangers, Luís Maurin de Montalban, tout duc qu'il est, ceux qui soutiennent les bolcheviks, c'est-à-dire les complices des Allemands...

À cet instant, Finlay a eu la certitude que tous, autour de la table – Barruel, d'abord, mais aussi Flécheux, Capponi, Albert de Varin, Renaud Duchesnes et le capitaine Montcel, et même Isabelle Saynac, le seul visage à lui paraître humain, ce soir-là, chez la marquise Mosca-Visconti –, savaient qu'il avait songé, un moment, à rejoindre Rosa di Bellagio en compagnie d'Anton Gratchev, à faire ce voyage à travers l'Allemagne, vers la Russie. Rosa était-elle déjà partie ?

— Vous avez vu ? a dit Flécheux. Le nouveau gouvernement russe s'est rallié à la position des bolcheviks : paix sans annexion ni indemnité.

— C'est une abjection ! avait lancé la marquise Mosca-Visconti en se levant.

Elle avait exhorté les convives à continuer de dîner, mais, avait-elle expliqué, elle avait l'estomac et la gorge bloqués par tout ce qu'elle avait appris ces derniers jours, y compris ce trouble qui affectait les meilleurs esprits. Elle s'était mise à marcher d'un pas saccadé autour de la table ronde, son corps anguleux penché en avant, les os de ses épaules et de ses coudes pointant sous la longue robe noire.

Elle questionnait l'un ou l'autre de ses invités, ou bien soliloquait d'une voix tranchante comme une faux, s'indignant que certains, au sein du gouvernement, pussent faire confiance à ce prince Sixte de Bourbon-Parme, le frère de l'impératrice d'Autriche, Zita, dont on assurait qu'il avait rencontré, avec l'accord du président du Conseil, Briand, l'empereur d'Autriche, Charles.

— Il était officier d'artillerie dans l'armée belge, avait remarqué d'un ton caustique le capitaine Montcel. Sa fidélité à la cause alliée ne peut être mise en doute.

La marquise avait tapé du talon : comment pouvait-on croire l'empereur Charles lorsqu'il déclarait au prince

Sixte qu'il appuierait les « justes revendications françaises sur l'Alsace et la Lorraine » ?

— Je connais Charles et la reine Zita, ils m'ont reçu à plusieurs reprises, autrefois, à Vienne, lorsque François-Joseph régnait encore, s'était-elle remémoré. Ce sont des marionnettes que l'état-major allemand agite. Ils ne font que répéter ce que Guillaume II leur ordonne de déclarer. Oh – la marquise avait hoché la tête et s'était rassise à sa place –, l'étiquette et la diplomatie sont respectées ! Les Prussiens sont brutaux, mais habiles. On suggère, on flatte, on dit « Votre Majesté », on s'agenouille, on fait croire à ces deux nigauds qu'ils vont restaurer la gloire des Habsbourg, influencer, changer même la politique européenne, et les voilà qui s'imaginent dans le costume de Charles Quint, et on tire sur la ficelle pour faire sortir de sa boîte ce benêt de Sixte de Bourbon-Parme – c'est un cousin éloigné, j'en parle en connaissance de cause ! –, et quand j'apprends que l'on écoute ce personnage, que Briand, Malvy, Caillaux et même Poincaré, Llyod George s'imaginent que l'Autriche va se dissocier de l'Allemagne et signer une paix séparée, comment voulez-vous que je puisse dîner tranquillement et avaler quoi que ce soit ?

Elle s'était à nouveau levée, applaudie par Riccardo Capponi qui avait expliqué que, de toute manière, Rome n'accepterait jamais une paix avec l'Autriche qui priverait l'Italie des terres et des villes auxquelles elle avait droit et – il avait haussé la voix – qu'on lui avait promises.

— Nous autres Italiens, nous ne sommes pas entrés en guerre, nous n'avons pas sacrifié des centaines de milliers de héros pour que Vienne continue de nous humilier, de nous spolier. Il faut qu'on le sache à Paris comme à Londres...

Il s'était tourné vers Finlay, lui avait saisi le poignet :

— ... Et à Washington aussi, même si je sais que vous, John Christopher, êtes favorable à toutes les solutions qui permettraient d'arrêter la guerre. Même la révolution ne vous effraie pas, je me trompe ?

Le journaliste n'avait pas répondu.

— Mais c'est par amour pour une comtesse italienne, alors… ! avait conclu Capponi avec indulgence.

Tous avaient ri et Finlay avait lui aussi grimacé un sourire en se tournant vers Isabelle Saynac, assise à sa droite. Il avait senti à cet instant qu'elle appuyait sa cuisse contre la sienne, et il avait répondu à cette pression, ému, oubliant durant quelques minutes les propos qu'échangeaient les invités de la marquise Mosca-Visconti.

Tout à coup, dans un silence, il avait entendu la voix de Barruel qui l'interpellait :

— Finlay, est-il vrai que vos amis, la comtesse Rosa di Bellagio et le baron Parvus, ont obtenu des Allemands un droit de passage leur permettant de rejoindre sans encombre la Russie, et que Berlin leur a accordé quelques millions de marks pour favoriser leur propagande bolchevique ? Vous êtes le mieux placé pour nous informer. On dit aussi qu'Anton Gratchev va aller rejoindre ce Lénine à Zurich ?

— Je suis ici, c'est tout ce que je puis vous dire, avait répondu Finlay, et il avait appuyé plus fortement sa cuisse contre celle d'Isabelle Saynac.

— Comptez-vous vous engager, monsieur Finlay ? avait demandé le capitaine Montcel. Le président Wilson a lancé un appel aux volontaires, il estime que les États-Unis doivent disposer d'une armée de trois millions d'hommes.

La marquise Mosca-Visconti était venue s'accouder au dossier de sa chaise, disant que chacun devait trouver la place où il se révélerait le plus efficace dans la lutte contre l'Allemagne. Or John Christopher était d'abord un écrivain.

Barruel avait approuvé.

— Vous avez entendu Lyautey, l'autre jour, à la Chambre ? avait repris le capitaine Montcel sur le même ton ironique. Quand il y a eu cette vague d'amendements pour renvoyer du front telle ou telle classe, telle ou telle catégorie – ouvriers et agriculteurs nés en 1890 et 1891 –, Lyautey a eu cette réponse que je trouve aussi superbe qu'exemplaire : « Tout ce qui est en état d'aller au front doit y être ! »

— Une claque magistrale pour tous ces lâches qui se planquent ! avait commenté Renaud Duchesnes. C'est d'ailleurs pour cela qu'ils ont renvoyé Lyautey.

Finlay avait lancé un coup d'œil à Isabelle Saynac. Elle avait le regard fixe ; un sourire figé dessinait deux petites rides de part et d'autre de sa bouche dont elles accentuaient l'expression boudeuse et presque méprisante. Elle semblait se désintéresser de la discussion qui devenait passionnée. On évoquait la démission de Lyautey de son poste de ministre de la Guerre après qu'il eut lancé aux députés qu'il ne prendrait pas la responsabilité de leur confier des secrets militaires, car il ne voulait pas exposer la Défense nationale à ce risque.

— Sur ce point, je lui donne tout à fait raison ! s'était exclamé Flécheux. Savez-vous que n'importe qui peut se les procurer ? Pour cent francs, on peut acheter le compte rendu analytique complet des séances du Comité secret de la Chambre ou du Sénat ! Il suffit, après cela, de les expédier à Berlin ! Comment, dans ces conditions, faire confiance aux députés et leur communiquer des secrets militaires ?

— Ceux de la GODP ? avait lancé Finlay tout en décochant un regard à Isabelle Saynac.

Il y avait eu un silence.

— La grande offensive de printemps que préparent les généraux Nivelle et Mangin sur l'Aisne, avait explicité le journaliste avec un large sourire.

Il avait regardé un à un ces visages d'abord consternés, puis, l'un après l'autre, Flécheux et Barruel les premiers, tous avaient éclaté de rire, félicitant Finlay pour la qualité de ses informations.

— Votre neveu, Barruel, avait-il alors indiqué. Oui, le major Jean-Baptiste Robin, un homme courageux...

Barruel avait paru osciller entre la gêne et la satisfaction. Il avait finalement ignoré la précision de Finlay, puis déclaré d'une voix péremptoire :

— Je reprends à mon compte les propos du président Deschanel quand il a dû prendre acte de la démission de Lyautey, puis de celle du président du Conseil : « Je vous supplie, messieurs, au nom de la France, je vous supplie, au nom de ceux qui se battent, au nom de ceux qui versent leur sang en ce moment, de rassembler nos énergies pour la victoire de la Nation ! » Beau et juste programme, n'est-ce pas ?

— La démission de Briand est en tout cas un pas dans le bon sens. Mais il nous faudrait un président du Conseil autre que ce Ribot. C'est mieux que Briand, mais ça n'est pas suffisant, avait dit Varin.

— Clemenceau ? avait interrogé Barruel.

— Pourquoi pas ? avait rétorqué Flécheux.

— Voilà un homme, en tout cas, qui n'hésitera pas à châtier les espions et les traîtres, avait renchéri Varin. Et il n'aura – nous le connaissons tous – ni complaisance pour les ministres, ni compassion pour les filles !

— Ils veulent tuer Mlle Juliette, répète Jeanne.

Finlay lui montre le salon, l'invite à s'avancer. Elle le regarde avec des yeux inquiets.

— Je ne sais plus où aller, murmure-t-elle tout en restant figée sur place. Ils ont fermé l'appartement, celui où vous êtes venu, boulevard Haussmann. Et Mme Clarisse ne veut plus de moi. Elle dit qu'elle ne peut pas, que la police lui a interdit de m'engager au Rendez-Vous. Je sais trop de choses…

Elle se redresse un peu avant de ployer à nouveau la nuque.

— Mais qu'est-ce que je sais, moi ?

Elle ajoute d'une voix presque inaudible :

— Si je retourne chez moi, à la ferme, sur le causse, alors que mes trois frères sont morts, je me tue. Comme mon père et ma mère.

Finlay lui pose la main sur l'épaule et la force à entrer dans le salon.

23.

John Christopher observe cet homme qui va et vient d'un pas lent, s'arrêtant souvent au milieu de la vaste pièce dont deux cloisons sont tapissées de livres reliés en cuir rouge ou noir. Il avance, un peu penché, comme s'il était attiré par la terre. Il tient les bras croisés, mais, de sa main droite, il caresse d'un geste machinal sa barbe taillée en pointe. De temps à autre, il lance un coup d'œil au journaliste. Puis il s'immobilise enfin, tend le bras, montre la photo en pied d'un homme jeune, revêtu d'une robe d'avocat, la main gauche posée sur un empilement de livres.

— Mon fils Charles, dit-il, le jour de sa prestation de serment, en juin 1914. Il avait toutes les qualités pour être un brillant secrétaire de la conférence. Il me valait mille fois.

Il se remet à marcher, murmure que Charles devait prendre sa succession au cabinet.

— Les Gerbaud sont avocats de père en fils, ici, dans cette maison, depuis 1775. Mais Charles était mon seul fils. Il n'y aura donc pas de successeur. La guerre a brisé notre lignée, monsieur. Charles est tombé le 11 août 1914.

Me Louis Gerbaud s'appuie à son bureau et regarde vers les fenêtres qui donnent sur l'étroite rue Royer-Collard. Finlay l'a empruntée il y a une vingtaine de minutes, cherchant sur les façades de guingois de ces immeubles du XVIIIe siècle, situés à quelques pas du jardin du Luxembourg et de la place du Panthéon, l'adresse de Me Gerbaud.

— Gerbaud est un patriote à la Clemenceau, lui avait dit Henri Mourier. Un radical. Il a été député du Ve arrondissement, partisan de la loi des trois ans, mais il a été battu en 1913, et la mort de son fils aux premiers jours de la guerre l'a profondément atteint.

Mourier s'était levé. Marchant difficilement, contraint de reprendre son souffle à chaque pas, il était allé jusqu'à la baie vitrée d'où l'on apercevait la Seine et, au-delà, les maisons de Ponthierry.

— Il porte la mort en lui, avait-il murmuré. Il est plus patriote que jamais, plus déterminé à ce qu'on poursuive la guerre jusqu'à la victoire, mais quand je le vois avec son brassard de deuil, sa cravate noire, ce visage amaigri, ces yeux fiévreux, j'ai le sentiment de croiser Abraham exalté par le sacrifice de son fils, désespéré parce que Dieu a laissé le meurtre s'accomplir.

Mourier s'était adossé à la vitre, les yeux mi-clos, tout son corps exprimant l'épuisement.

— Louis Gerbaud est à l'image de tous ces Français en deuil qui ont donné à la Patrie leurs fils, un époux, leurs plus proches parents. Ils sont à la fois accablés et fiers de ce sacrifice. Ils continuent de vivre, ils ne se révoltent pas, mais ils ne connaîtront plus jamais la joie. Nous sommes une nation amputée, défigurée, Finlay. Un million de morts, deux millions de blessés en trente-trois mois de guerre...

Mourier avait hoché la tête.

— Il faut pouvoir imaginer ces hommes qu'on arrache non seulement à leur vie, mais à celle de ceux qui les aimaient, qui espéraient en eux. Mille trois cent trente-trois morts et mille six cent soixante-six blessés par jour depuis août 1914...

Il avait eu un rictus, comme un sourire de dérision.

— Ce sont là bien sûr des chiffres approximatifs, car il y a aussi les disparus...

— Et vous croyez que Me Gerbaud acceptera de défendre Juliette Dumas ? avait murmuré Finlay.

— C'est un homme qui place la justice et le droit au-dessus de tout. Pour lui, la France incarne ces valeurs, et c'est pour cela qu'il est patriote. Il ne pourra pas concevoir qu'on laisse Juliette Dumas avec pour seul défenseur un avocat commis d'office. Par honnêteté, je dirai même par patriotisme, il aura à cœur de la défendre, mais, bien sûr, il pensera d'abord à son fils. Il se demandera : qu'aurait fait Me Charles Gerbaud ? Mais, s'il prend le dossier de Juliette Dumas, il ira jusqu'au bout. C'est le meilleur défenseur possible, parce qu'il n'est pas suspect de défaitisme, qu'il fait partie du clan Clemenceau, qu'il a payé l'impôt du sang.

— Et vous, où en êtes-vous ? avait interrogé Finlay.

Mourier avait écarté les bras, penchant la tête vers son épaule droite, puis toussant longuement.

— Je ne les intéresse plus. Ils savent que je vais crever, qu'après une dizaine de pas je suis déjà épuisé. Je n'ai alors qu'un désir : m'allonger n'importe où, fermer les yeux et m'endormir.

Il avait serré les poings, martelé faiblement sa poitrine.

— Manquer d'air, ne plus pouvoir respirer : je ne connais rien de plus horrible...

Il avait secoué la tête.

— Je pense à mes camarades gazés, à ceux qui sont morts étouffés sous la terre, de la boue plein la bouche...

Il s'était redressé lentement et, dans la lumière légère de ce début d'avril, son visage aux lèvres blanches avait semblé à Finlay presque gris, exsangue.

— Que voulez-vous qu'on me fasse ? Qu'on m'arrête ? Ils ont de plus gros poissons à pêcher : Malvy, Caillaux, le duc Luís Maurin de Montalban... Moi, le succès de mon livre me protège de leurs accusations. Ils n'oseront pas s'en prendre sérieusement à quelqu'un qui a défendu « les nôtres ». Je suis un peu dans la situation d'Henri Barbusse.

Les Goncourt ont décerné leur prix à son livre, et *Le Feu* est un beau succès. On ne touchera donc pas à Barbusse. Mais Hélène Laborde est en prison et ils ont muté Bardet dans un régiment de Sénégalais. C'est la seule unité qui a pour médecin un colonel ! Il est seul, d'ailleurs, avec une poignée d'infirmiers. Dans ce genre de régiment, on ne soigne pas : il n'y a que des vivants ou des morts.

Mourier avait quitté l'appui de la baie vitrée, fait quelques pas, puis s'était agrippé au dossier d'un fauteuil d'osier pour reprendre son souffle, les pommettes un peu rosies, la voix plus nette, comme si l'indignation et la colère lui redonnaient de la force.

— Mes lecteurs savent ce que je pense. Ils devinent que je suis intouchable : un mort en sursis, un condamné qui connaît son verdict. Alors ils m'apportent des informations, ils se confient – oh, prudemment : ils ne veulent pas prendre de risques, ils savent que les argousins d'Oriani et les informateurs de Rebeirolles veillent, que la censure ouvre ma correspondance, mais enfin...

Il s'était quelque peu redressé.

— J'arrive à sentir la situation, à comprendre ce qui se prépare. D'abord, les Russes : votre Rosa di Bellagio est partie avec Parvus et Lénine. Ils sont déjà à Petrograd. Par Hélène Laborde et Alexandre Graevski, avant que l'une ne soit arrêtée et que l'autre n'ait pris la fuite, j'ai su l'objectif de Lénine : la paix comme levier pour relancer la révolution, et la révolution pour accéder à la paix. Les Allemands misent sur lui. C'est ce qui me sépare des bolcheviks.

Il avait levé le bras.

— Ce sont mes camarades qui vont subir les assauts des divisions allemandes que Hindenburg et Ludendorff vont retirer de Russie. C'est dans notre sang, le sang des Français, des nôtres, que va se lever et se déployer la révolution russe. Comment pourrais-je oublier cela ?

Il avait brandi le poing. Jamais il ne pardonnerait à ces aveugles, à ces imbéciles qui, il y avait quelques jours encore, dans les journaux, toujours les mêmes – Barruel,

Varin, Duchesnes, Capponi –, prétendaient que « la collaboration russe n'avait jamais failli ni ne faillirait jamais » ?

Il avait parlé si fort qu'il s'était plié en deux pour recouvrer sa respiration.

— Il faudrait tout arrêter dès maintenant, avait-il marmonné. La guerre a changé de visage, Finlay. Les Russes s'en vont. Vous autres Américains, vous allez arriver. Mais dans combien de temps ? Et on continuera d'envoyer nos frères et nos enfants à l'abattoir.

En se tenant à chaque meuble, ne lâchant l'un que pour s'appuyer à son voisin, il avait atteint une table sur laquelle s'entassaient des feuillets, des dossiers, des journaux. Il avait saisi un fascicule qu'il avait montré à John Christopher. C'était le compte rendu d'un Comité secret tenu par la Chambre des députés et consacré à l'état de l'aviation. On dénombrait mille cinq cent quatre-vingt-six appareils en service, mais seulement quatre cent onze étaient à même de lutter contre l'ennemi.

— Les autres – Farman, Caudron, Bréguet-Michelin, Voisin – permettent seulement à nos aviateurs de mourir, avait-il dit en mêlant les mots et les quintes de toux.

— Charles Castel a été une nouvelle fois abattu, avait répondu Finlay. Peut-être n'est-il que prisonnier ?

Mourier avait soulevé ses épaules comme s'il avait voulu que son tronc happe sa tête et que son corps se réduise ainsi à une boule inexpressive.

— On devrait s'indigner, avait-il murmuré, et en même temps chercher à comprendre froidement, sans se laisser emporter par la colère, ce qui se passe…

Il s'était assis, les coudes sur la table, ses poings écrasant ses joues.

— Ils sentent bien que les Français en ont assez de ce combat de taupes, de ces offensives qui ne sont que des massacres inutiles. Parmi les gens qui nous gouvernent, il y a ceux qui voudraient en sortir par une paix blanche, de compromis. Ce sont les Malvy, les Caillaux, les Briand. Ce sont eux qui ont écouté le prince Sixte de Bourbon-Parme. Ils croient qu'on pourrait traiter avec l'empereur d'Autriche, jouer les Habsbourg catholiques contre les Prussiens protestants de Guillaume II. Et puis il y a les autres, arc-boutés sur l'idée qu'on doit vaincre, vite et à n'importe quel prix. Ceux-là...

Mourier s'était levé, avait tendu les bras en avant comme fait un aveugle. Il avait empoigné le rebord d'une des tablettes d'un rayonnage, et Finlay avait craint qu'il ne tire à lui le meuble, renversant ainsi tous les livres et bibelots qu'il contenait. Il s'était précipitamment levé, mais Mourier lui avait décoché un regard dur qui lui intimait l'ordre de retourner à sa place, de le laisser trouver seul la meilleure façon de respirer.

— ... Ceux-là, avait-il repris d'une voix plus sourde, je les appelle des maîtres chanteurs. Ils poussent nos millions de victimes sur la table de jeu : « Voilà ce que nous avons déjà payé, disent-ils. Il nous faut donc doubler la mise ! » C'est Poincaré, c'est même Clemenceau. À leurs yeux, tous ceux qui refusent ce pari sont des lâches ou des traîtres. Barruel et les autres charognards préparent l'opinion à de grands procès patriotiques. « Brûlons ceux qui parlent de paix ! » Oh, nos maîtres chanteurs sont de purs, de fiers patriotes, et ils sont sincères ! Me Gerbaud est sûrement l'un d'eux. Mais ce sont des aveugles. J'ai là...

D'un mouvement de la tête et des épaules, il avait montré la table, les feuillets, les dossiers qui s'y amoncelaient.

— ... un compte rendu de la réunion qui s'est tenue à Compiègne, autour de Poincaré et du général Nivelle, pour la préparation de la grande offensive de printemps.

— La GODP ! s'était exclamé Finlay.

— Vous connaissez, vous aussi ! avait ricané Mourier. Tout le monde est au courant, et Hindenburg et Ludendorff n'ignorent rien de ce plan. Ils ont fait des prisonniers. Ils connaissent sûrement les détails de l'offensive que nous projetons dans le secteur du Chemin des Dames. Et vous savez ce qu'ils sont en train de faire ? Ils reculent leurs premières lignes d'une dizaine de kilomètres. Nos aviateurs ont signalé ce mouvement. Nos patrouilles ont rapporté que les Allemands construisent des fortifications en béton sur une nouvelle ligne de tranchées contre laquelle nos divisions viendront se briser après dix kilomètres de marche à travers une zone totalement détruite. Elles seront prises à revers par des postes de mitrailleuses dissimulés dans les creutes, ces grottes naturelles, si nombreuses dans les falaises de craie, que les Allemands ont transformées en fortins et en nids de résistance.

Mourier avait parlé si vite qu'il en avait perdu le souffle, et il s'était à nouveau penché en avant, les bras toujours tendus, les mains agrippées à la tablette du rayonnage, la tête à hauteur des bras.

— Tout cela est connu de notre quartier général. Mais vous savez ce qu'a dit Nivelle, celui dont tout le monde espère qu'il va monter l'offensive de rupture telle qu'on la croyait possible en août 1914 – parce qu'ils n'ont rien appris, qu'ils veulent en finir au plus vite ? Nivelle, donc, a dit (je cite, Finlay, c'est là, dans mes papiers) : « J'aurais passé mes ordres à Hindenburg qu'il n'aurait pas mieux exécuté ce que je désirais. Nous allons y aller carrément, il n'y a plus de Boches devant nous ! La rupture et l'exploitation sont certaines, nous ferons deux cent mille prisonniers ! »

Mourier s'était tourné vers Finlay.

— Il faudrait hurler, mais je n'ai plus de souffle. J'ai alerté qui j'ai pu. Mais, même à *La Voix*, ils n'ont pas osé publier mes informations. L'espoir d'en finir est trop fort. Personne n'ose crier ! Je reçois des lettres d'officiers qui me disent : « Les Boches ne passeront pas, mais nous non plus, surtout si l'on fait l'idiotie d'attaquer au Chemin des Dames, une véritable forteresse ! »

Il était retourné s'asseoir à la table et avait repris sa position initiale, le visage reposant sur ses poings, les joues enfoncées, les lèvres dessinant comme une protubérance blanchâtre.

— Personne ne veut crier, et les rares qui oseraient, comme moi, ne peuvent se faire entendre. Pourtant...

Il avait brandi l'index.

— ... Les généraux sont hostiles au plan Nivelle. On m'assure que Lyautey a choisi le prétexte des interventions de certains parlementaires pour démissionner, mais, en fait, il ne voulait pas couvrir, comme ministre de la Défense, un plan qu'il juge certes audacieux, mais nébuleux, uniquement fondé sur le mépris de l'adversaire, et tout juste bon pour l'armée de la grande-duchesse de Gerolstein !

Mourier avait laissé retomber sa main à plat sur la table, si fort que certains papiers avaient volé à terre.

— Mais nous ne sommes pas dans une opérette d'Offenbach ! Ce sont des centaines de milliers d'hommes qui vont être engagés, puis qui vont être fauchés. Savez-vous ce que m'a écrit Marius Bardet ? Nivelle et son complice, le général Mangin, celui qu'on appelle « le Boucher », sont si sûrs de leur succès qu'ils ont déjà réparti entre les divisions les lits d'hôpital de Laon, qui se trouve derrière les lignes allemandes et qu'ils pensent libérer ! Voilà pour le service de santé ! Mais... si nous ne prenons pas Laon ? Eh bien, les blessés crèveront !

Il avait redonné une tape sur la table.

— Fous ! Aveugles ! Criminels ! Lyautey, Pétain, Foch, bien d'autres ont condamné le projet, mais quand Nivelle a présenté sa démission, tout le monde s'est récrié : s'il y a une seule chance, allons-y, avec pour mise la poitrine et les yeux et la gueule des poilus ! Et Poincaré a donné sa bénédiction à Nivelle : « Vous avez la confiance du gouvernement ; la question militaire n'est plus de nos attributions », a-t-il dit. Vous savez pourquoi ? Ils connaissent l'état d'esprit des poilus. Ça tient en quatre petits mots : « On en a marre ! » Ou bien : « Ça finira donc jamais, cette saloperie ? » Voilà ce que me disent les camarades qui reviennent du front. Et ils n'ont plus peur de protester. Vous ai-je raconté...

Mourier avait écarté les bras, saisissant les extrémités de la table comme s'il avait voulu élargir sa cage thoracique, l'évaser.

— ... le jour de la commémoration de la Commune, le 18 mars, j'ai voulu assister à la cérémonie au Père-Lachaise. Il y avait dans le cortège trois officiers du front en uniforme, avec leurs décorations : un capitaine d'infanterie, je le connais, c'est un étudiant en philosophie, un normalien, Marcel Déat, et deux officiers d'artillerie. Ils ont été acclamés, et vous savez ce qu'on a crié sur leur passage ? « Vive l'Armée rouge ! » Les informateurs du commissaire Oriani ont sûrement consigné cela dans leurs rapports, et M. le ministre de l'Intérieur Malvy s'est sûrement fait un plaisir de le communiquer aux successeurs de Briand et Lyautey, Ribot et Painlevé.

Il avait secoué la tête.

— Painlevé ? Un brave homme, un savant mathématicien, mais, comme ministre de la Guerre, que pourra-t-il alors que les généraux Gallieni et Lyautey n'ont pas réussi à faire entendre raison à l'état-major ? En fait, tout le monde espère que Nivelle va briser le front allemand et qu'on va ainsi en finir vite, vite, avant que nos poilus n'en viennent à imiter les moujiks...

Il avait grimacé, repris son souffle.

— Si l'offensive de printemps échoue, je ne crois pas à la révolution, mais à une crise profonde. On cherchera des boucs émissaires, des sorcières à brûler...

— Juliette Dumas ? avait murmuré Finlay.

— Elle et d'autres : cette Mata Hari, Hélène Laborde, votre Rosa di Bellagio, si on la retrouve. J'espère pour elle qu'elle est bien arrivée à Petrograd !

— Peu de chances de les sauver du bûcher..., avait repris Finlay.

— Voyez Me Gerbaud, c'est le seul capable d'arracher Juliette Dumas aux flammes des purificateurs !

Finlay tressaille, se tourne vers Me Gerbaud qui vient de l'interpeller, mais d'une voix si hésitante, si brisée que le journaliste se sent gêné, comme s'il avait commis une indiscrétion, percé quelque secret intime. Et peut-être en effet, en regardant trop longuement et fixement le portrait du fils de l'avocat, en essayant de deviner qui était ce jeune homme au seuil de sa vie, deux mois avant sa mort, a-t-il commis une manière de sacrilège, comme violer une sépulture, tenter de s'emparer de l'identité d'un disparu, de chercher à pénétrer sa personnalité avec l'indécence de l'écrivain qui veut toujours tout savoir pour rendre la vie, mais, ce faisant, avive d'autant la souffrance, ranime d'autant, en l'occurrence, la douleur de Me Gerbaud.

Il ne le regrette cependant pas. Car tel est le vrai visage de la guerre.

— Il était le meilleur des fils, dit laconiquement Me Gerbaud.

Il s'assied en face de John Christopher.

— Je ne peux jamais parler de lui, sa mère ne le supporterait pas. Avant même que j'ouvre la bouche, elle secoue la tête et dit : « Non, Louis, priez, faites comme moi, priez ! Le Seigneur peut seul nous entendre. » Elle s'est ainsi enfermée, protégée. Pour moi, c'est une sorte de folie. Mais pourquoi l'en arracher ? Elle ne comprendrait pas que j'accepte la mort de Charles au nom de ce que je sais de l'histoire des hommes, de la nécessité qu'il y a de se sacrifier pour sa patrie, pour les valeurs que l'on respecte. C'était déjà ainsi à Athènes, à Rome...

Il baisse la tête.

— Mon fils a été cité à l'Ordre de l'armée. On lui a décerné la Légion d'honneur à titre militaire. J'ai reçu des lettres personnelles de Joffre, de Poincaré...

Il hausse les épaules.

— Cela ne me console en rien. Mais la mort de mon fils s'inscrit dans l'ordre des choses. Il est désormais une part de notre histoire nationale, aux côtés de centaines de milliers d'autres. Il a été fidèle à l'esprit de notre famille. Nous avons toujours servi des causes qui nous dépassaient ; c'est ainsi qu'on se grandit. On fait le don de soi.

Il s'interrompt quelques minutes.

— Mais c'est moi que la mort aurait dû prendre. J'ai voulu m'engager, après la disparition de Charles. Trop vieux. Alors je suis là...

Il se lève, se remet à marcher du même pas lent, s'arrête devant le portrait de son fils.

— Et c'est à moi que vous demandez de défendre Juliette Dumas ? À moi... ?

— Je ne crois pas qu'elle soit coupable de tout ce dont on l'accuse, répond Finlay. Je l'ai connue.

— À moi ! répète Me Gerbaud.

Il revient vers le journaliste.

— J'ai pu consulter le dossier, dit-il. Oui, c'est une règle que je m'applique toujours. J'examine les pièces avant de recevoir un client. Je me forge seul mon opinion.

— Votre sentiment, maître ?

— Un dossier accablant qui conduira l'avocat général à requérir la peine de mort. Un dossier vide qui permettra à la défense de plaider la relaxe.

— Plaiderez-vous pour Juliette Dumas ?

— Je ne sais pas, murmure l'avocat.

24.

Finlay sent tout à coup une pression à peine esquissée au-dessus de son coude droit, plutôt un frôlement qu'il imagine être celui d'une épaule. Il lui semble même – mais il se demande s'il ne s'illusionne pas – que des doigts lui effleurent la main et cherchent à se nouer aux siens. Quant à cette brûlure qu'il éprouve à la base du cou, il est sûr que c'est celle d'un regard.

Mais il ne se tourne pas.

Depuis le début de la soirée, sitôt qu'il était entré dans l'ambassade et s'était faufilé parmi les invités qui occupaient l'escalier, le hall, les différents salons, il avait été interpellé, harcelé, le plus souvent par des inconnus qui lui avaient saisi la main sans qu'il la leur tendît, qui paraissaient le connaître – certains devaient être des confrères –, lui glissaient leur carte de visite, lui demandant de transmettre leurs félicitations à son frère, George Lewis Finlay, avec qui ils étaient en affaires, voire même au président Wilson, dont ils savaient combien sa famille était proche.

Des femmes – naturellement, la marquise Mosca-Visconti, la première – l'avaient embrassé, toutes frémissantes, en clamant : « Vive l'Amérique ! »

Tous l'avaient congratulé comme s'il avait été personnellement à l'origine de l'entrée en guerre des États-Unis.

Celle-ci avait été rendue officielle le 3 avril 1917, et les manifestations d'enthousiasme s'étaient succédé depuis cette date.

Finlay avait accompagné l'ambassadeur Preston Caffery à la séance solennelle de la Chambre, le 5 avril.

Il s'était tenu dans l'ombre de la tribune diplomatique, reconnaissant au premier rang de l'hémicycle Maurice Flécheux qui, debout, avait donné le signal des applaudissements, bras levés au-dessus de la tête, et tous les parlementaires l'avaient imité, les acclamations et vivats se prolongeant plusieurs minutes.

— Ils s'imaginent que nos *boys* vont débarquer dès ce soir, avant même l'offensive de printemps que Nivelle prépare, avait soupiré Caffery en quittant la tribune et en prenant le bras de Finlay. Votre frère me demande de refroidir leurs ardeurs et de dissiper leurs illusions. Il nous faudra des mois pour constituer nos premières unités et qu'elles soient en état de combattre, et nos régiments ne débarqueront pas en France avant la fin de l'année, si ce n'est avant les premiers mois de 1918.

Caffery avait étreint le bras de John Christopher.

— Je vous en prie, faites passer cette information ! Sinon, après nous avoir adulés, ils vont nous haïr à force de nous attendre !

Finlay s'était écarté, mais Caffery, tout en souriant aux députés qui le congratulaient et en leur serrant la main, avait chuchoté, penché vers le journaliste :

— J'ai un second message de votre frère : je dois refuser tout engagement volontaire de votre part.

Finlay s'était immobilisé, avait riposté avec véhémence que nul ne pouvait l'empêcher de partager le sort des soldats de son pays. Il avait décidé de choisir un régiment d'assaut. Il voulait risquer sa vie, partager le destin des combattants.

Il s'était tu, retenant Preston Caffery par le bras, songeant à Henri Mourier qui – il s'en souvenait – s'était engagé précisément pour ces raisons-là.

Caffery s'était écarté pour répondre aux députés qui l'entouraient.

— Nous allons bâtir une armée de trois millions d'hommes, leur avait-il dit. Nos soldats disposeront du matériel le plus moderne. Ils joindront leurs forces et leur foi à celles de leurs frères d'armes français.

Puis, penché vers Finlay, il avait observé :

— Vous êtes aussi grandiloquent qu'un Français, John Christopher. Voyons, vous êtes plus près de quarante ans que de vingt ! Laissez donc faire la guerre aux jeunes gens ! C'est un sport de leur âge ! Votre frère et donc le président m'ont donné une consigne : je la respecterai. Vous ne vous engagerez pas. Écrivez, Chris, témoignez, forgez de bonnes raisons de se battre et de mourir. Vous savez le faire ! Faites-le. C'est là votre mission.

Lorsqu'ils étaient parvenus dans la salle des Quatre-Colonnes du Palais-Bourbon, là où se mêlaient, comme dans une baie inondée de lumière, les parlementaires, les ministres et toute cette faune qui prospérait à leurs côtés, comme les parasites de grands prédateurs, sans pour autant avoir accès à l'hémicycle, Finlay avait été séparé de Preston Caffery par les remous de la foule et avait réussi à quitter la Chambre, poursuivi seulement par quelques journalistes qu'il avait écartés d'un geste, sans répondre à leurs questions.

Mais ils étaient encore là, quelques jours plus tard, parmi les invités de Preston Caffery conviés à la réception donnée à l'ambassade pour célébrer l'amitié franco-américaine, « les retrouvailles », comme avait déclaré l'ambassadeur à Albert de Varin – propos rapporté par *L'Écho de Paris* – « entre les fils de Washington et ceux de La Fayette ».

Finlay sent que la pression sur son bras droit augmente, que des doigts continuent d'effleurer les siens, que la brûlure sur son cou – il l'éprouve à présent jusque dans sa gorge – se fait plus intense.

Il ne veut pas céder à la tentation de regarder qui le frôle ainsi.

Il se déplace vers la gauche, heurte Renaud Duchesnes qui lui fait une grimace de connivence en désignant d'un mouvement du menton Preston Caffery. L'ambassadeur est seul au centre du cercle que forment autour de lui les invités rassemblés dans le grand salon. Il entame son discours que Finlay écoute distraitement, repérant çà et là les phrases du projet d'allocution qu'il a préparé à la demande du diplomate :

— Notre Constitution de 1787 est mère de la vôtre. Mais notre indépendance est aussi fille de la France. Nos valeurs sont communes aux nations qui ont le droit, la justice, la liberté et donc la démocratie pour socle.

Finlay baisse la tête.

Comment a-t-il pu écrire cela ? Ces mots sonnent creux, comme une cloison de stuc, et lui paraissent masquer un grand vide.

— Notre président, poursuit Caffery, a dit : « Si nous refusons de choisir le chemin de la soumission, c'est parce que nous sommes les États-Unis, la terre où les hommes ont chevillé au cœur l'indépendance, la liberté et le courage... »

Les applaudissements crépitent.

Chacun des invités tente d'approcher l'ambassadeur, déjà entouré par Albert de Varin, Maurice Flécheux, Armand Barruel, Vincent Marquis et même Will Matthews, tous en uniforme – c'est la première fois depuis des mois que Flécheux a revêtu le sien.

Finlay reste planté près de Duchesnes.

— Je suis soucieux, lui dit ce dernier. J'ai des doutes à propos de cette offensive. Vous êtes au courant ?

John Christopher fait oui.

— Bien sûr reprend Duchesnes. Tout le monde est informé, Hindenburg et Ludendorff compris...

Il parle comme Henri Mourier.

— J'ai longuement parlé avec Pétain – loquace, pour une fois, et c'est déjà significatif, continue Duchesnes. Il m'a dit textuellement : « On va user dans une bataille toutes nos réserves. On va se heurter à des secondes et à des troisièmes positions. Le recul méthodique des Allemands est un piège. Il prouve deux choses : Hindenburg sait que nous allons attaquer, où et comment. Il a préparé une ligne de défense qu'il juge infranchissable. »

— Mais pourquoi alors s'obstine-t-on ? interroge Finlay en regardant autour de lui.

Il reconnaît Me Louis Gerbaud qui, un peu à l'écart, dans l'un des angles du salon, bavarde avec Clemenceau. Finlay essaie d'attirer son attention, mais il a l'impression que l'avocat évite de regarder dans sa direction. Mauvais signe ?

— Politique, politique, mon cher, ajoute Duchesnes. Poincaré veut un succès rapide qui lui évitera soit de céder aux partisans d'une paix de compromis, voulue par Briand, Malvy et Caillaux, soit d'appeler son vieil ennemi à la présidence du Conseil.

Il penche la tête.

— Mais oui, Georges Clemenceau, notre Tigre, qui donne des coups de griffes de plus en plus hargneux, s'impatiente. Clemenceau attend son heure, mais elle tarde, et il a soixante-seize ans : il est temps qu'elle arrive ! Si l'offensive de Nivelle échoue, il bondira.

— Combien de morts prévus ?

Renaud Duchesnes écarte les mains, fait la moue.

— Succès ou échec, beaucoup, de toutes les façons ! Vous savez quelle serait l'attitude sage ? Vous attendre ! Comme dit Pétain, « il faut attendre les Américains et les chars d'assaut ».

— Le plan Nivelle, une grande offensive pour rien, alors ?

Duchesnes secoue la tête.

— Je n'ai pas dit ça. Je vous en prie, n'écrivez pas de pareilles contre-vérités. On essaie ce dernier coup de reins. Si ça passe, c'est peut-être la victoire dans quelques semaines, et des dizaines de milliers d'hommes épargnés. La victoire, Finlay ! La Paix !

— Et si l'offensive échoue ?

— Si ça casse, on colmate, la guerre des taupes recommence. On change de général en chef, de président du Conseil, et on vous attend, mon cher. Place aux *boys* !

— Et les morts ?

— On ajoute leurs noms aux millions d'autres. Que voulez-vous y faire ? La paix est impossible sans la victoire. Pas tout ce sang versé pour un parchemin couvert de l'encre des compromis !

— Et si les Allemands attaquent avec les divisions qui sont encore aujourd'hui sur le front russe ?

— Nous tiendrons, avec ou sans vos *boys*. On se battra dans les cimetières, s'il le faut.

Il tapote l'épaule de Finlay.

— D'ailleurs, cela s'est déjà produit plusieurs fois : à Verdun, dans la Somme, et, dès septembre 1914, lors de la bataille de la Marne.

Finlay regarde Duchesnes s'éloigner. Il reste seul, ne répondant que d'un hochement de tête aux invités qui le saluent et font parfois mine de lui donner l'accolade.

Riccardo Capponi le prend aux épaules, le serre contre lui, le secoue même.

— Nous autres Italiens, dit-il, sommes les Européens les plus proches de vous. Nous vous avons baptisés : souvenez-vous d'Amerigo Vespucci ! Cela dit...

Capponi baisse la voix.

— Vous n'auriez jamais dû vous amouracher de cette comtesse, poursuit-il, ni favoriser son évasion. Mais oui, nous savons que vous avez au moins voulu la faire évader, et maintenant elle est à Petrograd ! Quoi qu'ils disent, les bolcheviks font le jeu de l'Allemagne. Nous aurions dû la fusiller, Finlay. Et nous l'aurions fait si vous ne vous étiez pas mis en travers !

John Christopher repousse l'Italien et fait quelques pas, tête baissée, pour ne pas croiser le regard de ces hommes et de ces femmes dont il connaît un grand nombre, qui s'imaginent qu'il leur ressemble alors qu'il se sent étranger à eux, accablé par l'écart entre ce qui se passe ici – les mots, les discours, les intentions, les manœuvres des uns et des autres – et ce que vivent ceux dont on décide ici le sort, ceux qui, dans leurs tranchées, attendent l'ordre de l'attaque, le coup de sifflet qui les précipitera vers la mort.

Il supporte de plus en plus mal cet abîme entre ceux qui commandent et ceux qui doivent obéir. Lui-même ne fait pas partie de ceux qui ordonnent. Et on lui interdit de rejoindre ceux qui subissent.

Il bute contre quelqu'un, lève la tête, reconnaît Me Louis Gerbaud. Celui-ci le fixe d'un air sévère.

— Je défendrai Juliette Dumas, l'informe l'avocat.

Il tourne le dos à Finlay, puis lui fait à nouveau face.

— Elle est au secret à la prison du Cherche-Midi, mais je l'ai vue. Elle m'a parlé de vous. Elle vous remercie d'avoir recueilli sa domestique.

Gerbaud hésite, puis, sa main droite caressant la pointe de sa barbe, il ajoute :

— Elle va aussi bien qu'on peut aller dans ces circonstances.

John Christopher voudrait le retenir, le questionner, mais Me Gerbaud s'est déjà perdu parmi les invités.

Le journaliste se dirige vers l'escalier, délaissant les buffets dressés dans l'un des petits salons.

— Vous ne m'avez pas vue ? murmure une voix.

Finlay fait volte-face, découvre Isabelle Saynac. Ses cheveux sont dénoués et couvrent une capeline violette qui ne dissimule pas ses bras nus au-dessus des longs gants noirs qui lui montent jusqu'aux coudes.

— J'étais tout près de vous, pendant que l'ambassadeur parlait.

Peut-être avait-il su que cette pression sur son bras, ce regard qui le brûlait, ses doigts qui le frôlaient étaient ceux d'Isabelle Saynac ?

— Vous vous souvenez ? murmure-t-elle. Vous m'avez raccompagnée, un soir, après une réception, rue des Bons-Enfants.

Il n'a pas oublié le corps jeune et dodu de la jeune comédienne. Il commence à descendre l'escalier. Elle l'accompagne, sa main glissant sur la large rampe de cuivre.

— Maintenant, remarque-t-il, vous habitez rue de Savoie, l'hôtel particulier de Barruel.

De sa main gauche elle frôle celle de Finlay.

— Il passe toutes ses nuits au journal, précise-t-elle.

Il ne répond pas, mais ne retire pas sa main qu'elle saisit dès qu'ils marchent dans les allées obscures du jardin contigu à l'ambassade.

— Rien ne m'oblige à rentrer rue de Savoie, chuchote-t-elle. Rien !

Elle répète ce dernier mot avec une détermination rageuse.

25.

CHRONIQUES DE L'EUROPE
EN GUERRE

par
John Christopher Finlay
correspondant permanent en Europe du Washington Times

Paris, mai 1917

Je reviens du Chemin des Dames.

C'est là, sur cet éperon rocheux situé au nord-est de Reims, que le général Nivelle a lancé, le 16 avril, l'offensive qui devait rompre le front allemand.

Ce sont les termes qu'il a employés devant un groupe d'officiers réunis à Reims dans une école qui servait de poste de commandement.

À quelques rues de là se trouve la cathédrale où, depuis quatorze siècles, ont été sacrés les rois de France. Les bombardements allemands l'ont en partie détruite.

Les troupes de Hindenburg et de Ludendorff tiennent les crêtes, celles du plateau de Craonne, de ce Chemin des Dames, de la montagne de Reims, situés seulement à quelques kilomètres de la ville toujours sous le feu des canons adverses.

« Nous romprons le front allemand quand nous le voudrons, nous a dit le général Nivelle le 13 avril. C'est par la marche en avant brusquée de toutes nos forces disponibles et par la conquête rapide des points les plus sensibles pour le ravitaillement des armées ennemies que nous obtiendrons leur désorganisation complète. »

Il a ajouté : « Le soir de l'offensive, nous coucherons à Laon. »

Les combats se sont terminés le 5 mai. Le front allemand n'a pas été rompu.

J'ai assisté aux principales phases de la bataille.

J'ai vu tomber autour de moi des centaines d'hommes. L'offensive préparée, voulue, exécutée par le général Nivelle a coûté plus de soixante mille tués et quatre-vingt mille blessés.

Les Allemands n'ont pas été délogés des principales crêtes, et leur ligne de défense, que les poilus ont appelée « ligne Hindenburg », construite en arrière après un repli précédant l'offensive française de plusieurs jours, n'a pas été entamée.

Ces combats du Chemin des Dames, si meurtriers et si vains, vont peser lourd sur l'état d'esprit de l'opinion ainsi que sur les décisions militaires et politiques.

Nivelle a été écarté du commandement en chef et remplacé le 15 mai par le général Pétain. Le général Foch est devenu conseiller militaire du gouvernement et chef de l'état-major général. Nivelle devrait être jugé par ses pairs, et le général Mangin a été privé de commandement.

— Nous ne pouvons pas continuer la guerre les yeux fermés, m'a confié un homme politique influent, proche de Georges Clemenceau. Cela nous a conduits à deux doigts de l'abîme.

J'ai vécu au bord de cet abîme pendant toute la durée de l'offensive.

Le 14 avril, j'ai rencontré mon « accompagnateur », le capitaine Lucien Lévy. Je l'avais connu sergent au lendemain de la victoire de la Marne. Il est détaché à l'état-major général et chargé de guider les personnalités sur le champ de bataille. C'est un distingué professeur d'histoire, décoré de la Légion d'honneur pour sa conduite au front.

Il m'a conduit dans une tranchée de première ligne, là où les hommes devaient s'élancer à l'assaut du Chemin des Dames.

Mon arrivée a suscité la curiosité.

Je n'étais pas seulement un journaliste, mais un allié incarnant l'espoir que notre entrée dans la guerre a soulevé en France.

Les officiers d'abord, puis les sous-officiers et les poilus sont venus me dévisager, curieux et gouailleurs.

J'ai retenu le visage poupin, imberbe, de deux jeunes soldats, des jumeaux de la classe 17 (vingt ans), les frères Lacoste, aux yeux bleu très clair, qui plaisantaient entre eux en disant :

— Les Américains nous relèvent, dommage qu'il n'y en ait qu'un !

En riant ils s'étaient donné de franches tapes sur l'épaule :

— Quand ils seront là, c'est nous qu'on sera les neutres jusqu'à la fin de la guerre !

C'est peu après que l'explosion d'un obus, dont la venue n'avait été précédée d'aucun sifflement, nous a tous soulevés, puis jetés à terre.

Le casque que je portais a été martelé d'une grêle d'éclats ou de pierres. Quand je me suis relevé, ma capote bleue et mon étui à masque à gaz étaient couverts d'une sorte de charpie noirâtre : le sang, la chair, la cervelle des deux jumeaux Lacoste couchés, déchiquetés sur le fond de la tranchée.

Les deux premiers tués près de moi, en ce 14 avril 1917, alors que le capitaine Lucien Lévy me montrait, sur une carte, l'éperon du Chemin des Dames entouré par les vallées de l'Aisne et de l'Ailette, deux rivières encaissées, dominées par des pentes abruptes que les vagues d'assaut devraient gravir. Il énumérait et désignait ces lieux qui m'étaient inconnus, tout comme aux soldats qui s'apprêtaient à les conquérir : plateau de Craonne, ferme Heurtebise, Poteau d'Ailles, Cerny, moulin de Laffaux, trou de la Demoiselle, trou d'Enfer...

Entre la ligne de départ de l'offensive – notre tranchée – et ces lieux, il y avait les tranchées allemandes dont Lévy disait, sans me regarder, qu'elles seraient bouleversées, comblées par l'artillerie dans les minutes qui précéderaient l'ordre d'assaut. Ainsi, toutes les mitrailleuses seraient détruites et, en quelques heures, on atteindrait la ligne Hindenburg, que l'on percerait.

Le capitaine Lucien Lévy répétait ce qu'il devait dire : les prédictions du général Nivelle.

Puis les frères jumeaux, les « petits Lacoste » ont été tués, et chacun s'est recroquevillé, cherchant un abri au fond des « sapes » creusées dans les parois des tranchées.

Je n'ai été qu'un soldat parmi les autres.

L'ambassadeur Caffery était intervenu personnellement auprès du général Nivelle pour que je participe comme journaliste et citoyen d'une nation alliée à la grande offensive de printemps. .

J'avais exigé de figurer parmi les unités qui partiraient à l'assaut.

Mais lorsque le lieutenant M. a déchiré l'enveloppe jaune cachetée que venait de lui apporter un homme de liaison et qu'il a lu : « Jour J : 16 avril. Heure H : 6 heures », j'ai senti tout mon corps se contracter et j'ai eu en même temps l'impression qu'il se vidait de son sang.

J'ai regardé le lieutenant M. et le capitaine Lucien Lévy, puis les sous-officiers qui venaient prendre connaissance des dernières consignes – la distribution des grenades devait avoir lieu le lendemain matin, au tout dernier moment –, j'ai constaté que leurs visages étaient si tendus, leurs traits si tirés que leurs joues en étaient comme creusées, leur peau blanchie.

J'ai pensé aux deux jumeaux dont on avait enlevé les restes. Il ne subsistait de cette tragédie, si banale depuis le début de la guerre, que quelques débris et éclaboussures sur la terre.

Dans quelques minutes ou quelques heures, mon propre corps pouvait être ainsi réduit à rien. Et il me faut dire la vérité : quand j'ai pensé qu'il faudrait m'élancer le lendemain à découvert et m'exposer aux balles et aux éclats d'acier, j'ai eu peur, regrettant même, l'espace de quelques instants, d'avoir voulu participer comme soldat à cette offensive.

Nous devions nous réveiller à trois heures trente.

Lucien Lévy et moi nous sommes allongés côte à côte, roulés dans notre capote au fond de la sape.

La terre est gelée. Le capitaine chuchote que ce froid glacial tue chaque nuit quelques hommes et que les Sénégalais qui doivent participer à l'attaque en sont comme paralysés. Tout à coup, il se dresse un peu, s'appuie sur un coude et me dit :

— Il y a en moi, avant chaque attaque, comme une bête terrorisée. J'ai le sentiment – et, je le sais, tous les hommes éprouvent cela – que je vais marcher à l'abattoir, que je vais être moi aussi, comme tant d'autres, un cadavre sanglant ou l'un de ces blessés qu'on ne recueille pas et qu'on laisse agoniser plusieurs heures. Et pourtant, nous allons franchir le parapet au coup de sifflet. Il le faut, n'est-ce pas ?

Ce propos d'un homme qui a participé à tant d'attaques et montré un courage exemplaire depuis août 1914 me rassure. Et je m'endors.

Le brouhaha des soldats qui se harnachaient, dans l'aube envahie par un brouillard glacé, me réveille.

Le capitaine Lucien Lévy est déjà debout auprès du lieutenant qui, au milieu de ses hommes blottis autour de lui, déplie un papier et commence à le lire d'une voix posée, sans éclat :

> « Ordre général n° 75 : aux officiers, sous-officiers et soldats des armées françaises ! L'heure est venue ! Confiance et courage ! Vive la France ! GÉNÉRAL NIVELLE.

Les soldats écoutent. Leurs visages sont inexpressifs, comme affaissés, et il me semble lire dans leurs regards l'acceptation forcée, muette, du sacrifice.

On apporte du café. Il est chaud. On sert une double ration d'alcool, la « gnôle ». Puis on distribue les grenades. Lévy me tend un ceinturon avec des cartouchières et un revolver chargé dans un gros étui de cuir.

— Vous êtes l'un des nôtres, murmure-t-il. Il faut souvent choisir de tuer si l'on ne veut pas être tué. Il n'y aura pas d'exception pour vous.

Je boucle mon ceinturon. L'arme pèse à mon côté droit.

L'attaque, ce sont des coups de sifflet, des explosions, des cris, une odeur pénétrante et soufrée, irritante, où se mêlent la senteur de la terre retournée et celle de la poudre, les claquements des mitrailleuses, ce tac-tac-tac qui martèle tout le corps, et ces images fugitives d'hommes qui tout à coup s'effondrent, laissant tomber leur fusil, qui s'agenouillent, hurlent, se traînent, repartent vers l'arrière, courbés, se tenant le ventre ou le visage, titubant.

— Les mitrailleuses ne sont pas détruites, crie quelqu'un, on est foutus !

Des obus explosent, le claquement des mitrailleuses s'amplifie. Il semble jaillir de toutes les pentes, des crêtes, du plateau de Craonne. Il nous enveloppe.

Plus tard, un lieutenant me dira :

— À six heures, nous avons engagé la bataille ; à sept, elle était perdue.

Je suis, en bondissant d'entonnoir en entonnoir, le capitaine Lévy et le lieutenant M.

Nous sautons dans une tranchée boche. J'aperçois au bout du boyau des soldats allemands qui s'enfuient. Mais, tout à coup, les hommes s'abattent autour de moi.

Le tac-tac-tac venu de la crête du Chemin des Dames prend la tranchée en enfilade et nous atteint dans le dos.

Les *creutes*, ces grottes qui percent de part en part l'éperon rocheux, sont des nids de mitrailleuses que l'artillerie n'a pu atteindre et dont les tirs creusent des sillons sanglants dans nos rangs.

On se couche parmi les morts et les agonisants, bouche contre terre ou sur un corps encore tiède dont le sang vous tache.

Des soldats se dressent, lancent plusieurs grenades. Le tac-tac-tac cesse. On rampe. On découvre des corps allemands enchevêtrés. L'un d'eux est étendu les bras en croix. Il porte, passé dans la boutonnière de sa tunique, le ruban noir et blanc de la Croix-de-Fer. C'est un officier d'une vingtaine d'années, à la tempe trouée. Son visage est celui d'un adolescent imberbe. Il semble regarder le ciel.

Nous avançons. Tout à coup, j'ai l'impression de me trouver face à trois troncs d'arbres couverts de boue, appuyés à la paroi de la tranchée allemande.

Ce sont trois Sénégalais dont les yeux vivent, blancs, dans leur face noire. Ils sont pétrifiés par le froid. Un sous-officier les injurie, les secoue, les frappe. Mais ils ne bougent pas.

Le tac-tac-tac reprend, plus intense, plus proche, croisé avec des dizaines d'autres.

— Nous n'avancerons plus, me dit le capitaine Lévy, accroupi près de moi. Nous sommes cloués.

Et, brusquement, des explosions, des cris.

L'artillerie française nous bombarde avec des obus de 155 ! On lance des fusées pour faire allonger le tir. Je vois passer, hagards, des Sénégalais dont je devine les corps ankylosés par cette bruine glacée qui imprègne les capotes, colle à la peau.

Près de moi, un poilu murmure que ce sont ces hommes-là qui, avec lui, ont surpris, dans l'abri d'une des tranchées conquises, des Boches qui faisaient chauffer leur « jus ».

Il fait un geste au niveau de sa gorge.

— Coupe-coupe, dit-il. Nous avons bu le café.

On se bat au couteau et à la grenade. On avance de quelques centaines de mètres, occupant des tranchées allemandes qui, sur le plan directeur que me montre le lieutenant M., portent les noms de *Bruckner*, de *Brahms*, de *Dresde*, de *Ruhr*, de *Kreutzer*.

Nous nous terrons quand l'artillerie ennemie commence à nous écraser sous une avalanche d'obus de gros calibre.

Puis nous abandonnons le terrain conquis, reculant sous le feu des mitrailleuses.

Nous avons ainsi laissé derrière nous des centaines de blessés.

Je n'oublierai jamais les corps désarticulés, réduits à une bouillie rouge par l'explosion d'un obus.

J'entendrai toujours les cris des blessés abandonnés au milieu des entonnoirs, ou se cachant dans ces cavités qu'un autre obus vient combler. Les survivants continuent de hurler, de siffler, d'appeler leurs mères.

J'ai été parmi les hommes regroupés dans les tranchées pour un nouvel assaut. Couverts de boue et de sang, amaigris, fiévreux, ils ressemblaient à des loques.

Certains murmuraient, disaient que des unités avaient çà et là refusé de repartir à l'attaque et qu'on avait fusillé ces rebelles.

On racontait que des milliers de blessés avaient gagné les villages de l'arrière, submergeant les gendarmes de la prévôté, ne trouvant aucun poste de secours.

J'ai rencontré plus tard le major Marius B., affecté à un régiment de Sénégalais, qui m'a raconté que, sur dix mille hommes lancés dans l'offensive, six mille trois cents avaient été tués.

Il m'a décrit les conditions dans lesquelles il avait dû soigner les rares blessés qui avaient réussi à rejoindre le poste de secours installé dans un entonnoir boueux et sanglant.

Dans l'obscurité, avec ses mains sales – ce disant, il les a levées à hauteur de son visage –, il avait amputé les deux jambes et un bras d'un homme que le froid et la gangrène allaient tuer dans la nuit.

— Il faut que cette folie, que cette barbarie s'arrête ! a-t-il répété.

Mais nous sommes repartis à l'assaut, parce qu'il fallait bien que ceux qui avaient conçu cette offensive s'obstinent à obtenir des résultats justifiant leur choix et leur entêtement.

La mort a été la seule à remporter de nouvelles victoires.

Avaient été lancés à l'attaque soixante divisions, appuyées par mille sept cents pièces de canon de 75 et deux mille sept cent quatre-vingts pièces lourdes. Dans l'armée du général Mangin, on comptait un canon tous les dix-neuf mètres. Mais cela n'a pas suffi à museler les mitrailleuses allemandes cachées dans des fortins bétonnés ou dans les *creutes* du Chemin des Dames.

Et l'offensive du général Nivelle s'est engloutie avec soixante mille tués et quatre-vingt mille blessés dans ce trou d'Enfer.

J'ai enlevé mon casque bosselé, dégrafé mon ceinturon, rendu mon arme au capitaine Lucien Lévy. Puis j'ai retiré ma capote noircie par la boue et le sang séché.

J'ai regardé les hommes avec qui j'avais vécu ces trois semaines.

Nous étions rassemblés dans une grange au toit arraché par un obus, à quelques kilomètres en arrière du front. Autour du lieutenant M. et du capitaine Lévy, ils n'étaient plus qu'une poignée de survivants. Tous les sous-officiers avaient été tués, comme leur capitaine et les autres lieutenants.

J'ai salué chaque soldat. Le capitaine Lévy et le lieutenant M. m'ont l'un après l'autre entouré les épaules et serré contre eux.

Je rentrais à Paris. Ils restaient.

J'ai eu l'impression d'abandonner des frères.

Je n'ai pu que leur répéter la phrase que l'on prête au général Pétain qui venait de remplacer le général Nivelle, destitué par le ministre de la Guerre, Painlevé :

— J'attends les Américains et les chars d'assaut.

C'était la seule espérance que je pouvais leur donner.

26.

Nu, assis sur le rebord du lit, Finlay se tient penché en avant, les avant-bras appuyés sur ses cuisses, les mains jointes tombant à hauteur de ses mollets.

Il a l'impression qu'on pèse sur ses épaules, qu'on lui écrase la nuque, qu'on l'oblige à se courber. Il a envie de fermer les yeux, de se coucher à même le parquet, de se recroqueviller, les poings sous la joue, les genoux contre la poitrine, et, s'il cédait à ce qu'il ressent, cette fatigue mêlée de dégoût et peut-être à des bouffées de panique, il se glisserait sous le lit pour rechercher la protection du sommier.

Il se souvient de cette fente dans la craie, sur les pentes du Chemin des Dames, dans laquelle il s'était glissé pour échapper au tir des mitrailleuses, à ces balles qui faisaient jaillir la terre autour de lui. Il avait rampé vers le fond et, tout à coup, heurté un corps. Par une détente des jambes, il avait repoussé cet homme, allemand ou français, mort ou blessé, le plus loin possible. Prenant appui sur lui, le plus vite qu'il avait pu, il avait, en s'accrochant à la terre, rejoint l'orifice de cette crevasse, habité par la terreur d'être agrippé par l'homme, retenu ou entraîné par lui dans la mort.

Et, tout à coup, le tac-tac-tac de la mitrailleuse lui avait semblé le bruit de la vie.

Mais, sur l'ourlet de la fente, un autre corps était étendu et les balles venaient avec un bruit sourd s'y enfoncer, le crever, le faire sursauter. C'est en s'en servant comme d'un bouclier que Finlay avait réussi à regagner le fond du ravin où coulait une rivière encaissée, l'Ailette.

Le capitaine Lucien Lévy lui avait tendu la main et l'avait attiré d'un coup sec dans un entonnoir. Le cadavre dont il s'était protégé avait servi de parapet.

Finlay lève et tourne la tête.

Il découvre d'abord l'image d'Isabelle Saynac dans le miroir de l'armoire. Elle paraît plus grande, sur ses bottines à talons hauts, lacées jusqu'à mi-mollet. Des bas noirs moulent ses jambes galbées. Ses cuisses fermes sont cerclées par des jarretières bordées d'une dentelle noire.

Finlay se redresse un peu plus.

La toison du sexe se perd dans le bas de la guêpière qui enserre le buste tout en laissant deviner la rondeur des seins.

Isabelle se tient cambrée, les mains sur les reins, jambes écartées.

John Christopher pivote. À deux pas du miroir, les sourcils froncés, la jeune femme le fixe. Ses cheveux dénoués couvrent ses épaules comme lors de cette réception à l'ambassade américaine, il y a...

C'était de l'autre côté de l'abîme, du trou d'Enfer, de ces semaines passées avec les hommes du cinquième régiment d'infanterie coloniale, au pied du Chemin des Dames.

En quittant l'ambassade, dans le taxi qui les conduisait jusqu'ici, à l'appartement de Finlay, ils avaient commencé à s'embrasser avec une sorte de furie. Elle avait saisi son membre et elle s'était laissée aller en arrière en s'offrant sur la banquette de la voiture. Il avait caressé ses seins, son sexe, emporté par un désir si fort qu'il en était douloureux.

Il a l'impression que c'était dans une autre vie.

Il l'avait portée dans l'escalier, la soulevant de son bras glissé entre ses jambes. Elle s'était accrochée à son cou, lui mordillant les lèvres.

Il avait eu de la peine à ouvrir la porte, puis il avait répondu par un grognement à Jeanne qui, sans doute depuis la cuisine située au fond de l'appartement, s'inquiétait : « C'est vous, monsieur Finlay ? »

Il était tombé avec Isabelle sur le lit et ils s'étaient aussitôt aimés sans même se déshabiller entièrement.

Après, seulement, ils s'étaient dévêtus, et Finlay avait à nouveau été empoigné par le désir.

À l'aube, alors qu'ils n'avaient pas parlé jusque-là, emporté par leur lutte amoureuse, leurs corps se nouant et se dénouant, Isabelle avait dit qu'elle haïssait Barruel : cet homme était un lâche, vindicatif, mesquin et jaloux. Il avait envoyé Denis Marrou à la mort en le faisant affecter à un régiment disciplinaire que l'état-major utilisait pour éprouver les défenses ennemies, localiser et identifier les positions de tir allemandes.

C'était Jean-Baptiste Robin, le neveu de Barruel, qui lui avait expliqué ça.

Elle n'avait pas attendu que Finlay l'interroge à ce propos, déclarant qu'en effet elle avait été la maîtresse de Jean-Baptiste, parce qu'elle voulait se venger de Barruel, lui faire payer son crime. Jamais ce dernier ne réussirait à la chasser de l'hôtel particulier de la rue de Savoie : c'est lui qui en partirait, humilié, dépouillé, ridicule. S'il le fallait, elle le dénoncerait comme traître, comme espion. C'était bien ce qu'il faisait, lui, avec les autres, les Juliette Dumas, Malvy, Caillaux, avec le duc Luís Maurin de Montalban « et même avec vous, Finlay ».

— On connaît un homme à la manière dont il fait l'amour, avait-elle dit. Barruel est un porc.

Elle s'était agenouillée devant John Christopher, lui avait écarté les jambes et avait embrassé son sexe, l'avait léché. Elle avait murmuré :

— J'aime tout chez toi. Tout.

C'était avant l'offensive.

Finlay la regarde s'approcher. Il voudrait la désirer. Mais, depuis son retour à Paris, il n'a pas réussi à l'aimer.

À chaque fois, son sexe s'est dérobé. Il a eu l'impression qu'un trou se creusait brusquement dans son bas-ventre, une immonde blessure comme celle de ces soldats qu'il avait vus, coupés en deux au ras des hanches, leurs jambes disparues, réduites à des débris noirs qu'on pouvait confondre avec la terre grumeleuse.

Il a cru parfois que le désir allait lui revenir, lui permettre de franchir l'abîme, de recouvrer cette fougue d'antan, de conserver cette roideur du sexe qu'il avait imaginée si instinctive, si naturelle, et qu'il jugeait maintenant miraculeuse.

Isabelle l'a pourtant serré en elle comme pour le retenir, elle a fermé les yeux, respiré plus vite, son visage s'est tendu, la sueur a perlé à ses tempes, mais, à cet instant précis, il a pensé aux frères Lacoste, aux deux pauvres morts jumeaux, à leurs corps tout à coup si hachés qu'il n'en restait plus rien.

Et il n'a plus ressenti qu'une immense fatigue, comme si son corps était devenu une masse de poussière sur le point de se disséminer, de disparaître.

— Laisse, a murmuré Isabelle Saynac.

Elle est près de lui. Elle s'assied sur le parquet, pose sa tête contre le genou gauche de Finlay et lui caresse la jambe.

Il enfouit sa main dans ses cheveux et, d'un mouvement lent, les démêle, les noue.

Il murmure :

— Excuse-moi.

Elle lui étreint le mollet.

— Tu es fou de dire cela, répond-elle d'un ton indigné. Quand Denis est revenu la première fois en permission après quelques mois de front, poursuit-elle, ce devait être en décembre 1914, il est resté prostré deux jours durant dans un coin de la chambre, dans l'appartement qu'elle occupait près du théâtre, rue des Bons-Enfants.

— Tu y es venu, précise-t-elle.

Et puis Denis s'est réveillé et ils ont passé toute une semaine presque sans quitter le lit.

— Mais ce n'était plus le même homme qu'avant. Quand il riait, je le trouvais triste, désespéré. À chaque fois que je le questionnais, il mettait sa main sur ma bouche et disait : « Je t'en prie. » Il essayait d'oublier.

Elle se tourne, appuie ses seins contre les genoux de John Christopher.

— J'imagine ce que tu as vu, lui dit-elle.

27.

— J'imagine, murmure Finlay.

Il baisse la tête. Il n'ose plus regarder le capitaine Lucien Lévy, assis en face de lui dans ce petit salon du café Procope.

Il se souvient de tous ceux qui, depuis qu'il est de retour à Paris, ont prononcé ce mot-là : « J'imagine. »

Et, à chaque fois, il a eu envie de hurler qu'aucun de ceux qui n'avaient pas attendu le coup de sifflet donnant le signal de l'assaut, quand il fallait se hisser hors de la tranchée, ne pouvait imaginer, non !

Mais il s'est tu, s'abstenant de chercher à faire comprendre ce qu'il avait éprouvé, ne répétant pas ce que lui avait confié le lieutenant M. qui se dressait le premier, le sifflet serré entre les dents, le revolver au poing, puis qui s'élançait, bras levé, le sifflet accroché au lacet de cuir qui retombait sur sa poitrine. Le lieutenant M. criait : « En avant ! En avant ! », et dans le tac-tac-tac des mitrailleuses, dans le vacarme des explosions, parmi les râles des premiers blessés, nul n'entendait, mais tout le monde le suivait. On savait que, parfois, il disait : « En avant pour la France ! », s'offrant à la tête de la section aux balles qui faisaient gicler la terre.

Le 15 avril, veille de l'offensive, en montrant la crête du Chemin des Dames, M. avait dit à Finlay :

— Quand on sera debout, là, en train de gravir la pente, il n'y a que Dieu qui pourra nous protéger.

Il avait posé sa paume ouverte au ras de son cou et avoué qu'il portait comme un bouclier les trois médailles

– la Croix, la Vierge, Jésus – que sa mère avait fait bénir pour lui.

— Je m'en remets à elles, à la Providence et aux prières de maman, avait-il dit.

Puis il s'était accroupi, les doigts serrés sur le pommeau d'une canne sculptée qu'il allait devoir abandonner le lendemain, car quand on courait sous les balles, il ne fallait avoir entre les mains qu'une arme : une grenade. Sans compter que les tireurs d'élite allemands visaient d'abord les officiers, et la canne était souvent l'attribut des gradés : mieux valait donc s'en débarrasser.

Il avait haussé les épaules et soupiré :

— Je me résigne.

Puis, tout à coup, il s'était emporté d'une voix âpre et dure, même si elle était étouffée :

— Allez donc dire à ceux qui ne sont pas venus ici, en première ligne, que la résignation a plus de grandeur que l'enthousiasme, qu'elle exige, pour être pratiquée comme il se doit, un effort soutenu par une volonté et un courage de tous les instants. Ils ignorent tout de nos épreuves. Ils ne peuvent pas comprendre la grandeur qu'il y a à « marcher quand même », à rester discipliné alors qu'on est révolté par les ordres reçus. À l'arrière, ils veulent de l'éclat, et la résignation n'en a pas assez à leurs petits yeux. Mais l'éclat n'a rien à voir avec ce que nous faisons. Ce n'est pas avec de l'éclat que nous défendons notre pays, c'est par un travail obscur, silencieux et sans gloire.

Comment auraient-ils pu comprendre ces propos d'un vrai combattant, ceux qui répétaient : « J'imagine » ?

Les uns, comme Isabelle Saynac, prononçaient le mot comme on caresse, avec compassion, pour rassurer, et elle l'avait encore dit la dernière fois qu'ils s'étaient retrouvés chez lui et qu'après de vains efforts elle avait voulu expliquer le fiasco, excuser la défaillance de ce bout flasque de peau brune et fripée entre les jambes de John Christopher.

— J'imagine ce que tu as vu, lui avait-elle dit, et il n'avait pas répondu à sa bienveillance.

Mais il y avait eu les autres, tous ceux qui péroraient, les Barruel, Flécheux, et même Renaud Duchesnes ou Vincent Marquis, et naturellement Albert de Varin et Capponi. Certains portaient des uniformes, mais étaient affectés aux états-majors et n'avaient vu les premières lignes qu'en escortant leurs généraux. Ceux-ci serraient la main de quelques poilus avant de repartir à vive allure à bord de voitures officielles qui traversaient les villages où étaient cantonnées les troupes, et souvent les poilus crachaient et même criaient sur leur passage, surtout les derniers temps : « À bas la guerre ! Mort aux responsables ! »

Mais ils n'entendaient pas et Barruel pouvait dire, au cours de ce dîner auquel il avait convié quelques confrères et amis, afin de saluer le courage et le retour de Finlay :

— J'imagine ce que vous avez éprouvé, mon cher, nous l'imaginons tous, et je salue votre engagement personnel, qui est l'acte symbolique d'entrée en guerre de votre patrie. Avez-vous lu l'article que j'ai publié dans *Le Petit Parisien* à votre sujet et, au-delà, sur le débarquement prochain des Américains ? Je vous y rends hommage, et vous le méritez !

John Christopher s'était un peu soulevé de sa chaise, l'avait reculée. Il avait besoin de se sentir hors de ce cercle, le plus à l'écart possible de cette table ovale dressée dans la salle à manger de l'hôtel particulier de Barruel.

Isabelle Saynac présidait, assise entre Flécheux et Finlay.

— Cela dit, avait ajouté Flécheux, bien que nous imaginions ce qu'ont été les conditions de cette offensive – un échec, à l'évidence –, fallait-il que vous donniez ce ton à votre chronique du *Washington Times* ?

Flécheux avait regardé tour à tour chacun des convives, et les uns après les autres, Barruel, Varin, Capponi, Duchesnes, Marquis avaient, d'une inclinaison de tête ou d'un geste de la main, d'un battement de paupières, acquiescé au propos du député.

Celui-ci avait repris, disant regretter le ton délibérément sombre de cette chronique :

— Bien sûr, nous imaginons ce que vous avez ressenti au spectacle de la guerre, mais vous êtes un écrivain d'une sensibilité... je dirai : professionnellement exacerbée. Nos poilus sont des terriens, des paysans rudes à la souffrance, et vous les décrivez comme s'ils étaient eux-mêmes des artistes !

Il avait ri.

— Or il y a des degrés à la sensibilité ! Ainsi les Sénégalais, mon cher, ne sont pas des clients du Dôme, ni des familiers des salons de Boston ou de Paris !

On l'avait approuvé.

Finlay s'était mordu les lèvres pour ne pas hurler. Il avait tendu les jambes, sa chaise en équilibre sur ses deux pieds arrière, croisant les doigts derrière sa nuque, se sentant ainsi plus à l'écart encore.

— Votre chronique, qui sera bien sûr censurée en France – et, je ne vous le cache pas, une telle mesure me paraît indispensable, donc légitime...

Flécheux s'était interrompu et Isabelle Saynac en avait profité pour se lever, conduire ses invités au salon.

Elle avait pris le bras de John Christopher, lui avait chuchoté qu'elle devinait sa rage, mais qu'il ne fallait pas répondre. Tous ces hommes-là le jalousaient, lui reprochaient en fait d'avoir un courage dont ils étaient eux-mêmes incapables. Ils cherchaient donc à le déconsidérer.

Elle avait entendu Barruel souffler à Flécheux qu'il fallait sanctionner sévèrement ceux qui avaient accepté la présence de Finlay en première ligne, et ceux qui l'avaient maintenant proposé pour la Croix de guerre. Comment, avec de tels précédents, obtenir l'expulsion de l'Américain s'il continuait à répandre des idées pacifistes, à se faire le complice des anarchistes, des bolcheviks, en fait l'agent des Malvy, des Caillaux, lui qui avait été l'ami très proche de Juliette Dumas ?

— Votre chronique, mon cher Finlay, avait repris Flécheux, tenant son verre de cognac à deux mains comme un calice, intervient au plus mauvais moment.

Il avait croisé les jambes et s'était enfoncé dans un large fauteuil de cuir. Les autres convives avaient pris place autour de lui.

— Il s'est créé un climat trouble dans certaines unités : un colonel a été malmené en gare de Ville-en-Tardenois, dégradé par ses soldats. Des unités ont refusé de monter en ligne, d'autres ont déclaré qu'elles défendraient leurs tranchées mais qu'elles n'attaqueraient plus. Des permissionnaires s'en sont pris à des officiers de la prévôté qui voulaient les contrôler. On a entendu des régiments crier : « À bas la guerre ! Vive la révolution ! » Naturellement, les rumeurs les plus folles se répandent, excitent nos poilus. On prétend que des soldats annamites ont tiré sur la foule à Paris, que des troupes noires et jaunes y ont été appelées pour maintenir l'ordre, qu'elles ont ouvert le feu sur des ouvrières en grève qui réclamaient leurs maris... Bref, Finlay, vous avez versé du pétrole sur ces flammes – des flammes que vous n'avez certes pas allumées, j'en conviens...

— Apprécions la situation. Je ne crois pas au risque de révolution, était intervenu Albert de Varin. Mais il faut sévir, fusiller les meneurs, et le général Pétain a donné des ordres pour que les cours martiales se montrent à la fois impitoyables avec les anarchistes, ceux qui diffusent des mots d'ordre de rébellion, et généreuses envers les poilus qui se laissent aller à exprimer – et on imagine ce qu'ils peuvent ressentir – un instant de découragement. Comme l'a dit magistralement Maurice Barrès, je crois qu'« il ne s'agit pas d'un mouvement séditieux, mais de l'irrésistible sanglot des Français… ».

— Soit ! avait repris Flécheux. J'accepte votre analyse, mais gardons les yeux ouverts, restons sur nos gardes ! Vous avez comme moi entendu le ministre de la Guerre à la Chambre. Je partage tout à fait le point de vue exprimé par Painlevé. Nous vivons en ce moment des heures tragiques, aussi graves que celles que nous avons connues le 4 août 1914. Et, à mon avis, les temps sont presque plus difficiles. Parce que la fin d'une guerre est toujours une affaire délicate. C'est celui qui montre le plus d'énergie résolue qui obtient la victoire. Nous voulons – et vous aussi, Finlay, j'en suis sûr – que ce soit une paix française, qui ne peut découler que d'une victoire française. Celle-ci n'est possible qu'à la condition que ni le moral du pays, ni celui de l'armée ne soient atteints !

Il s'était penché, tendant son verre à Isabelle Saynac qui l'avait rempli.

— Franchement, Finlay, avait-il continué, pensez-vous que le texte de votre chronique contribue à forger notre volonté, à marteler les deux mots d'ordre essentiels en ce moment : tenir et résister – alors que, sous couvert de rechercher une paix de compromis, on favorise les buts de guerre allemands, la paix allemande, comme s'y évertue votre Lénine ? Il s'est fait acclamer à Petrograd comme révolutionnaire alors qu'il a bénéficié du soutien de l'empereur Guillaume, qu'il vient de traverser l'Allemagne en train blindé avec un privilège d'extraterritorialité, comme un allié ! Tenir et résister, Finlay : voilà le programme, et nul ne pourra nous faire plier. Il y a eu trop de sacrifices consentis, et ce ne sont pas quelques mutins ou quelques hommes un peu trop sensibles qui nous feront changer d'avis. Aux États-Unis, j'imagine que votre chronique...

— N'imaginez pas ! l'avait coupé Finlay en se levant.

Quelques jours plus tard, dans le petit salon du café Procope, John Christopher se remémore les propos de Flécheux, de Varin, de Barruel, et toutes les fois que, comme pour réduire à néant ce qu'il avait vécu au Chemin des Dames, ils ont dit et répété « J'imagine », ce mot même qu'il vient à son tour de prononcer alors que le capitaine Lucien Lévy lui a fait part du trouble qui avait gagné des dizaines d'unités, des sections, des compagnies, des bataillons, des brigades, des divisions – et on avait réuni en hâte des cours martiales, constitué des pelotons d'exécution, fait fusiller, devant leurs camarades, là un caporal et trois hommes pour refus d'obéissance face à l'ennemi, ici quatre poilus accusés de désertion...

Lévy a reconnu que l'inquiétude avait gagné les états-majors et que lui-même, passant d'un secteur à l'autre, enquêtant pour le général Pétain, n'avait vu...

Le capitaine s'est brutalement interrompu, le serveur ayant ouvert la porte et disposé sur la table les tasses de café, et il n'a repris son propos qu'une fois le garçon ressorti, la porte refermée.

— ... je n'ai vu que des révoltés en esprit, a-t-il ajouté, des soldats et des sous-officiers qui roulent et remuent sans cesse dans leur tête les moyens d'en finir avec ce massacre, et qui, faute d'en trouver, méditent des vengeances...

Et, comme pour répondre au journaliste, il a murmuré :

— On n'imagine pas, non, on ne peut pas imaginer.

Finlay redresse la tête, considère le capitaine Lévy qui boit à petites lampées sa tasse de café.

— Racontez-moi, murmure-t-il.

Lévy repose sa tasse, ôte ses lunettes rondes, en essuie les verres. Il fixe le journaliste de ses yeux gris, peut-être embués de larmes.

— J'ai besoin de me confier, dit-il. Vous êtes un témoin courageux. Vous avez partagé les risques de nos hommes. Mais c'est pour plus tard que je vous parle. J'ai lu votre chronique. Elle est probe et juste. Seulement, la vérité sur les mutineries ne doit pas être connue maintenant ; sinon, c'est le risque de contagion et nous avons un devoir à l'égard de la Nation. Le choix est simple : ou bien toutes les armées se débandent, et c'est une paix sans vainqueur ni vaincu, dans le désordre et l'anarchie, avec peut-être des routiers, des lansquenets – on a vu ça au Moyen Âge, puis pendant la guerre de Trente Ans…

Il soupire, rappelle qu'il est professeur d'histoire, qu'il sait que les guerres privées, l'anarchie, la guerre civile portent autant de fléaux – peut-être même plus – que les guerres fomentées et conduites par les États.

–… ou bien les armées d'un seul camp se mutinent et se débandent, poursuit-il, et l'autre camp, celui dont les troupes sont restées disciplinées, l'emporte. L'armée russe est en cours de dissolution. Nous allons avoir cinquante à cent divisions ennemies de plus en face de nous ! Si notre armée se rebelle, alors c'est la victoire de l'Empire allemand. Et je ne le veux pas ! Donc, il faut juguler les mutineries.

— Racontez-moi…, répète Finlay.

— Oui, mais pour plus tard, murmure à nouveau Lévy.

Il chausse ses lunettes et se remet à parler, les yeux clos, les mains posées à plat sur la table.

Il raconte les soldats qui partent sans permission, qui conspuent leurs officiers, qui refusent de remonter en pre-

mière ligne, qui crient : « Permission Croix de guerre ! »,
« Vive la sociale ! À bas l'armée ! », qui se répandent en
appelant à la révolte, qui hurlent : « N'allez pas vous faire
tuer ! », « On ne veut pas se faire tuer pour cinq sous par
jour alors que les ouvriers d'usine en touchent quinze ou
vingt ! ». Des officiers ont été malmenés, insultés, on leur
a crié : « Assassins ! On ne montera pas ! » On parle de
mettre « la crosse en l'air » à la fin juillet.

Lévy rouvre les yeux.

— Une large fraction de l'armée est touchée. Alors on
juge, on fusille. On craint la contagion. À Soissons, un
régiment a même décidé de marcher sur Paris où les poilus croient qu'on livre leurs femmes aux Annamites et aux
Africains.

Le capitaine hoche la tête.

— Mais l'armée tiendra, j'en suis sûr. Combien d'exécutions ? Quelques dizaines ? Quelques centaines ? Même
moi qui suis à l'état-major, je ne saurais le dire. Les poilus,
en les évoquant, n'en parlent pas moins de « croisade de
la mort ».

Il répète « la croisade de la mort », puis murmure :

— Pétain est heureusement un homme modéré, il n'a
rien d'un croisé. Il pense, comme Foch, que les révoltes
sont dues à l'offensive mal préparée...

Il hésite, puis lâche :

–... à l'aveuglement criminel de Nivelle et de Mangin,
celui que les poilus appellent « le Boucher ». Pétain se
rend auprès des troupes. D'une main il châtie, de l'autre il
console, rassure, gratifie ; il augmente le nombre et la
durée des permissions, il améliore la qualité du ravitaillement, il demande aux officiers de troupe de dire la vérité
aux états-majors. Ce n'est pas un officier de bureau ni de
salon, il est resté ce qu'il était en août 1914 : un bon colonel d'infanterie, proche de ses hommes.

Lévy ôte à nouveau ses lunettes, se masse les yeux du
bout des doigts.

— Mais comme tout cela est cruel, injuste aussi : faire
fusiller des soldats qui sont dix fois, quinze fois partis à

l'assaut, qui en ont réchappé par miracle et qui, parce qu'ils n'en peuvent plus, refusent une fois, une seule fois de remonter en ligne – et ce sont leurs camarades qui leur lient les mains, leur bandent les yeux, les attachent au poteau, les visent, les tuent, et la fanfare du régiment défile devant leurs corps… Ce sont des moments horribles.

Finlay baisse la tête. Il peut imaginer.

28.

Il s'assoit au soleil, au bord de la grande pièce d'eau du jardin du Luxembourg.

La lumière est encore si vive et si blanche, en cette fin d'après-midi de juin, qu'il a l'impression que les statues, les arbres, les enfants jouant dans les allées, les promeneurs – souvent des blessés, un bras en écharpe ou s'appuyant sur des béquilles, la vareuse de leur uniforme déboutonnée – et jusqu'aux bâtiments gris du Sénat ne sont plus que des silhouettes ou des masses sombres aux contours imprécis.

Ébloui, il ferme les yeux. Il entend les joyeux piaillements des voix enfantines qui, peu à peu, le calment alors qu'il est venu se réfugier dans ce jardin au sortir de l'hôpital tout proche du Val-de-Grâce, accablé et révolté.

La marquise Mosca-Visconti lui avait téléphoné tard, la veille, pour lui parler de l'un de « ses blessés »...

— Mais oui, mon ami, je me rends chaque jour au Val-de-Grâce, et Dieu sait que nos chers poilus ont besoin de nous : c'est leur âme qui est atteinte, la gangrène pacifiste, révolutionnaire, anarchiste, toutes les forces de trahison les ont contaminés et ils me disent des choses horribles, Finlay, ils m'insultent, chantent *L'Internationale*. C'est affreux ! Il y a moins d'une heure, l'un d'eux m'a menacée du poing en bramant : « L'étendard de la révolte est déployé ! » Il a perdu ses jambes, je comprends qu'il soit bouleversé, désespéré, même, mais jamais, vous m'entendez, Finlay, jamais, il y a six mois, un blessé n'aurait osé dire cela, sans compter que toute la salle l'a approuvé. Ils ont crié : « Vivent les Russes ! », ou encore : « On ne veut plus être des esclaves ! » Me dire ça, à moi qui, chaque jour, essaie de les aider, de les consoler ! Je sais combien ils souffrent, mais cela n'excuse rien. Si on ne reprend pas en main ce pays, c'est la révolution, Finlay, comme en Russie. Et c'est ce qu'ils veulent, ces pauvres bougres ! Ils ne voient pas qu'ils sont en train de faire le jeu de l'Allemagne, qu'ainsi ils ont perdu leurs jambes pour rien, pour rien !

Finlay l'avait laissée parler. La marquise chantait le refrain que tous, ces dernières semaines, depuis les mutineries de mai, reprenaient, dénonçant le complot des partisans de la « paix blanche », les Briand, les Caillaux, les Malvy, le travail de sape des agents allemands, de leurs journaux – *La Voix*, *Le Bonnet rouge* et *La Tranchée républicaine*, ce quotidien auquel Caillaux avait donné son appui et dont la Sûreté générale, les services de renseignement du commandant Rebeirolles, avait découvert qu'il était financé par les Boches !

Le bruit s'était répandu que le couperet de la guillotine ou les balles du peloton d'exécution menaçaient non seulement les espions arrêtés, les Mata Hari, les Juliette Dumas, mais aussi d'anciens ministres – Caillaux, bien sûr, et même Briand – voire des ministres en exercice, comme Malvy.

Allant et venant comme à son habitude dans son cabinet plongé dans la pénombre de l'étroite rue Royer-Collard, Me Louis Gerbaud l'avait confirmé à Finlay d'un ton grave :

— L'accusation contre Juliette Dumas s'enrichit, si j'ose dire, de tout ce que le commandant Rebeirolles apporte au magistrat instructeur du troisième Conseil de guerre qui aura à la juger.

Il s'était arrêté de marcher et, se penchant sur son bureau, il avait ouvert un dossier.

La prévôté avait arrêté à la frontière suisse un personnage recherché depuis quelques mois, un dénommé Alexandre Graevski, un Polonais ou un Russe, que l'on imaginait parti pour Petrograd avec Lénine en compagnie du baron Parvus et de la comtesse Rosa di Bellagio. Au contraire, il avait tenté de repasser en France sous une fausse identité, porteur d'une somme de vingt et un millions de francs tirée sur les comptes du duc Luís Maurin de Montalban. Le contre-espionnage assurait que la Deutsche Bank alimentait l'aristocrate espagnol par le canal de banques suisses, et que cet argent était destiné aux journaux défaitistes, à commencer par *La Voix*.

— La jonction est faite entre les Allemands et Juliette Dumas, avait poursuivi Me Gerbaud. Notre cliente n'a jamais caché qu'elle connaissait Alexandre Graevski.

Or, révolutionnaire, bolchevik ou espion allemand, pour le commandant Rebeirolles et les juges du Conseil de guerre, c'était du pareil au même !

L'avocat avait refermé le dossier, recommencé à arpenter son cabinet en se lissant la barbe de la main droite, puis s'était immobilisé devant Finlay.

— Je ne vous cache pas, avait-il dit, que je partage les inquiétudes et les soupçons du commandant Rebeirolles.

Il avait levé la main. Cela ne remettait pas en cause sa volonté de défendre Juliette Dumas qui n'était, selon lui, qu'une comparse inconsciente, une pauvre fille qu'on avait leurrée, dont on avait utilisé l'ambition – et la séduction – à des fins qu'elle ignorait.

–... mais il y a ceux qui ont tiré les ficelles de cette malheureuse et jolie marionnette : Luís Maurin de Montalban, ce Graevski, et, bien sûr, les politiciens que nous connaissons et qui, depuis dix ans – c'est le cas de Caillaux, de

Briand, de Malvy –, s'emploient à désarmer la France, à la trahir !

Gerbaud avait lui aussi évoqué la rumeur qui enflammait la capitale, selon laquelle Briand était en relation avec le baron Lancken, ancien conseiller de l'ambassade d'Allemagne à Paris et adjoint au gouverneur de la Belgique occupée. Des pourparlers seraient engagés en Suisse par l'intermédiaire de Karl Ziegler, que la diplomatie allemande utilisait car il connaissait tout le personnel politique français. Lors de l'arrestation d'Alexandre Graevski, le commandant Rebeirolles aurait par ailleurs saisi des lettres de Caillaux à Luís Maurin de Montalban à propos du financement du journal *La Voix*.

— Tout cela pue, monsieur Finlay ! s'était indigné Louis Gerbaud.

Il avait grimacé, puis avait relevé la tête et dit :

— Nos fils ne sont pas morts pour cela, pour que l'Allemagne sorte victorieuse d'une guerre qu'elle n'a gagnée ni sur la Marne, ni à Verdun, ni sur la Somme, ni – je sais que vous y étiez, et salue votre courage – au Chemin des Dames ! Oui, nous avons résisté, et, croyez-moi, malgré quelques têtes brûlées, quelques actes d'insubordination, on m'assure – Clemenceau, pour ne rien vous cacher, et vous savez qu'il n'est pas homme à mâcher ses mots – qu'il n'y a plus d'actes de désobéissance collective depuis le 15 juin. Pétain a repris l'armée en mains. Et Clemenceau ne laissera pas des politiciens poignarder la Nation.

Il avait répété dans un souffle :

— Non, mon fils n'est pas mort pour cela !

Il était resté plusieurs minutes silencieux derrière son bureau, puis il avait écarté les bras, dit qu'il ferait tout ce qui était en son pouvoir pour sauver Juliette Dumas, mais qu'il fallait être conscient du poids très lourd – écrasant, même – du dossier d'accusation, et aussi du climat dans lequel allait se dérouler le procès. Le pays avait besoin de se redresser ; les juges pouvaient vouloir faire un exemple. C'était à craindre, n'est-ce pas ?

Sur le pas de la porte, au moment où Finlay lui tendait la main, Gerbaud avait confié qu'il savait que, dans certains milieux, on laissait entendre que Juliette Dumas avait toute latitude de charger Luís Maurin de Montalban, mais aussi Malvy et Caillaux, et que, si elle le faisait, elle sauverait sa tête.

— Je crois aussi, avait-il ajouté en retenant la main du journaliste, que certains ne seraient pas mécontents de vous compromettre. Votre conduite ayant été exemplaire, on exhorterait votre ambassade à vous suggérer de quitter la France. Ce serait en quelque sorte une expulsion voilée. Peut-être même souhaiterait-on que vous preniez les devants, que vous compreniez qu'un séjour chez vous, jusqu'à la paix victorieuse, serait une solution élégante, ménageant les susceptibilités.

— C'est un message que vous êtes chargé de me transmettre ? avait demandé Finlay en dégageant sa main.

— Une information, seulement une information, avait répondu Gerbaud en soutenant son regard.

— Ils sont aussi enragés que les fauves blessés, avait grommelé Henri Mourier après avoir écouté le récit que Finlay lui avait fait de sa visite à Mᵉ Gerbaud.

Mourier parlait de plus en plus faiblement. Il ne réussissait même plus à s'asseoir, et demeurait couché, divers feuillets et livres épars sur son lit, se soulevant parfois un peu pour s'emparer de l'un d'eux.

— Le pays bouge dans ses profondeurs, Finlay, avait-il repris. Ceux qui nous gouvernent le savent. Les censeurs font chaque jour un rapport au grand état-major sur le contenu des lettres de poilus. Mais ils ne peuvent retenir toutes les lettres et j'en reçois une dizaine par semaine, en provenance de tous les secteurs du front.

Il avait lentement balayé de son bras la couverture, pris l'un des feuillets et marmonné :

— Celle-ci est une lettre du 20 mai, elle vous rappellera ce que vous avez vécu...

Il avait longuement toussé, puis s'était mis à lire :

> « Quelle vision horrible, dantesque, que ce plateau de Craonne ! Que de sang y a coulé, que de larmes aussi, et ce n'est point fini. Oh, ces heures dont chacune est une éternité ! Combien nos âmes se retournent avec ferveur vers ceux qui luttent, pour que cessent ces diaboliques horreurs ! Que pouvons-nous, pauvres esclaves impuissants, enchaînés par les ordres forcés et la passivité des victimes ?... »

Mourier avait montré d'autres feuillets, exposé que beaucoup de poilus espéraient qu'on allait suivre l'exemple des Russes.

— L'Internationale est à l'ordre du jour, voilà ce qu'ils disent. Et qu'il faut en finir avec cette boucherie mondiale !

Mourier avait aussi parlé des grèves, des manifestations de femmes, de cette conférence prévue en septembre à Stockholm et qui devait rassembler des délégués socialistes de tous les pays :

— Allemands et Français côte à côte. Et, pour la première fois, nos bons partis de l'Union sacrée sont sur la défensive ; ils ne peuvent plus convaincre quand ils disent que, pour avoir la paix, il faut délivrer le peuple allemand de Guillaume II. On a entendu à la Chambre des députés des propos qui auraient paru insensés et scandaleux il y a seulement trois mois.

Mourier s'était redressé, appuyé sur ses coudes.

— Un député socialiste a déclaré que l'on avait peur de reconnaître que c'est le gouvernement français qui avait fomenté la guerre, qu'il avait fourni au pangermanisme l'occasion de prendre de l'influence sur le peuple allemand et de l'entraîner dans le conflit !

Il s'était laissé retomber et était resté longuement silencieux.

— Vous vous rendez compte, Finlay ? avait-il repris. Voici qu'on réentend le discours de Jaurès, après trois ans de massacres ! On parle de la responsabilité de la France, de sa politique au Maroc à la veille des hostilités. C'étaient là les propos de Jaurès ! Ils l'ont tué, et maintenant qu'on dénonce leur politique, ils veulent compromettre Caillaux en l'accusant d'être un agent allemand. Après *Herr Jaurès*, c'est le tour de *Herr Caillaux* !

Il avait fermé les yeux et son visage exsangue avait déjà toutes les apparences d'un masque mortuaire.

C'est au soir de cette rencontre avec Mourier que la marquise Mosca-Visconti avait téléphoné à Finlay.

Elle lui avait longuement parlé de ce « trouble », de cette atmosphère empoisonnée – « Le pacifisme, l'anarchie, la révolution, le défaitisme, c'est le dernier gaz mis au point par les Allemands, vous êtes bien de mon avis, Finlay, n'est-ce pas ? Vous les avez vus de près, les Boches, au Chemin des Dames... C'est extraordinaire, ce nom, le Chemin des Dames, vous ne trouvez pas ? On dit que les filles de Louis XV empruntaient cette route pour se rendre de Reims à l'un de leurs châteaux... Bove, je crois. C'est cela, l'histoire de nos pays : on ne peut faire un pas sans rencontrer un souvenir de leur grandeur aristocratique... » –, et il avait fini par oublier le propos initial de son appel quand elle avait condescendu à y revenir :

— L'un de mes blessés m'a parlé de sa cousine, de vous aussi.

Elle avait baissé la voix, murmuré :

— Il s'appelle Dumas, Léon Dumas, vous comprenez ? Je sais que sa cousine, cette fille, cette Juliette Dumas – mon Dieu, dire que je l'ai reçue chez moi ! –, est une espionne, mais lui est un brave type et même un héros. On lui a décerné la Légion d'honneur, à un sergent ! C'est un fait exceptionnel. Il souhaite vous voir, Finlay...

Le lendemain, John Christopher a croisé dans les couloirs du Val-de-Grâce des aveugles que guidaient des infirmières.

Il a vu ces blessés de la face, ces gueules cassées aux visages entièrement bandés.

Et il s'est souvenu de l'homme dont les yeux n'étaient plus que des boutonnières sanglantes.

Il a repensé à Marius Bardet, peut-être enfoui à présent dans la boue du plateau de Craonne ou celle des vallons bordant le Chemin des Dames, aux côtés des milliers de corps des Sénégalais de son régiment.

D'un geste las, un infirmier a montré à Finlay la salle où pouvait – il a haussé les épaules en signe d'incertitude – se trouver ce Léon Dumas, puisqu'il était l'un des blessés dont s'occupait la marquise – il a ricané –, dont elle « s'occupait », a-t-il répété, puis, tout en s'éloignant, il a ajouté : « On dit ça... »

La longue salle était plongée dans la pénombre. Les lits étaient si serrés les uns contre les autres qu'on pouvait à peine se glisser entre eux.

Finlay s'était souvenu du premier blessé qu'il avait vu au Val-de-Grâce, ce journaliste, Jean Rouvière, tombé lors de l'offensive en Alsace d'août 1914 et qui avait raconté la débâcle, les hommes en pantalons rouges fauchés avec les blés par les mitrailleuses et l'artillerie allemandes.

Qu'était-il devenu ?

On avait changé de couleur d'uniforme, mais la mort n'en continuait pas moins de moissonner.

Et pour combien de temps encore puisque toutes les tentatives de paix étaient étouffées, et que se rebeller conduisait au poteau ?

La seule issue était bien la victoire, mais elle ne pourrait être pure et rayonnante, car les nations se seraient vidées de leur sang et les hommes auraient trop bien appris à tuer.

Finlay s'est arrêté devant chaque lit, cherchant à reconnaître, parmi ces formes qui geignaient, le visage livide de Léon Dumas.

Enfin il l'a aperçu au bout d'une rangée, le torse serré dans un corset de plâtre. Il respirait avec peine, les poignets attachés aux montants du lit.

Le journaliste s'est penché et Léon Dumas a ouvert les yeux, puis a murmuré :

— Je vous reconnais.

Finlay lui a touché le poignet et Dumas a expliqué qu'on l'avait attaché parce qu'on croyait qu'il allait essayer de se lever, de casser cette prison dans laquelle on avait incarcéré sa poitrine.

Finlay a défait les nœuds et Dumas lui a souri, posant ses mains sur le plâtre, puis se soulevant un peu en prenant appui sur ses avant-bras.

— Ils veulent aussi tuer Juliette, a-t-il dit.

Il s'est laissé retomber en poussant un cri, puis a grondé :

— Ce sont des assassins.

— Il faut vouloir vivre, lui a dit John Christopher en lui étreignant la main.

Lentement, Léon Dumas a tourné la tête vers le journaliste.

— Vous êtes venu..., a-t-il soufflé avant de fermer les yeux. Rattachez-moi, a-t-il ajouté.

Au moment où, après lui avoir dit qu'il reviendrait, Finlay s'apprêtait à partir, Dumas a gémi avec rage :

— Il faudra leur faire payer !

Des nuages cachent à présent le soleil. C'est la fin de l'après-midi.

Finlay rouvre les yeux, regarde les enfants qui jouent encore autour de la pièce d'eau du jardin du Luxembourg.

Eux ne savent pas.

Il se lève, s'engage dans l'allée centrale.

Le ciel au-dessus des arbres est par endroits rouge sang.

29.

Debout, les bras tendus le long du corps, il lève les yeux, essaie d'oublier la foule rassemblée en face de lui dans la cour des Invalides.

En cette fin de matinée du 4 juillet 1917, il tente de ne voir que le toit gris des bâtiments et le dôme dans l'éclat éblouissant de son or.

Mais, tout à coup, il a l'impression que l'air se met à vibrer ; les sonneries de clairon, les roulements de tambour font trembler tout son corps. Il craint de chanceler. Il souhaite que ses talons s'enfoncent entre les pavés disjoints de la cour. Il voudrait disparaître.

Sans bouger la tête, il essaie de regarder à sa droite, à sa gauche, de découvrir la dizaine de promus, alignés devant les généraux, et ces invités qui ont acclamé le défilé du premier bataillon de troupes américaines arrivé en France. À cette occasion, le général Foch va procéder à une remise de décorations, et John Christopher doit recevoir la Croix de guerre.

Il a voulu refuser cette distinction et la citation qui l'accompagne, dont il a jugé les termes exagérés :

> « *Volontaire pour participer à l'offensive du Chemin des Dames, sa conduite au feu a été exemplaire. Dans des conditions difficiles et malgré les tirs de barrage de l'ennemi, il s'est notamment porté au secours de plusieurs blessés qu'il a ramenés dans les lignes françaises. Par son attitude héroïque, il a ainsi montré, l'un des premiers, la vigueur des liens qui unis-*

sent dans le combat pour le droit et la justice les nations alliées
que sont la France et les États-Unis. »

Finlay s'était précipité à l'ambassade pour demander à Preston Caffery d'intervenir afin que l'on annulât cette citation et réservât à d'autres cette décoration. Il n'en était pas digne. Il n'avait risqué sa vie que quelques semaines. Les soldats qu'il avait côtoyés exposaient la leur depuis des années. Ils étaient encore en première ligne, défiant la mort chaque jour, repartant à l'assaut du Chemin des Dames. On ne les décorait pas, mais on les poussait en avant en les menaçant du peloton d'exécution s'ils hésitaient, s'ils protestaient, s'ils contestaient des ordres *criminels*. Ce dernier mot n'était pas de lui, avait-il précisé.

Caffery l'avait écouté en souriant, les pouces dans les poches de son gilet, regardant de temps à autre sa montre à gousset pour marquer que son temps était compté : en compagnie du ministre de la Guerre Painlevé et du garde des Sceaux Viviani, il devait accueillir le général Pershing qui arrivait en gare du Nord, et on attendait des milliers de personnes, tous les journaux – John Christopher les avait sûrement lus – ayant appelé à saluer l'homme qui allait prendre le commandement des troupes américaines en France.

— Votre réaction vous honore, John Christopher, lui avait répondu Caffery, mais nous devons prendre en compte d'autres considérations. Certains, à Paris – Barruel, pour ne pas le nommer, et peut-être d'ailleurs pour des raisons privées, vous voyez que je suis bien informé… –, voudraient vous voir expulser. On vous accuse d'avoir eu des relations suspectes, compromettantes, avec des socialistes, etc., etc. Vous savez tout cela mieux que moi. Eh bien, cette décoration scelle la défaite de Barruel. Elle va vous servir de bouclier, Finlay. Et elle va aussi illustrer notre engagement – c'est pour nous un acte symbolique important, mais c'est pour vous un devoir de l'accepter. Votre frère et le président sont fiers de vous et m'ont chargé de vous féliciter.

L'ambassadeur avait entouré de son bras l'épaule du journaliste tout en le reconduisant jusqu'à la porte de son bureau.

— Je suis d'ailleurs sûr que vous la méritez. En outre – il avait saisi à deux mains celles de Finlay –, plus personne n'osera émettre la moindre critique sur ce que vous écrirez dans vos chroniques. Désormais, vous êtes le témoin qui n'a pas craint d'offrir son cou aux égorgeurs. On ne vous attaquera plus, et on vous croira.

Le diplomate l'avait salué :

— Donc, rendez-vous dans la cour des Invalides.

Puis, avant de refermer la porte, il avait ajouté :

— Nous sommes très fiers de vous. Tout le personnel de l'ambassade sera là. Le 4 juillet, je ferme la maison. Le soir, grande fête ici : on célébrera notre indépendance et votre décoration après le défilé de nos *doughboys* aux Invalides. Les Français ont le sens du symbole et celui du spectacle !

Finlay avait attendu ce jour avec un sentiment de confusion et de crainte analogue à celui que peut éprouver un imposteur qui sait qu'on va le démasquer, l'abreuver d'insultes.

Mais rien de cela ne s'était produit. Maurice Flécheux l'avait invité à dîner chez Igor, l'assurant qu'il était lui-même à l'origine de sa distinction :

— Vous êtes français, Finlay, par votre mère, et c'est toujours la mère qui compte. Vous l'avez montré en participant à cette offensive. Vous avez le goût du panache, et vous êtes courageux. Votre acte, quoi que vous pensiez par ailleurs, est un camouflet pour tous les partisans d'une paix blanche.

Il s'était penché vers le journaliste tout en levant son verre de vodka.

— Clemenceau me l'a dit avec sa brutalité et sa franchise coutumières : « Finlay donne un coup de pied au cul de nos défaitistes. Il faut en faire le héros de l'alliance franco-américaine, le garant de la victoire ! » D'autant que notre bonhomme n'a pas froid aux yeux ! » Pour le Tigre, c'est le seul critère qui compte.

Finlay avait eu l'impression que Flécheux s'était départi de toute réserve à son endroit et se comportait avec lui comme avant la guerre, en complice mi-fraternel, mi-paternel.

Il avait même critiqué Barruel :

— Un intrigant. Nous le sommes tous, sans doute, mais Barruel a en même temps une âme de valet, de traître ; c'est finalement le fils spirituel de Thiers. Nous, avec Clemenceau, nous sommes les héritiers légitimes de Gambetta. Républicains patriotes : voilà notre titre et notre devise. Et, croyez-moi...

Ç'avait été le moment des confidences, Flécheux expliquant que Clemenceau s'apprêtait à se lancer à l'assaut du pouvoir et à dénoncer tous les partisans d'une paix de compromis.

— Il m'a brossé les grandes lignes de l'intervention qu'il prépare pour le Sénat, avait repris le député. Ce sera du genre : « Je ne suis rien du tout, je suis un vieillard au terme de sa carrière politique, je savais que cette guerre viendrait, je l'ai annoncée mille fois, et d'autres m'ont traité de vieux fou, et aujourd'hui ces gens-là, qui ont laissé la nation désarmée en refusant de la préparer au conflit, trahissent le pays... »

Flécheux avait vidé à demi son verre, la tête renversée en arrière.

— L'arrestation à la frontière de cet Alexandre Graevski est la pièce qui manquait, avait-il continué. Maintenant, le dessin du puzzle est complet : l'argent allemand arrive dans une banque suisse, il est viré sur le compte de Luís Maurin de Montalban ou sur celui du baron Parvus ; ils en versent une partie aux bolcheviks, et une autre à Graevski afin d'animer la propagande allemande en France par le biais de journaux comme *La Voix*, *Le Bonnet rouge* ; et là, on retrouve Caillaux, Briand, leurs négociations secrètes avec Lancken ; et Malvy qui laisse faire...

Flécheux avait souri, le regard rêveur, semblant fixer son reste de vodka, si translucide que le verre en paraissait vide.

— Croyez-moi, avait-il repris, après le discours de Clemenceau, le ministre de l'Intérieur sera mort.

— Qui d'autre ? avait murmuré Finlay.

Flécheux avait haussé les épaules.

— Mort politiquement, bien sûr.

Il avait penché la tête.

— Au moins dans un premier temps...

Il avait martelé la table, s'exprimant tout à coup d'une voix rageuse, disant qu'on fusillait des malheureux parce qu'ils avaient cédé un instant à la fatigue, à la panique, ou bien parce qu'ils avaient lu des tracts ou des journaux qui les incitaient à la révolte, et on hésiterait à exécuter des espions ou des responsables politiques prêts à toutes les trahisons ? Pouvait-on accepter que des socialistes cherchent à obtenir du gouvernement des passeports pour se rendre à Stockholm afin d'y rencontrer leurs camarades allemands et d'y discuter avec eux des conditions de paix ?

— Cela s'appelle intelligence avec l'ennemi, Finlay, et quand j'entends un député socialiste comme Pierre Laval déclarer à la tribune de la Chambre : « Stockholm, c'est l'Étoile polaire », j'ai le sentiment qu'on tire dans le dos de nos soldats ! Vous les avez côtoyés, Finlay, vous savez ce qu'ils risquent. Oui, il faut se montrer impitoyable ! La paix ne peut sortir que de la victoire.

Finlay voit le général Foch s'avancer, suivi par trois officiers portant des coussins de couleur grenat sur lesquels sont épinglées les médailles.

Il se raidit. Il ne sait pas s'il pourra faire le pas en avant réglementaire quand le général s'arrêtera devant lui.

Il est écrasé par les roulements de tambour, déchiré par l'éclat métallique des clairons. Il tourne les yeux. Les cuivres de la fanfare brillent dans le soleil qui illumine aussi les vitres des bâtiments ceignant la cour des Invalides.

Il a l'impression qu'il s'enfonce dans un abîme de silence, puis il discerne le général Foch campé devant lui.

Il entend : « John Christopher Finlay, citoyen des États-Unis, volontaire... »

Il n'écoute plus, il se sent paralysé.

Il fait un pas en avant.

Le général le décore, lui donne l'accolade.

Finlay reprend sa place dans le rang.

Les tambours battent, les clairons sonnent.

Ému aux larmes, il pense à sa mère.

Troisième partie

LE TIGRE

30.

Assis à son bureau, légèrement penché en avant, Finlay ferme les yeux. Il sent sur son visage la chaleur de l'ampoule qui, sous le globe d'opaline, éclaire la feuille glissée dans le tambour de la machine à écrire.

Il croise les doigts sur son front, ses mains formant visière, ses pouces comprimant ses tempes.

Mais il a l'impression qu'il aura beau presser sa tête, aucun mot n'en sortira.

Ses avant-bras repliés, les coudes prenant appui sur la table, emprisonnent la machine. Mais il ne réussit pas à la faire cliqueter au-delà de quelques phrases. Puis c'est à nouveau le silence de l'aube, le vide alors que déjà monte la chaleur de cette journée de juillet qui s'annonce aussi brûlante et bruyante que celle de la veille.

Il était sur l'estrade aux côtés de Preston Caffery. L'ambassadeur ne cessait de répéter :

— Ces Français sont extraordinaires, on croit qu'ils vont craquer comme les Russes, et les voilà !

Les troupes des régiments à fourragère, ce 14 juillet 1917, défilaient place du Trône sous les acclamations, chantant : « La Madelon vient nous servir à boire... »

Au premier rang, Poincaré, debout devant son grand fauteuil rouge, souriait, le bras levé, entouré de ministres et de généraux.

C'était lui, avait murmuré Caffery, qui avait décidé que la parade de la Fête nationale devrait se tenir non à Longchamp, sur l'hippodrome, comme à l'habitude, mais dans le quartier populaire de la place du Trône, pour bien marquer que c'en était fini du temps des troubles. Plus de mutineries ! Plus de femmes en furie criant au passage des voitures officielles : « Nous voulons nos maris, nos vingt sous, et le samedi ! », ou bien se précipitant en compagnie de permissionnaires ivres dans les magasins de luxe – ainsi dans l'épicerie Potin du boulevard Sébastopol – et pillant les rayons, défiant la police, prêtes, semblait-il, à aller chercher le président de la République au palais de l'Élysée comme leurs aïeules s'étaient rendues à Versailles quérir le roi Louis XVI, sa boulangère et le petit mitron, afin de les ramener à Paris et de les tenir sous bonne garde jusqu'à ce qu'on leur tranche le cou.

— Les voici ! avait répété Caffery avec enthousiasme.

Les cent quatre-vingts fantassins américains, ceux qui avaient déjà défilé le 4 juillet des Invalides au cimetière de Picpus, apparaissaient, précédés de leurs officiers à cheval, sous l'averse de pétales des fleurs que leur jetaient des femmes sorties de la foule en criant : « Vive l'Amérique ! »

Saisi par un mélange de fierté et d'émotion, Finlay n'avait pu s'empêcher de frissonner en voyant ces hommes de chez lui au chapeau de feutre à large bord plat, au fond conique légèrement creusé, en étroites culottes serrées dans des jambières beiges.

— Nos *doughboys*, avait murmuré Caffery.

Il avait applaudi et toute la tribune l'avait imité. De la foule, on avait crié « Merci, Washington ! », une réponse faite au « La Fayette, nous voici ! » lancé par un officier américain, le 4 juillet, au cimetière de Picpus, là où le marquis reposait précisément aux côtés des siens et parmi mille trois cents guillotinés du temps de la Terreur.

— Écrivez tout cela, Finlay, avait ajouté Caffery, cet enthousiasme des Parisiens, l'émotion de nos *doughboys*, nos « bleus ». Faites une interview de Pershing, il ne demande que cela !

Finlay avait vu Pershing dans sa chambre de l'hôtel Crillon, mais il avait dû subir la présence de Barruel dont le ton flatteur, presque obséquieux, l'avait irrité et gêné.

À entendre Barruel, le fait que l'*Invicta*, le bâtiment qui avait amené à Boulogne-sur-Mer le premier contingent américain, avait pu éviter les sous-marins et les mines allemands, ne pouvait s'expliquer que par la bienveillance de la Providence. Elle veillait sur les États-Unis, sur la France, sur la cause sacrée des Alliés. Barruel avait repris les termes de l'ordre général adressé le 4 juillet aux troupes françaises par le général Pétain :

> « *Nous saluons ces nouveaux compagnons d'armes qui, sans arrière-pensées de lucre ni de conquêtes, par simple désir de défendre la cause du droit et de la liberté, viennent se ranger à nos côtés. Les États-Unis entendent mettre à notre disposition, sans compter, leurs soldats, leur or, leurs usines, leurs navires, leur pays tout entier.*
>
> « *Ils veulent payer au centuple la dette de reconnaissance contractée jadis envers La Fayette et ses compagnons. Qu'un seul cri jaillisse de tous les points du front : "Honneur à la Grande République sœur ! Vivent les États-Unis !"* »

Finlay avait eu envie de se lever, de quitter la chambre, de laisser Barruel lancer à Pershing – comme ces Parisiennes, mais sans leur sincérité – ses poignées de pétales de fleurs.

Pour sa part, il aurait voulu pouvoir poser des questions précises : combien d'hommes ? Quel matériel ? Est-il vrai que la France va équiper en canons de 155 et de 75 les troupes américaines ? Quand débarqueront-elles ? Le chiffre de deux cent cinquante mille hommes en décembre 1917 est-il exact ? Que pense-t-il de la situation de l'armée française ?

Les mutineries avaient en effet cessé, mais, en échange, Pétain avait choisi de mettre fin aux offensives, se contentant d'attaques partielles peu coûteuses en hommes, n'intervenant qu'après une intense préparation d'artillerie. Et il avait exigé que le front fût organisé en profondeur, une deuxième ligne, située à quelques kilomètres en arrière, venant soutenir la première et empêchant toute exploitation par l'ennemi d'une rupture.

Mais comment parler quand Barruel répétait que les Américains résidant en France avaient, depuis le début de la guerre, manifesté leur attachement à leur seconde patrie en s'enrôlant dans le bataillon des volontaires américains et en mettant sur pied l'escadrille La Fayette ?

Barruel s'était tourné vers lui :

— N'est-ce pas, cher Finlay ?

Et ç'avait été comme une claque, une manière pour Barruel de montrer qu'il n'était pas dupe de l'engagement tardif de l'Américain dont la décoration et la citation n'effaçaient en rien les années d'attente durant lesquelles il n'avait été qu'un simple spectateur.

Pershing avait-il perçu la malignité des propos de Barruel ?

Il avait félicité Finlay pour sa conduite au feu, l'avait interrogé sur les conditions de la bataille du Chemin des Dames.

— Une tuerie inutile, avait répondu John Christopher. Voilà la raison de la rébellion des poilus. On a relevé des mutineries dans cent quinze régiments, soit dans le cinquième de l'armée. Il y aurait eu quelques centaines de condamnations à mort et quelques dizaines d'exécutions.

Levant la tête, Barruel avait paru indigné par ces remarques, puis il avait loué le général Pétain d'avoir su rétablir l'ordre aussi vite en faisant des exemples, mais aussi en graciant ceux qui n'avaient été qu'entraînés par des meneurs, et en répondant aux demandes légitimes des poilus.

— Pétain a été à la fois implacable et généreux, disant : « Il faut faire des exemples dans tous les régiments qui se sont mutinés, et il faut renoncer à la grâce dans tous les cas de désobéissance collective et d'abandon de poste concerté. Une première impression de terreur est en effet indispensable. » Mais tout cela est derrière nous... Après ce qu'il a vu au Chemin des Dames, notre cher Finlay croyait peut-être à notre coma, mais – Barruel avait secoué la tête – je reprends ici un mot de Clemenceau, ils sont toujours excellents : ce n'était qu'une « syncope de gouvernement », et avec Pétain l'armée est à nouveau commandée. Il l'a réveillée d'une claque et en lui faisant respirer les sels !

— Très bien, très bien, avait bougonné Pershing. Nos *doughboys* ont sans doute beaucoup à apprendre de vos poilus.

Le général était allé jusqu'au balcon :

— Chaque soir, je m'assieds ici quelques minutes. Je regarde les fontaines de l'obélisque. Malgré la lune, la place est noire, silencieuse et vide. Là, je sens la guerre...

Il avait longuement serré la main de Finlay et s'était abstenu de répondre aux ultimes compliments de Barruel.

— Décidément, avait dit Barruel en descendant l'escalier aux côtés de John Christopher, vous aimez gratter les plaies. Je m'étonne que vous n'ayez pas évoqué les grèves, ou encore les réclamations de vos amis socialistes, qui veulent obtenir des passeports pour se rendre à Stockholm afin d'y rencontrer leurs camarades allemands et russes !

Barruel s'était figé dans le hall et avait fait face à Finlay.

— Sachez que le gouvernement n'accordera pas de passeports à ces messieurs qui bêlent et veulent que nous soyons égorgés. Pétain s'y est opposé. Comment tenir l'armée, lui faire accepter des sacrifices si les députés dînent avec les Allemands en toute camaraderie ? Vous ne trouvez pas cela inacceptable, Finlay ?

Puis, d'un air de défi, il avait annoncé qu'il partait le soir même pour Cherbourg. Il allait embarquer pour les États-Unis afin d'y rencontrer le président Wilson et les membres du Congrès.

— Avez-vous un message pour votre frère ? Savez-vous ce que l'on dit ? Que la Deutsche Bank a viré en 1915 et 1916 – il est vrai que les États-Unis étaient alors neutres – des sommes considérables à la Finlay Bank qui, sur instruction de la banque allemande à votre frère, en a crédité les comptes du duc Luís Maurin de Montalban.

Finlay l'avait dévisagé avec mépris.

— Vous n'ignorez pas, Barruel, ce que déclarait le président Wilson le 22 janvier 1917, il y a seulement sept mois : « Notre pays n'a pas l'intention de se mêler de cette guerre. Nous commettrions un crime contre la civilisation en y participant. » Tout peut changer, voyez-vous, en l'espace de quelques mois.

Puis il avait tourné le dos à Barruel et quitté l'hôtel Crillon.

Il est rentré chez lui, s'est installé devant sa machine à écrire. Il sait ce qu'on attend de lui : le récit de l'arrivée de l'*Invicta* à Boulogne-sur-Mer, les fantassins américains alignés sur le pont, leur réception à la gare du Nord, les acclamations de la foule quand ont retenti le *Star-Spangled Banner* et *La Marseillaise*, puis la cérémonie aux Invalides, et le « La Fayette nous voici ! » auquel avait répondu le « Merci, Washington, merci ! » de la multitude massée ce 14 juillet place du Trône.

Jamais depuis le début de la guerre il n'a eu à écrire une chronique aussi évidente.

Et pourtant, la machine reste inerte. Il ne sent pas dans sa bouche cette salive âcre qui est toujours signe qu'il a trouvé la cadence, que les phrases vibrent en lui, que de son corps affluent et affleurent les mots. Il a recommencé plusieurs fois la première phrase. En vain.

Cette journée étouffante est ainsi passée et, alors que la nuit s'installait, Isabelle Saynac est venue.

Elle a fait irruption dans le bureau et, sans même se soucier de la présence de Jeanne, bousculant même la domestique, elle s'est élancée, entourant le cou de Finlay de ses deux bras en s'exclamant :

— Barruel est parti ce soir pour les États-Unis !

Elle l'a embrassé sur la nuque tandis qu'il restait prostré devant sa machine.

Elle l'a obligé à se lever, l'entraînant dans la chambre, murmurant qu'il écrirait plus tard, qu'elle allait enfin pouvoir passer la nuit ici, qu'elle viendrait le retrouver chaque soir tant que Barruel serait absent et que la Comédie-Française ferait relâche. Elle ne craignait pas de s'afficher avec lui. Elle faisait déjà chambre à part, et Barruel avait été contraint de l'accepter. Elle réussirait à le chasser, à rester seule maîtresse de l'hôtel particulier de la rue de Savoie.

Elle montre une détermination et une avidité qui d'abord paralysent Finlay, puis, peu à peu, il s'abandonne comme si chaque geste d'Isabelle, chacune de ses caresses chassait de son corps une pensée, une inquiétude, un souvenir, y compris celui de Rosa di Bellagio ou ces visions de blessés défigurés – et il est enfin emporté par le mouvement instinctif de son corps, accordé à celui d'Isabelle.

Elle se cambre. Il a l'impression que son membre est empoigné par le sexe de la jeune femme et il jouit, se dressant comme s'il venait de fendre un obstacle avec sa poitrine, rugissant, mâchoire en avant, animal enfin ! Animal, oui, oublieux de tout ce qui n'est pas élan vers la jouissance. Il brandit même le poing en signe de victoire comme pour un défi relevé.

Il s'est endormi aussitôt, ne se réveillant qu'à l'aube, étonné de découvrir qu'il a passé la nuit dans les bras d'Isabelle, et il lui a semblé que cela faisait des années qu'il ne dormait plus ainsi, enlacé à une femme.

Il s'est glissé hors du lit, s'installant à son bureau, plaçant une page sur le rouleau de la machine à écrire.

Il considère les feuillets froissés, roulés en boule, qui s'entassent dans la corbeille à papiers.

Il appuie son front à ses mains.

Il doit évoquer l'enthousiasme des Parisiens accueillant le premier bataillon américain. Il doit saluer le rétablissement de l'ordre, la fin de la « syncope de gouvernement ».

Cela ne l'entraîne pas.

Il écrit quelques phrases qu'il rature.

Au bout d'une heure ou deux, il sent néanmoins un frémissement, comme si son corps et son esprit enfin se ranimaient. Il écrit :

> « *Nos doughboys vont apprendre vite que la guerre n'est pas qu'un chemin jonché de pétales de roses.*
>
> « *Les 4 et 14 juillet, ils ont comme on dit en France, "mangé leur pain blanc".*
>
> « *Ils arrivent dans un pays meurtri qui se remet à peine d'une crise profonde. Ils doivent savoir que sur le front, pour reprendre en main les régiments mutinés, on a fusillé des héros.*
>
> « *On a cité le cas d'un caporal de trente-huit ans, exécuté devant son régiment par ses camarades, et qui avait mérité quelques jours auparavant la citation suivante : "Caporal de la classe 1899 – l'âge de ses vingt ans –, s'est toujours proposé*

pour les missions les plus périlleuses. S'est introduit seul dans une tranchée ennemie et a ramené devant lui quatre-vingt-trois prisonniers valides ; grièvement blessé quelques minutes après, n'a cessé de maintenir le moral de ses hommes par ses paroles et par son exemple."

« Le ministre de la Guerre, Painlevé, a essayé à plusieurs reprises d'obtenir du général Pétain la grâce de quelques condamnés, poilus héroïques comme ce caporal. Il y est rarement parvenu. Économe de sanctions suprêmes, Pétain est en même temps désireux de créer, comme il l'a dit, "une première impression de terreur".

« Mais si les généraux savent se montrer impitoyables envers leurs soldats, ils sont pleins de compréhension et de bienveillance avec leurs pairs. Ceux-ci ne risquent, au pire, que de perdre leur commandement.

« On assure ainsi que la commission de trois généraux constituée pour apprécier les décisions du général Nivelle – aux origines de la révolte d'une partie de l'armée – ne peut, compte tenu de sa composition – Foch, Gouraud, Brugère –, qu'être indulgente. Mieux : qu'elle s'emploierait à réhabiliter Nivelle !

« Les généraux français sont des "intouchables", nos doughboys doivent le savoir… »

Les mots emportent Finlay. Sa bouche est à présent pleine de salive, qu'il déglutit. Une fine suée perle à son front.

Il n'entend même pas approcher Isabelle Saynac.

31.

Finlay s'accoude à la balustrade de son balcon.

Le soleil n'a pas encore pris en enfilade le boulevard Raspail, mais le ciel de l'aube est déjà d'un bleu blanchi par la chaleur.

Il a l'impression que chaque jour, cette moiteur qui stagne au-dessus de la ville, entre les façades, depuis la mi-juillet, et que la nuit ne parvient pas à dissiper, lui comprime davantage la poitrine.

L'immobilité inaltérable de l'air le désespère. Il attend en fin de journée l'orage, mais la pluie ne vient pas. Les nuages s'effilochent.

Il faut rester dans la tranchée...

Il s'est rendu il y a quelques jours à l'hôpital du Val-de-Grâce. Il voulait revoir Léon Dumas.

En parcourant les couloirs, puis en traversant les salles, il a eu la sensation que les murs, le sol, les lits, les corps, tout l'hôpital était imprégné d'une sueur à l'odeur écœurante, celle de la putréfaction.

Il s'est efforcé de ne pas regarder les blessés. Mais il a vu malgré lui les pansements couverts d'auréoles jaunes ou bistre. Il a entendu les râles de ces hommes à la bouche ouverte, aux traits émaciés, dont tout le corps qui quémandait à boire. Et l'air, dans cette salle au fond de laquelle il a aperçu Léon Dumas, était brûlant.

Il est resté debout, pantelant, coincé dans la ruelle étroite entre les lits.

Dumas était assis, les mains déliées, le torse toujours serré dans un corset. Malgré sa barbe d'un noir de jais, son visage encore amaigri avait jauni. Une sueur abondante coulait de son front le long de ses joues.

Accrochées au plâtre du corset devenu grisâtre, maculé çà et là de taches noirâtres, Dumas portait ses décorations, la croix de guerre au long ruban avec palmes, la Légion d'honneur aux rayures vertes et or.

— C'est la marquise, a-t-il expliqué, elle a voulu qu'on les voie.

Il est resté silencieux plusieurs minutes, comme si ces quelques mots avaient suffi à l'épuiser.

Tout à coup, il s'est raidi, penchant le buste en avant, ne quittant pas des yeux Finlay, comme pour lui faire comprendre qu'il voulait lui parler, se confier.

Le journaliste s'est appuyé des deux mains aux montants du lit, et, en approchant son visage de celui de Léon Dumas, il a dû serrer les lèvres pour s'empêcher d'être pris de nausée à cause de l'odeur montant du corps du blessé et s'échappant par l'interstice entre le corset de plâtre et sa poitrine.

Finlay a pensé : « On le laisse pourrir. »

— Tirez-moi de là, a murmuré à cet instant précis Léon Dumas.

Il est retombé en arrière, a fermé les yeux, la nuque appuyée à la cloison écaillée. Soulevant un peu la main, il a prié Finlay de s'approcher.

John Christopher s'est penché davantage.

Entrecoupant ses phrases de silences et de halètements, Dumas a expliqué qu'il avait reçu la visite d'un policier – à la description qu'il en faisait, Finlay a reconnu Antoine Oriani –, puis, quelques jours plus tard, d'un officier à monocle – sans doute le commandant Rebeirolles. Chacun à sa manière, l'un et l'autre...

— Le commissaire a voulu me faire peur, a ricané Dumas. Voyant que ça ne prenait pas, il m'a parlé de ses blessures, de sa plaque d'acier dans la tête. L'autre, le commandant, m'a dit qu'il fallait penser à mes camarades, à tous ceux que j'avais vus tomber. Et tous deux m'ont menacé de me faire fusiller dès que je serais sorti d'ici – si jamais j'en sortais... parce que ça aussi, ils me l'ont dit !

Donc, Oriani et Rebeirolles avaient demandé à Léon Dumas de charger sa cousine et marraine de guerre, Juliette.

Il devait déclarer – elle l'avait sûrement fait, non ? – qu'elle avait tenté de lui soutirer des renseignements. Elle l'avait accueilli à Paris pour le faire parler, le circonvenir, peut-être lui proposer de l'argent, ou, qui sait ? des femmes. N'avait-elle pas été putain au Rendez-Vous ? Dumas ne l'ignorait pas, bien sûr ? Il avait refusé de céder à Juliette, ils en étaient persuadés. Cependant – et cela, la Justice le comprendrait –, il ne l'avait pas dénoncée, mais, maintenant, cacher cela devenait un crime et serait puni comme tel. Les décorations qu'il avait obtenues ne le protégeraient pas, il le savait, n'est-ce pas ? On avait fusillé des héros. À la guerre, une faute, une seule faute, un seul manquement à la discipline effaçait tous les actes héroïques antérieurs. Il comprenait, non ?

Dumas a cessé de parler, les mains croisées sur sa poitrine, cachant ainsi ses décorations. Peu à peu, il a repris son souffle.

— Je n'ai rien à leur dire, a-t-il murmuré. Mais ils ne me lâcheront pas. Ils veulent sa peau. Ils me laisseront crever si je ne marche pas dans leurs combines.

Il a essayé de secouer la tête, mais a grimacé de douleur, puis il a ajouté que Juliette, il en était sûr, était innocente de tout ce dont on l'accusait.

Lui, il aurait pu la condamner, mais c'était pour une tout autre chose. On ne devient pas putain, même quand on manque de pain. Voilà ce qu'il pensait de sa cousine

Juliette. Mais ça, les ministres, les députés qui s'étaient servis d'elle, et ce duc espagnol qui l'entretenait, et ceux qui l'applaudissaient depuis qu'elle était devenue artiste, ils s'en moquaient bien. Et le commandant et le commissaire, ça ne les dérangeait pas non plus.

— Tirez-moi de là ! a-t-il répété.

Il a fermé les yeux et ajouté d'une voix encore plus sourde :

— Pour elle... qu'est-ce qu'on peut faire ?

Il a laissé aller sa tête contre sa poitrine.

En quittant le Val-de-Grâce, Finlay s'est juré qu'il sauverait Léon Dumas.

Il a vu tous ceux qui pouvaient intervenir : Albert de Varin, Renaud Duchesnes, Vincent Marquis, le colonel Montcel, qui faisaient partie de l'entourage de Pétain ou de Foch, ainsi que les officiers américains proches du général Pershing. Il voulait obtenir qu'on transférât Léon Dumas dans un hôpital de province, à Bergerac ou à Cahors, à Périgueux ou à Gramat. On l'oublierait. Il serait chez lui.

Il avait évoqué les états de service, les citations, les décorations de ce poilu qui avait participé à toutes les offensives – ainsi qu'aux retraites – depuis août 1914. « Légion d'honneur », avait-il répété.

Tous l'avaient écouté, mais avec cette attention surprise et distraite qui veut masquer l'indifférence.

Il s'était même rendu rue Taitbout, au Rendez-Vous, et il avait d'abord dû écouter Mme Clarisse lui parler de ses Américains : des hommes comme elle n'en avait jamais connu, glabres ou rasés...

— Comme vous, Finlay, mais buveurs, mélangeant tous les alcools, rhum, vodka, cognac... Vous, vous aimez le champagne, je m'en souviens, et vous appréciez le vin, vous êtes français. Eux, ils recherchent ce qui cogne, les assomme. Ils tombent ivres morts et la *military police* n'a plus qu'à les jeter dans un camion. Moi, je ne reçois que les officiers. Mais des amis me racontent comment se comportent les autres. Quant aux nègres, je n'en veux pas, quoiqu'ils soient, paraît-il, plus délicats que les *Sammies* – c'est comme ça que vous dites, non ?

Pendant que Mme Clarisse pérorait, Finlay avait regardé les filles. Elles avaient changé d'allure, comme d'ailleurs les femmes qu'il avait croisées lors des dernières réceptions chez la marquise Mosca-Visconti. Elles se maquillaient tant qu'on eût dit qu'elles portaient un masque blanc sur le visage, avec les cils, les sourcils et le bord des yeux d'un noir épais, les lèvres rouge vif, comme une blessure.

Et puis leurs corps semblaient s'être affinés. Ils étaient enveloppés par de longues tuniques souvent fendues sur un côté jusqu'à la cuisse.

Elles ondoyaient dans le parc de l'hôtel particulier de la marquise, lors des fêtes que celle-ci avait données en l'honneur de l'alliance La Fayette-Washington, comme elle avait dit, le 4 juillet, puis le 14.

C'est au cours de cette dernière que Finlay avait rencontré Clemenceau en jaquette, col droit, cravate noire, les mains gantées de gris à cause de l'eczéma qui lui irritait la peau, la tête enfoncée dans les épaules, le teint cireux, sa lourde moustache blanche paraissant tirer vers le bas tous ses traits. Près de lui, comme son ombre fluette, se tenait Georges Mandel, un peu voûté, ses cheveux noirs partagés par une raie médiane, le visage comme une lame. C'était le fidèle conseiller et l'homme des basses œuvres. Le regard acéré, il poussait vers son patron ceux que celui-ci devait rencontrer, écartant les importuns, cherchant des alliés.

Ce soir-là, Mandel avait pris Finlay par le bras et l'avait invité à interviewer Clemenceau, murmurant que le Tigre lisait régulièrement ses chroniques, les approuvait le plus souvent. C'était un partisan farouche de l'alliance franco-américaine.

— Il vous l'a dit, je crois, avait ajouté Mandel. Il a vécu quatre ans aux États-Unis. Il a été marié à une Américaine, et, malgré son divorce, il est resté amoureux de l'Amérique. Des hommes politiques français, il est celui qui connaît le mieux les États-Unis. Soyez présent aux prochaines séances du Sénat, je vous y ferai admettre. Malvy et Caillaux ne pourront esquiver ses coups. Ce sera eux ou nous : la paix par la victoire et donc par la guerre, ou bien la paix par la défaite ; il n'y a que ces deux politiques-là, celle de Clemenceau ou celle de Caillaux. Malvy et Briand ne sont que les prête-noms de ce dernier. C'est lui l'homme dangereux, le véritable traître qui n'a même pas besoin de l'argent allemand pour trahir !

Maurice Barrès s'était approché d'eux. Il y avait, entre Mandel et lui, une curieuse parenté physique : même teint presque bistre, mêmes cheveux noirs, même minceur tranchante, et même détermination impitoyable – presque de la cruauté – dans le regard.

Mandel s'était écarté et Finlay était resté seul avec l'écrivain qui, d'un mouvement du menton, avait désigné Clemenceau :

— Je l'ai beaucoup attaqué, j'ai failli l'abattre, car c'est un tigre, en effet. Je ne le regrette pas. Mais les temps et les nécessités ont changé. Nous sommes à un moment où il faut un homme à poigne, un chef pour sauver le pays. Car la crise n'a pas été jugulée. À sa manière dure et souple à la fois, Pétain a étouffé les mutineries. Mais le feu couve partout. Les soldats ne saluent plus leurs officiers. Ceux-ci n'osent plus tout à fait commander comme ils le devraient. Et la situation militaire des Alliés est grave.

Quelques succès anglais dans les Flandres, certes. Mais notre attentisme ici, la prudence française ailleurs ne peuvent masquer le fait que nous ne pourrons opposer aux deux cents divisions allemandes homogènes que cent soixante-quinze divisions disparates. Vous autres Américains ne pèserez qu'au printemps 1918. Côté russe, les bolcheviks vont, c'est l'évidence, s'emparer du pouvoir. Là-bas, l'armée n'existe déjà plus. Elle vient d'être défaite et a perdu cent soixante mille tués dans son dernier affrontement avec les Allemands. Les Italiens, eux, attaquent sur le Carso, mais c'est, en pire, le Chemin des Dames. Tels sont les faits. Et l'opinion est gangrenée. Les socialistes vont quitter l'Union sacrée. C'est la contagion bolchevique, la peur aussi d'être débordés par leurs adhérents, au front par les soldats, dans les usines par les ouvriers qui commencent à rêver de révolution à la russe.

Finlay avait écouté, fasciné par la voix aigre et le ton acerbe de Barrès, sa façon de lancer des coups d'œil rapides autour de lui, saluant d'un mouvement de tête Flécheux ou Clemenceau, puis s'inclinant cérémonieusement devant la marquise Mosca-Visconti.

— Il y a, avait-il continué, ce livre au titre provocant : *Faites un roi ou faites la paix*. L'auteur, Marcel Sembat, est un socialiste. Il voudrait que Poincaré exerce une sorte de dictature, car tout le monde prévoit que le ministère Ribot va se défaire – et ensuite qui, quoi ? Clemenceau ? C'est mon souhait, mais les socialistes n'en veulent à aucun prix. Ils souhaitent participer à la conférence de Stockholm. Leur « paix de compromis » n'est que l'autre nom de la capitulation, car l'Allemagne, entre les mains de son empereur et de ses généraux, ne cédera jamais l'Alsace et la Lorraine. Briand a beau rêver de négociation, et Malvy protéger les traîtres et les journaux défaitistes comme *La Voix*, *Le Bonnet rouge* ou *La Tranchée républicaine*, Berlin veut nous mettre à genoux. Écrivez-le, Finlay, il n'y a que deux politiques : la guerre ou la capitulation. La première s'incarne en Clemenceau, la seconde en Caillaux !

— Georges Mandel me tenait à l'instant les mêmes propos.

— Les Juifs sont intelligents, mon cher. Et parfois utiles. En tout cas, moins néfastes qu'un Caillaux !

Barrès s'était arrêté, les mains derrière le dos, la tête enfoncée dans son col cassé blanc. Lui aussi, comme Clemenceau, arborait la mise un peu désuète d'un vieux parlementaire.

— Clemenceau est un patriote, avait-il poursuivi. Il s'est laissé corrompre, je le crois, mais il n'a jamais transigé avec les intérêts de la Patrie, Caillaux, lui...

Il avait fait une moue méprisante qui accentuait encore les rides partant des coins de sa bouche.

Il avait demandé à Finlay s'il se trouvait déjà à Paris au moment du meurtre du directeur du *Figaro*, Calmette, par Mme Caillaux.

— Donc, vous avez assisté au procès, à l'acquittement scandaleux de cette meurtrière, et à la campagne de presse du *Bonnet rouge* en sa faveur. *Le Bonnet rouge*, comme *La Voix*, c'est de l'argent allemand ; c'est ce rastaquouère de faux duc de Montalban qui le finance. C'est l'univers de la corruption et de la maison close. Quant à Caillaux...

Il avait à nouveau grimacé de dégoût.

— Caillaux a inventé une nouvelle espèce de trahison : le manque de foi dans son pays. C'est un homme qui ne croit pas à la vertu de sa mère. Il y a d'ailleurs aussi du parricide dans son cas...

Tout en se remémorant ces propos, John Christopher n'avait cessé de regarder les filles qui allaient et venaient dans le grand salon du Rendez-Vous, si bien que Mme Clarisse lui avait posé la main sur le genou.

— Elles sont toujours belles, mais différentes, n'est-ce pas ? avait-elle dit. J'appelle cela la mode américaine. Elles se sont toutes coupé les cheveux. « Folles ! » leur ai-je dit. J'ai même voulu le leur interdire, mais impossible : elles m'ont répondu que les Américains aimaient ça. Je me demande quelquefois – elle avait ri – si les Anglais et les Américains ne préfèrent pas les filles qui ressemblent à des jeunes garçons. Drôles de goûts, non ? Mais j'en ai quelques-unes qui sont comme vous les aimiez...

Finlay l'avait interrompue. Il venait précisément lui parler de Léon Dumas, le cousin de Juliette Dumas. Elle se souvenait sûrement de lui ? Il fallait le faire sortir du Val-de-Grâce. Il y était trop mal soigné, s'était-il contenté de dire. Le mieux était qu'il retrouve sa région, qui était aussi celle de Mme Clarisse. C'était un paysan du causse. Finlay avait également évoqué ses décorations, sa bravoure.

Mme Clarisse lui avait serré le poignet : elle allait intervenir auprès du député-maire de Périgueux, un radical qu'elle soutenait, auquel elle apportait des centaines de voix – des gens qu'elle aidait et qui lui manifestaient ainsi leur reconnaissance. Ce député, Jules Farlat, allait réclamer le retour au pays du héros Léon Dumas, elle s'en portait garante.

Finlay s'était levé :

En le retenant par le bras, elle lui avait demandé si vraiment il ne souhaitait pas passer une heure ou deux ici : les filles seraient heureuses de rencontrer un homme comme lui, et non un de ces *Sammies* qui préféraient l'alcool et les jeunes gens aux vraies femmes !

Il avait décliné l'invitation et Mme Clarisse avait murmuré que c'était donc vrai, ce qu'on racontait, qu'il avait une liaison avec cette comédienne, Isabelle Saynac, que Barruel entretenait ? Il devait se méfier, avait-elle ajouté. C'était une époque où l'on ne pardonnait rien. La vengeance était si facile quand on avait des relations au sein du gouvernement ! On envoyait le rival au front. Barruel l'avait fait : l'amant d'Isabelle Saynac, ce jeune peintre dénommé, Marrou, avait été tué en première ligne. Ou bien on le dénonçait comme espion : Finlay n'avait-il pas connu cet Alexandre Graevski, un tailleur polonais ou russe, un Juif qui habillait les filles, et donc Juliette Dumas ? On l'avait arrêté à la frontière franco-suisse avec quelques centaines de milliers de francs sur lui, de l'argent allemand ou bolchevique, c'était d'ailleurs du pareil au même. Mais – Finlay ne pouvait que l'ignorer, puisque c'était Flécheux qui le lui avait appris il y avait moins d'une heure – on venait de retrouver Graevski mort à l'infirmerie de la Santé. On l'y avait placé sous la garde d'un détenu de droit commun...

Elle avait hoché la tête : ça lui rappelait des histoires de bagne, quand les gardiens voulaient se débarrasser d'un gêneur.

Toujours est-il que ce détenu de droit commun n'avait pas vu Graevski s'étrangler avec le lacet d'un de ses souliers attaché au barreau de son lit.

— Drôle de suicide, non ?

Finlay avait retrouvé l'insupportable touffeur de la rue, cet air âcre et brûlant dans lequel respirer était difficile et même douloureux.

Il avait fait quelques pas dans la rue Taitbout, puis le long du boulevard Haussmann. Il s'était arrêté devant l'entrée de l'immeuble où avait logé Juliette Dumas.

Graevski était donc mort. Il ne pourrait accuser Juliette, ni la disculper. Mais on lui prêterait les aveux les plus compromettants pour elle, puis pour Malvy, Caillaux et Briand. Dans les procédures, les morts peuvent se révéler utiles.

Il s'était réfugié sous un porche pour trouver un peu d'ombre et de fraîcheur, se soustraire quelques instants à l'atmosphère purulente qui semblait planer sur la capitale.

Il avait eu la certitude que cet été 1917 achevait de faire pourrir la crise née dès les premiers jours d'août 1914, quand fleurissaient si bien les fausses nouvelles : cosaques aux portes de Berlin, Français devant Strasbourg... C'était un abcès qui avait suppuré de défaites en erreurs, de piétinements en tueries inutiles, de tentations de paix de compromis en trahisons.

Maintenant, la fièvre était telle qu'il estimait qu'il fallait l'inciser, le crever. Paix de compromis ou guerre totale : pas d'autre choix !

Il avait quitté l'ombre du porche. Qui pouvait croire que ce pays qui avait donné plus d'un million des siens au Moloch allait accepter de renoncer, écouter les appels en faveur de la paix du pape Benoît XV, ou approuver les manœuvres habiles d'un Briand, les choix d'un Caillaux ?

On stigmatiserait tous ceux qui voulaient la paix comme traîtres. Et certains l'étaient.

D'autres voulaient sincèrement que l'abattoir fermât ses portes.

Et quelques-uns, telle Juliette Dumas, seraient les victimes de cet affrontement.

Un innocent de plus ou de moins, quelle importance alors que tant de charniers étaient encore ouverts ?

Il était rentré chez lui.

Il n'avait pu fermer l'œil.

À l'aube, il était allé sur le balcon, s'accouder à la balustrade pour tenter de respirer malgré tout.

32.

Finlay s'essuie prestement le front du revers de la main gauche cependant que, de la droite, il continue d'écrire sans un regard pour le carnet posé sur ses genoux.

Souvent, une goutte de sueur glisse jusqu'au coin d'une de ses paupières, irrite l'œil et trouble le regard. Mais il ne quitte pas des yeux la tribune du Sénat où, sur le fond blanc et or – marbre, albâtre et bois – se détache la silhouette noir et gris de Clemenceau.

On chuchote autour de lui, dans la loge réservée à la presse. La chaleur y est moite comme dans une étuve.

— Le vieux Tigre renifle le sang, dit Albert de Varin ; il ne desserrera les mâchoires que lorsque Malvy sera mort, et il assènera aussi un coup de griffes mortel à Ribot.

— Il veut toute la place, murmure une autre voix, sans doute celle de Duchesnes.

— Des dents de fauve, confirme Capponi. Il nous manque quelqu'un comme lui en Italie. Mussolini, bientôt... ?

La voix est couverte par les rires et les applaudissements des sénateurs.

— Il existe, reprend Clemenceau, un crime de haute trahison... M. Malvy accepte le ministère de l'Intérieur, il est au pouvoir depuis trois ans, mais le crime a prospéré. Qu'avez-vous fait, monsieur le ministre Malvy ?

Clemenceau pointe sa main gantée de gris vers le banc du gouvernement où se tiennent au premier rang Malvy et, à côté de lui, Ribot, le président du Conseil.

— Je dénonce, continue l'orateur, l'atonie du gouvernement français qui tremble devant l'ombre de son ombre et n'ose trancher dans leurs racines les désordres intérieurs où apparaît trop clairement la main de l'étranger.

Certains sénateurs se lèvent et applaudissent, tournés, le visage et le geste accusateurs, vers Malvy et Ribot.

— C'est l'homme qu'il faut, il est incontournable ! approuve Varin, penché vers Finlay. On se moque de savoir que Poincaré ne l'aime pas, le déteste même. Un président de la République n'est pas là pour faire obstacle aux vœux du pays, et le pays, croyez-moi, veut Clemenceau ! Quant à l'armée, elle le plébiscite. Pétain l'a d'ailleurs dit à Poincaré.

La voix tendue, aiguë, furieuse de Clemenceau impose le silence jusque dans les tribunes.

— La trahison ? s'écrie-t-il. Une loi pénale du 6 octobre 1791, du temps de notre Grande Révolution, quand on mourait pour la Patrie et que le territoire de la Nation était envahi, la punit de mort. Qu'attendez-vous pour appliquer la loi de la République, monsieur le président du Conseil ? Et vous, monsieur le ministre de l'Intérieur, vous dont le nom est attaché à celui de ce duc Luís Maurin de Montalban qu'enfin notre Deuxième Bureau, notre Sûreté générale ont réussi à arrêter...

C'est une voix de procureur qui s'élève et qui, phrase après phrase, pique, frappe d'estoc et de taille, éventre et dépèce.

Finlay a l'impression que son corps se couvre de sueur. Il la sent glisser le long de ses tempes, de ses joues, jusque dans ses yeux et son cou.

C'est la veille au matin, par un coup de téléphone de Me Gerbaud, qu'il a appris l'arrestation de l'Espagnol :

— Je ne sais ce qu'ils ont offert aux Suisses. Car, pour tout dire, nos Helvètes ont livré le duc au commandant Rebeirolles comme on dépose un paquet au pied d'un poteau frontière. Il semble que Montalban se soit débattu, mais trop tard. On a dû l'attirer en Suisse et, là, le piège s'est refermé. La Suisse négocie en ce moment avec le gouvernement français une protection militaire en cas d'invasion allemande, et sans doute la livraison en question fait-

274

elle partie du troc. En tout cas, le lascar est là. Je ne sais si c'est favorable ou défavorable à Juliette Dumas. Le duc est au cœur de tous les dossiers de trahison. Il est le financier de *La Voix* et du *Bonnet rouge*. Il a été proche de Malvy, et Juliette Dumas a sans doute servi d'appât pour allécher le ministre. Cette arrestation ne pouvait intervenir à un meilleur moment pour Clemenceau, à croire presque que toute une machinerie – je ne dis pas une machination – s'est mise en marche pour le porter au pouvoir…

Gerbaud avait gardé un instant le silence, puis ajouté :

— Naturellement, Clemenceau est mon candidat. Mais je n'oublie pas, sachez-le, que je suis aussi l'avocat de Juliette Dumas.

Chaque fois qu'il pensait à Juliette Dumas, John Christopher se souvenait de cet enfant qui, un jour de tempête, avait été enlevé par une vague alors qu'il courait devant ses parents sur l'un des sentiers longeant la côte rocheuse, non loin de la propriété des Finlay, dans le Massachusetts.

Au dîner, le père de Finlay avait raconté les tourbillons d'écume, les parents qui hurlaient, les hommes qui, encordés, s'étaient précipités, luttant contre les récifs. L'enfant avait presque aussitôt disparu, et on n'avait retrouvé son corps, couvert d'ecchymoses, que plusieurs jours plus tard, quand la mer calmée l'avait, dans un long soupir alangui, déposé sur une plage de sable gris, au fond d'une crique.

C'est là que John Christopher et son frère George Lewis l'avaient aperçu, entouré d'hommes bottés dont certains pleuraient.

Juliette Dumas n'échapperait pas à la tempête, et plus tard, bien plus tard, on se pencherait peut-être sur son cadavre, et on y découvrirait les preuves de son innocence et de sa naïveté.

Mais, pour l'heure, il fallait la noyer, et chaque jour la presse la couvrait d'accusations.

Depuis Washington, Barruel continuait de l'accabler, assurant que le président Wilson et son conseiller, George Lewis Finlay, souhaitaient que le gouvernement français nettoie ses « écuries », juge de manière expéditive les traîtres, notamment cette « fille », Juliette Dumas :

> *« Aux États-Unis, le passé licencieux de l'espionne suffirait à la faire condamner. Ici, la vertu règne. Et l'on s'est inquiété devant moi des maladies que pouvaient transmettre aux Sammies les pensionnaires de certaines "maisons". On est impitoyable, ici, pour celles qui donnent le "coup de pied de Vénus". Et George Lewis Finlay m'a appris que des instructions précises avaient été données au général Pershing pour interdire aux doughboys des contacts dangereux. Condamner à mort et exécuter Juliette Dumas et Mata Hari serait, aux yeux des Américains, des actes qui renforceraient leur confiance en notre pays au moment où ils vont risquer leur vie pour lui. »*

En lisant ce texte, John Christopher avait eu le sentiment qu'on lui plongeait la tête dans des déjections. Sachant sans doute qu'il en serait blessé, Barruel avait même mêlé avec perversité le nom des Finlay à cet appel au lynchage !

Et les procureurs semblaient l'avoir entendu. Ils réclamaient des têtes, en avaient obtenu plusieurs. Le troisième Conseil de guerre venait de condamner à mort la danseuse Mata Hari. Et les chacals hurlaient : « Il y a l'autre, plus coupable encore, parce que française ! »

Ils avaient même exigé la mort pour Hélène Laborde, mais on n'avait pas osé attacher à un poteau et fusiller une ancienne amie de Jaurès, une socialiste qui avait certes participé, à Berne, à Zimmerwald, à Kienthal, à des réunions internationales en faveur de la paix – Finlay l'y avait rencontrée –, mais qui avait à chaque fois rejeté le défaitisme révolutionnaire prôné par Lénine. Elle s'était opposée à Rosa di Bellagio, l'accusant de servir, par ses choix politiques, l'impérialisme allemand.

Et, cependant, on avait condamné à dix ans d'emprisonnement l'institutrice Hélène Laborde qui s'était tant dévouée pour les blessés du Val-de-Grâce aux côtés du major Bardet. Et pour lui qui avait survécu à l'offensive du Chemin des Dames, une affectation à Alger, là où venait d'être nommé le général Nivelle, blanchi par les trois généraux de la commission d'enquête...

— Bardet a eu de la chance, avait commenté Mourier. Sa conduite a été à ce point exemplaire au Val-de-Grâce et sur le front que plusieurs généraux ont pris sa défense.

Mais, du fond de sa maladie, Mourier s'était indigné.

Il ne leur avait pas suffi, disait-il, de fusiller de pauvres bougres qu'on envoyait au massacre depuis trois ans, ils voulaient bâillonner tous ceux qui cherchaient la paix !

La République était en danger, avait-il clamé. Si on laissait le pouvoir à Clemenceau, ce serait la guerre civile. Ce « Tartare » dévoré par l'eczéma avait montré comme ministre de l'Intérieur, en 1906, puis comme président du Conseil, qu'il ne savait que réprimer, faire donner la troupe contre les grévistes. Avec lui les condamnations allaient se multiplier, car il obligerait la Justice à se soumettre à ses ordres. Elle obéirait à ce vieillard sanguinaire qui voulait se battre, mais avec la peau des autres. Et il serait d'autant plus haineux, autoritaire, dictatorial même, que les socialistes, Mourier en était sûr, se dresseraient contre lui, se dégageraient de l'Union sacrée qui n'était qu'un piège pour museler l'opposition à la guerre !

— Clemenceau est un obsédé du pouvoir, avait conclu Mourier. À soixante-seize ans, il veut l'exercer comme un dictateur romain, décidé à ne rendre de comptes qu'à la postérité. Car c'est ainsi qu'il s'exprime, le vieux mégalomane !

Finlay avait cherché à rencontrer Clemenceau avant les séances du Sénat au cours desquelles, Mandel le lui avait répété, le Tigre allait dévorer Malvy, Caillaux, et même Briand et Ribot.

— Voyez-le et brossez-nous un beau portrait de lui, avait ajouté Mandel. Tout le porte vers le pouvoir, ce n'est plus qu'une question de semaines. Il va se servir de l'arrestation de Luís Maurin de Montalban comme d'une torpille qui va faire exploser le gouvernement. Après, Poincaré devra choisir entre Caillaux et lui, entre la trahison et la victoire.

Mandel avait ouvert la porte du bureau de Clemenceau et le journaliste avait découvert un vieil homme torse nu, en sueur, que son valet de chambre frictionnait cependant que le professeur de gymnastique se rhabillait.

— Soixante-seize ans, mon cher Finlay, avait grogné le Tigre. Je suis foutu, pourri de diabète, rongé par l'eczéma !

Il avait levé les bras et demandé à son domestique de le frotter plus fort.

— Mais dites-le à vos lecteurs, Finlay : je suis plus jeune que ceux qui font mine de nous gouverner, que n'importe lequel d'entre eux !

Puis, avec l'aide de son valet, il avait passé ses vêtements avec difficulté, comme si ses articulations étaient raidies.

Après avoir invité son visiteur à s'asseoir, il s'était mis à marcher, sa jaquette strictement boutonnée, une curieuse calotte noire, ressemblant à celle d'un prêtre, enfoncée sur le sommet du crâne, les sourcils et la moustache ébouriffés.

— Aurons-nous ou n'aurons-nous pas un vrai gouvernement ? avait-il commencé. Là est la question ! Là est la crise, la véritable crise : crise de caractère, de volonté ! Depuis trois ans, nous en attendons l'issue. Elle ne vient pas. On regarde dans ma direction...

Il s'était arrêté devant Finlay, avait croisé les bras.

— Il y a enfin une opinion publique en France, en dehors de la censure et des « Comités secrets ». Et chacun sent que l'heure est venue de gouverner au grand jour, sans artifice. Notre peuple, Finlay, n'accepte plus qu'on lui bourre le crâne. Et chacun sait aussi que je suis un républicain de bataille, qui ne triche pas. On me connaît, on me craint, on me hait même, mais je m'en fous. Et j'aime la chasse au tigre ! Mais c'est moi qui tiens le fusil, même si j'ai la mâchoire, l'énergie et la détente du fauve...

Il avait semblé à John Christopher que Clemenceau s'était soudain repris, comme regrettant ces quelques phrases qui pouvaient paraître prétentieuses. Il était allé s'asseoir derrière son bureau, le visage plissé, ressemblant ainsi au vieux « Tartare à la calotte noire » qu'aimaient à portraiturer les caricaturistes.

— Vous savez, Finlay, depuis des mois, mes proches, Mandel, mon secrétaire, Martel, me disent : « Nous sommes sûrs que Poincaré n'attend qu'un signe de vous pour faire appel à votre concours. Pour l'amour de Dieu, faites ce signe ! »

Il avait secoué la tête.

— Je ne ferai pas ce signe, Finlay. Je ne le ferai pas pour cette raison que, loin de rechercher le pouvoir, comme tous ces braves gens, j'en ai peur. J'en ai une peur atroce ! Je donnerais tout pour y échapper ! D'abord, regardez-moi : j'ai soixante-seize ans, je vous l'ai dit ; diabète, eczéma, rhumatismes aussi...

Il avait plissé tout son visage.

— Je suis foutu, pourri en dedans ! avait-il répété.

Mais ses yeux, le son de sa voix démentaient son propos.

— *Secundo*, je ne suis pas très sûr qu'au point où nous en sommes, nous puissions nous tirer de là.

Il avait paru méditer, les yeux mi-clos, puis, s'étant levé et approché du journaliste, il avait ajouté :

— Poincaré m'offrira le pouvoir. Il n'a pas d'autre issue. Il va encore attendre un peu, parce qu'il espère être à même d'échapper à ce choix. Mais il s'y résoudra. Et j'accepterai, Finlay. On ne peut pas refuser les responsabilités du pouvoir. Mais je ne les aurai pas cherchées. On n'aura rien à me reprocher : pas un clignement d'œil, pas un appel du pied. Ensuite...

Il avait reconduit Finlay jusqu'à la porte du bureau.

— Ensuite, le pouvoir qu'on m'offrira aura ceci de spécial et de nouveau que ce sera LE pouvoir, le vrai !

Finlay voit les mains grises de Clemenceau cramponnées au rebord du pupitre de la tribune du Sénat. Il parle comme on cingle, tour à tour frappe Malvy, Ribot, Luís Maurin de Montalban :

— C'est votre ami, monsieur Malvy. Ce duc espagnol vous a présenté des personnes intéressantes. Elles sont emprisonnées, comme lui. Et on va les juger, comme cette Mata Hari, j'espère...

Les phrases tombent avec un bruit de couperet.

— Si l'on arrêtait et poursuivait les meneurs qui disent qu'ils aimeraient mieux saigner un patron ou une dizaine de policiers français qu'un seul prolétaire allemand sous l'uniforme ; si l'on condamnait ces traîtres devant lesquels le gouvernement recule ; si l'on jugeait ces journaux comme *La Voix*, de Luís Maurin de Montalban – que vous avez subventionnée, monsieur Malvy ! –, alors que les Allemands viraient des millions de marks sur les comptes de ce duc ou sur ceux du baron Parvus, un bolchevik qui a négocié contre argent le passage de Lénine par l'Allemagne ; si l'on se débarrassait de tout cela, le reste pourrait être en paix. Mais, depuis trois ans, le gouvernement recule, et c'en est assez !

Les sénateurs se lèvent, acclament le Tigre qui reste comme accroché à la tribune, tourné vers Malvy.

Le visage couvert de sueur, John Christopher essaie de se glisser hors de la loge. Mais les journalistes – certains en uniforme – se bousculent devant la porte étroite.

Il entend leurs commentaires : Malvy ne peut que démissionner, et Ribot le suivra. Poincaré osera-t-il désigner Clemenceau ou bien biaisera-t-il et tentera-t-il encore de retarder l'échéance ? Est-il enfin prêt à oublier que Clemenceau a tout fait, en janvier 1913, pour l'empêcher d'être élu à la présidence de la République ? Poincaré peut choisir Painlevé, lance quelqu'un. Partie remise, seulement remise, réplique un autre. On ne peut échapper à Clemenceau ; et les têtes vont rouler, martèle Albert de Varin.

Finlay réussit enfin à quitter la loge.

Il descend rapidement l'escalier monumental.

Il fuit ces voix, ce bruit sourd qui s'amplifie derrière lui, sans doute celui des pas de ceux qui quittent le Sénat.

Mais il pense qu'un corps roulant de marche en marche, une tête qui rebondit feraient peut-être le même bruit.

Il sait que le procès de Juliette Dumas va s'ouvrir dans quelques jours.

33.

Finlay s'approche du bureau derrière lequel Me Gerbaud est assis tête baissée, si bien qu'il ne voit pas son visage.

— Je veux savoir, lui dit-il.

Il se penche, appuie ses paumes au rebord du bureau.

L'avocat semble d'abord se tasser, enfonçant la tête dans ses épaules comme pour éviter des coups, puis, brusquement, il écarte avec son avant-bras gauche les dossiers qui encombrent son bureau. Entre lui et Finlay, il n'y a plus ainsi que la surface noire du bois qui brille dans la pénombre de la pièce.

— Elle a été digne, murmure Gerbaud.

Il croise les mains et en frappe à petits coups le bureau.

— Elle a été courageuse, reprend-il. Elle a refusé qu'on lui bande les yeux.

Finlay se penche davantage comme pour heurter de son front celui de Gerbaud. L'avocat recule.

— Qu'est-ce qu'elle a dit ? demande le journaliste.

Il se racle la gorge comme s'il avait de la peine à parler.

— Je veux savoir ! insiste-t-il.

Il hésite, approche ses mains de celles de Gerbaud :

— Tout, je veux tout savoir !

L'avocat redresse la tête, libère ses mains. Il semble à Finlay qu'il a les yeux rougis comme quelqu'un qui a pleuré.

— Vraiment tout ? lance Gerbaud.

D'un hochement de tête, Finlay confirme.

— Pourquoi ? lance le défenseur de Juliette Dumas.

Il serre les poings, parle d'une voix sourde, les mâchoires contractées. Il se lève et se met à arpenter la pièce d'une cloison à l'autre, puis se fige devant une des fenêtres.

— Vous voulez faire quoi de sa mort ? Une chronique ? Un livre ? Pour dénoncer la Justice française qui fait fusiller de pauvres femmes : hier Mata Hari, aujourd'hui Juliette Dumas ?... On lui a tout pris, murmure-t-il. Ne lui volez pas aussi sa mort ! N'en tirez pas profit. Il n'y a rien à savoir, rien à dire.

Il hausse les épaules.

— C'est une victime de la guerre, un cadavre de plus parmi des millions d'autres. Vous voulez la liste : Blancs, Noirs, Jaunes, jeunes, vieux ? Vous en avez vu des monceaux. Vous en avez piétiné. Moi aussi.

Il paraît manquer de souffle, et respire bruyamment.

— Toutes ces vies que la guerre a interrompues, jetées dans la fournaise, on ne les compte même plus, et toutes ces autres qu'elle a mutilées, saccagées...

Brutalement, il se martèle la poitrine de ses deux poings.

— La mienne aussi !

Il s'est tourné vers le portrait de son fils, étouffe un sanglot.

— Juliette Dumas est comme n'importe quelle autre de ces victimes, dit-il. Une fois que les êtres sont morts, laissons-les reposer, Finlay. Leurs vies à tous se rejoignent.

Il se rassied derrière son bureau, reprend d'un ton plus hésitant :

— Je finis par me dire que ces vies se valent : Français ou Allemands, héros ou lâches...

Il cache son visage entre ses mains comme s'il avait honte de son propos.

— Il nous faut certes choisir entre les vivants, poursuit-il. Chacun de nous défend une cause, sa patrie, ses valeurs. C'est ainsi. Je le veux et l'accepte. Mais la mort...

Il passe sa paume sur le bois noir et nu du bureau.

— Elle égalise...

Finlay fait toujours face à Gerbaud.

— Je veux seulement savoir ce qui s'est passé, lui dit-il. C'est vous qui lui volez sa mort si vous ne dites rien, si vous la recouvrez déjà de silence. Ne l'enfouissez pas encore, maître ! Pas de fosse commune ! Chacun a droit à sa mort individuelle. Racontez-moi.

D'abord les toilettes de Juliette Dumas.

Au début, avant le procès, Me Gerbaud avait pensé que cette recherche de l'élégance était, chez elle, un signe de futilité ou d'inconscience, de bêtise, surtout, si elle espérait ainsi séduire les juges militaires du troisième Conseil de guerre, celui-là même qui avait déjà condamné à mort Mata Hari.

Il avait essayé de la convaincre de se contenter d'une robe toute droite à col montant, en tissu gris ou noir. Il fallait, avait-il expliqué, « désarmer les juges ».

Elle avait souri.

— Ils veulent me tuer, avait-elle répondu, ils *doivent* me tuer, je le sais, maître. Moi, je veux être belle, porter ce que je possède de plus beau. J'ai une réputation : je suis devenue Mlle Juliette Dumas, danseuse vedette du théâtre Majestic, à Ménilmontant. Je veux être jugée comme ça, mourir comme ça. C'est mon uniforme, maître. J'ai gagné le droit de le porter.

À cette occasion, Me Gerbaud avait découvert la franchise de Juliette, ce qu'il devait appeler plus tard sa *limpidité*.

Il avait transmis à Jeanne les instructions de sa maîtresse. Et la domestique était retournée dans l'appartement du boulevard Haussmann, revenant à la prison de Saint-Lazare avec des brassées de vêtements, deux manteaux bordés de fourrure, des robes claires, l'une bleue avec un décolleté profond, une tunique en soie, des souliers et des bas mordorés, et puis les bijoux : des colliers de perles, des boucles d'émeraude, des bagues, et, pour finir, de grands chapeaux à plumes.

— Jeanne ne m'a rien dit, avait murmuré Finlay. Je savais qu'elle était la seule à pouvoir rendre visite à Juliette. Mais elle ne m'a jamais parlé de ces vêtements, du désir de Juliette de les porter. Et vous ne m'avez rien dit non plus, maître...

Juliette avait exigé le silence, de même qu'elle avait refusé que John Christopher vînt témoigner à son procès.

Elle n'avait pas voulu que Gerbaud cite celles de ses relations passées qui l'auraient peut-être disculpée : ni Flécheux ni tant de députés et ministres qui l'avaient désirée.

Elle s'était indignée quand Gerbaud avait envisagé de faire comparaître à la barre Léon Dumas, un soldat héroïque, décoré de la Légion d'honneur, grièvement blessé et en convalescence à l'hôpital de Périgueux. « Jamais ! » avait-elle répété sur un ton si insolent que l'avocat n'avait pas insisté.

Puis elle avait ajouté :

— On veut me tuer ? Qu'on me tue !

Cette phrase était revenue souvent dans sa bouche :

— Il faut que je paie, non pas pour ce dont on m'accuse, mais pour la vie que j'ai choisie. Je ne la regrette pas, mais je savais que Dieu me punirait. J'ai toujours été prête à subir le châtiment. Mais ça – elle s'esclaffait –, l'espionnage en faveur des Allemands pour le compte de Luís Maurin de Montalban, non, non, pas ça !

Elle s'était donc présentée au procès dans ces atours aussi éclatants que provocants, et à chaque audience les juges en avaient été comme suffoqués.

— Je leur offre une raison de plus de me tuer, avait-elle indiqué.

Elle avait à peine écouté l'avocat général qui l'accusait d'« espionnage et intelligence avec l'ennemi dans le but de favoriser ses entreprises ». Et elle avait embrassé Me Gerbaud après sa plaidoirie.

— Personne n'a jamais parlé de moi comme ça, l'avait-elle remercié.

Elle avait pleuré, la tête posée sur l'épaule de l'avocat. Elle avait juré qu'elle était innocente, que ce Karl Ziegler ou ce Luís Maurin de Montalban n'étaient pour elle que des hommes parmi d'autres ; il y avait, dans la foule de ses « amis », tous ceux qui étaient devenus des héros pour la France, et dont on n'avait pas parlé.

Qui savait que cet aviateur, Charles Castel, dont les journaux vantaient les prouesses, « les miracles dans le ciel », ainsi qu'ils l'écrivaient, l'avait aimée, lui disant que, grâce à elle et à ce qu'elle lui donnait, il se sentait plus de force, voire même de la joie, qu'elle l'avait aidé à chasser la peur de retourner au combat ? Oui, il lui avait dit ça, Charles Castel.

Gerbaud lui avait rappelé qu'elle avait refusé qu'on les cite, que ce fût Finlay ou Léon Dumas, ou qu'on parle de Castel qui avait été abattu au-dessus des lignes allemandes, mais qui avait peut-être survécu.

Elle avait cessé de pleurer, dit que ce procès était comme la fosse à purin, dans la ferme, par chez elle : quand on y pataugeait, qu'on y tombait, on en sortait sali, puant. Alors, pourquoi y précipiter des gens aussi propres que Finlay, Dumas ou Castel ?

— C'est en ces termes qu'elle a parlé de vous, murmure Me Gerbaud.

Il va et vient sans regarder Finlay, assis, les bras croisés posés sur le bureau. Parfois il y appuie sa tête.

— Ça s'est fait au donjon de Vincennes, sur le polygone de tir, reprend l'avocat.

Il avoue avoir pleuré devant Poincaré – oh, si peu de larmes que le président de la République n'avait pas même dû les remarquer, évitant d'ailleurs de le regarder tandis qu'il exposait les motifs du recours en grâce.

Et il n'avait pas pris la peine de saluer Poincaré après que ce dernier lui eut répondu :

— Maître, vous qui avez perdu un fils, vous comprendrez que je ne peux pas gracier cette espionne. Aucun de ceux qui, dans leur chair et dans leur âme, ont souffert de cette guerre que nous font les Allemands ne me le pardonnerait. Je ne peux pas prendre le risque de laisser poignarder nos poilus dans le dos par les complices des Boches. Il faut faire un exemple, maître. Vous le savez, je suis moi-même avocat, je mesure combien votre devoir de défenseur est sacré, et vous l'accomplissez avec grandeur et efficacité ; mais, au fond de vous, vous me donnez raison...

Gerbaud ne lui avait pas répliqué, s'était levé et avait tourné les talons.

Le lendemain à l'aube, il était auprès de Juliette Dumas qui arborait un de ses grands chapeaux à plumes, une robe claire en soie, l'un de ses manteaux bordés de fourrure.

Elle avait été calme, sereine même, ne s'emportant qu'au moment où un gardien-chef lui avait effleuré le bras comme s'il avait voulu la fouiller ou la menotter. Elle avait crié :

— Laissez-moi ! Ne me touchez pas ! Je ne suis pas une voleuse, je ne l'ai jamais été. J'ai gagné tout ce que je possède...

Plus tard, sur le polygone de tir, alors qu'elle passait entre les troupes rangées en carré sur trois lignes, la fanfare jouant un air martial, il avait semblé à Gerbaud que Juliette s'était redressée, marchant d'un pas vif, cambrée, comme si elle entrait en scène, qu'elle eût voulu séduire et fasciner ce tout dernier public ; plus tard, avant que les

gendarmes ne la lient au poteau, elle avait encore dit à
Me Gerbaud...

— ... Je sanglotais, je l'avoue, confie l'avocat à John
Christopher. Je n'ai pas su lui donner courage. Je me suis
effondré. J'ai honte, Finlay. Je me suis senti indigne d'elle,
et je m'accuse encore de ne pas l'avoir défendue comme
j'aurais dû le faire. J'ai des préjugés. Je n'ai peut-être pas
pu me débarrasser d'eux. Moi aussi, je l'ai jugée avant
même le procès, moi qui devais la défendre et la sauver !
Tant d'indices contre elle, et cependant rien, aucune
preuve, sinon qu'elle avait été une « fille », une pensionnaire du Rendez-Vous, passant d'un homme à l'autre, de
Karl Ziegler à vous, Finlay, ou à Barruel, car elle m'a avoué
que celui-là aussi, qui l'a tant accablée, avait payé pour
coucher avec elle !... Elle m'a dit, ce sont ses dernières
paroles : « À quoi ça va leur servir de m'avoir tuée ? »

Elle avait donc refusé le bandeau, regardé les soldats qui
lui présentaient les armes, et aperçu sans doute, à l'arrière-
plan, derrière les troupes, dans l'aube qui se levait, ce fourgon noir auquel étaient attelés deux chevaux. Là serait
déposé son corps.

Lorsque le détachement de douze hommes s'était
avancé à huit mètres du poteau et que les fusils s'étaient
dressés, elle s'était raidie comme si elle avait voulu rompre
ses liens.

— Peut-être a-t-elle crié, mais je n'ai pas entendu sa
voix : le fracas des détonations a tout recouvert.

Un huissier de justice avait demandé si quelqu'un récla-
mait le corps.

— J'ai été tenté de le faire, dit Gerbaud. Mais j'étais
paralysé. Le chapeau de Juliette Dumas avait roulé à terre.
Les balles en avaient tranché les liens et le corps gisait –
vous tenez à tout savoir ? – dans une mare de sang. Un
adjudant lui a tiré une balle dans la tempe. Je n'ai pas
réussi à proférer le moindre mot. Peut-être ai-je eu peur

du qu'en-dira-t-on. Honteux, n'est-ce pas ? Ils ont emporté le corps que personne n'avait réclamé. Ils ont chargé le cercueil dans le fourgon et sans doute est-il à l'heure qu'il est sur une table de dissection, dans quelque amphithéâtre de faculté.

— Vous vouliez tout savoir, Finlay ? répète Me Gerbaud. Vous savez.

Le journaliste se lève, traverse la pièce, se tourne vers l'avocat, hoche la tête et remercie.

— Personne ne pouvait la sauver, maître, dit-il. Il fallait qu'on la tue. Trop de sang versé depuis trois ans, trop de crimes, des millions de victimes, et pas de coupables ! Alors jugeons, condamnons, crucifions Juliette Dumas !

Gerbaud s'approche, pose une main sur l'épaule de John Christopher.

— Je n'ai pas d'excuse, Finlay. Je n'ai pas su. Un avocat est toujours fautif quand celui qu'il défend perd. Il s'agissait d'une vie, Finlay, de la vie d'une jeune femme que je crois innocente. Cette vie, je l'ai laissée me glisser des doigts. J'aurais dû la sauver. Ce dossier était vide !

— Il était plein de sang, corrige Finlay. Et ils ont cru que celui de Juliette Dumas suffirait à faire oublier celui qu'ils font couler et qui remplit les tranchées.

Gerbaud le raccompagne jusqu'à la porte.

— Cette mort m'a changé, dit-il. Peut-être encore plus que celle de mon fils, ajoute-t-il.

Finlay le saisit aux épaules.

Il voudrait dire : « Toutes les morts ont un sens ; elles nous fécondent, si nous les comprenons. »

Il n'ose pas. Il serre l'avocat contre lui.

34.

Yeux ouverts, bras repliés, mains sous la nuque, Finlay est allongé sur la couchette supérieure du compartiment.

À chaque cahot, il se redresse un peu, mais il n'a pas suffisamment de place pour s'asseoir. Il se recouche. Sa tête heurte les montants de la couchette. Ses pieds s'appuient à la paroi du wagon.

Il se tourne. Il a l'impression d'être emprisonné dans un cercueil. Il se souvient des tranchées, des cavités dans lesquelles il s'était enfoncé, le capitaine Lucien Lévy à ses côtés, et de la peur qu'il avait chaque fois éprouvée, craignant d'être enseveli vivant sous ces amas de terre que l'explosion des obus déplaçait, les hommes disparaissant par dizaines sous ces avalanches imprévisibles.

Il se penche.

Il devine, dans la lumière bleutée de la veilleuse, le corps de Riccardo Capponi recroquevillé sur la couchette inférieure. Ce porc ronfle depuis le départ de Paris.

Sur le quai, pourtant, l'Italien avait gesticulé et clamé d'une voix exaltée que ce train à destination de Bologne était la preuve que son pays pouvait compter, par ces temps de malheur, sur tous ses alliés, les Français d'abord, citoyens de la sœur latine, mais aussi les Américains – et il avait désigné Finlay, le grand écrivain, le témoin, le soldat, le frère du principal conseiller du président Wilson.

John Christopher s'était dérobé aux questions des journalistes.

Comment leur avouer qu'il quittait Paris non pour témoigner de sa solidarité avec les Italiens en pleine déroute, incapables d'arrêter l'offensive autrichienne sur Caporetto – Venise même était menacée –, mais parce que, depuis l'exécution de Juliette Dumas, vivre à Paris lui était devenu insupportable ?

— Les chiens sont lâchés, avait dit Henri Mourier quand Finlay lui avait rendu visite dans son petit appartement parisien situé non loin du Panthéon, rue Laplace.

Mourier y vivait allongé, entouré de livres et de grands cahiers à couverture noire sur lesquels, avait-il expliqué, il notait les progrès de sa maladie : ainsi son agonie pourrait servir aux médecins qui soignaient les gazés.

Une jeune femme blonde – sa sœur Lucie –, dont le regard fixe disait l'angoisse et le désespoir, s'en occupait, le soulevant lorsqu'il toussait, lui épongeant le front, se tenant près de lui avec une serviette humide qu'elle imbibait d'un liquide violet à base d'alcool.

Elle avait semblé ne pas voir Finlay, indifférente en apparence à ce que Mourier tentait d'exposer entre deux quintes de toux.

Il avait évoqué la condamnation d'Hélène Laborde :

— Dix ans, dix ans, vous vous rendez compte ?

Hélène Laborde était à ses yeux une femme pleine de dévouement, de générosité, de patriotisme.

Celle de Mata Hari :

— Le tribunal a négligé tous les témoignages favorables.

Enfin celle de Juliette Dumas :

— Ils ont fusillé cette pauvre fille, innocente à l'évidence, peut-être imprudente. Ils peuvent donc décider de condamner n'importe qui.

Et chaque jour, en effet, les journaux avaient dénoncé de nouveaux coupables, réclamé la mort pour Luís Maurin de Montalban.

— Il faut faire rentrer sous terre toute cette propagande immonde qui réclame des négociations, une paix de compromis, des rencontres entre socialistes, pacifistes, anarchistes ! s'était exclamé Flécheux. C'est criminel !

Malvy avait été contraint de démissionner, entraînant dans sa chute Ribot, le président du Conseil, que Painlevé remplaçait. Comme Mourier l'avait prévu, les socialistes refusaient de participer au gouvernement et c'en était ainsi fini de l'Union sacrée.

— C'est la gangrène ! avait poursuivi Flécheux. Elle a gagné les sommets de l'État.

Un huissier avait découvert par hasard – mais était-ce bien par hasard ? –, dans le vestiaire d'un député, une enveloppe contenant vingt-cinq mille francs en billets de banque suisses, que ledit parlementaire n'avait pas réclamés. L'enquête avait révélé qu'il avait rapporté de Suisse, en quelques voyages, la bagatelle de trois cent mille francs. On l'avait emprisonné. Un sénateur avait été accusé d'avoir financé des journaux défaitistes. Et l'on accusait derechef *La Voix*, Luís Maurin de Montalban, et, dans la foulée, Caillaux et Briand.

« La Justice suivra son cours, avait assuré Painlevé dans son discours d'investiture. Quiconque se fait le complice de l'ennemi doit subir la rigueur des lois ! »

Et Barruel, rentré des États-Unis, écrivait que pour deux espionnes qui avaient payé leurs fautes, et quelques comparses emprisonnés, trop de suspects, trop de coupables restaient impunis.

Flécheux, Barruel : les chiens aboyaient.

Finlay avait dîné avec Flécheux qui prévoyait l'arrivée au pouvoir de Clemenceau d'ici quelques jours, au plus quelques semaines.

Martelant la table de la terrasse du Dôme, il avait repris la formule de Painlevé :

— La Justice doit suivre son cours, et si elle doit frapper Malvy, Caillaux, Briand, elle le fera, croyez-moi !

À mi-voix, John Christopher avait murmuré :

— Et Juliette Dumas, vous pensez vraiment qu'elle était coupable, qu'elle méritait la mort ?

Flécheux avait plissé son visage, ses petits yeux ne quittant pas ceux de Finlay. Mais il n'avait pas répondu.

— Vous l'avez bien connue, avait repris le journaliste. C'est vous qui m'avez conduit, à mon arrivée à Paris, au Rendez-Vous, vous qui me l'avez recommandée... Je ne vous le reproche pas. Mais vous saviez que Karl Ziegler la voyait régulièrement, vous n'ignoriez rien de ses relations avec le duc Luís Maurin de Montalban, et pour cause, puisque c'est vous qui la lui aviez fait rencontrer. Avec tous ces éléments, le commandant Rebeirolles ou le commissaire Oriani auraient pu vous accuser, non ?

Flécheux n'avait pas bougé, esquissant cependant un sourire.

— L'acte d'accusation contre Juliette..., avait repris Finlay.

— Les circonstances changent, l'éclairage se modifie, mon cher, avait enfin bredouillé le député. Mais, je vous le concède...

Il s'était approché de John Christopher.

— Entre nous, dans le dossier Dumas, il n'y avait pas de quoi fouetter un chat...

Il avait rempli le verre de son vis-à-vis, puis, d'un ton plus ferme :

— Allons, allons, vous savez ce qu'est la guerre, vous l'avez vue de près. Ce qui est arrivé à Juliette Dumas n'est pas plus horrible, plus scandaleux, plus injuste que la mort qui frappe par hasard une passante quand nos bons Allemands bombardent un quartier de Paris.

Ils avaient bu en silence.

— Mais les manœuvres allemandes pour nous diviser, avait repris Flécheux, l'espionnage allemand, le travail de sape de ceux des socialistes qui sont en relation avec les bolcheviks – vos amis, Finlay : Parvus, Rosa di Bellagio – sont une réalité. Je l'ai dit : il faut les faire rentrer sous terre ! C'est comme dans une offensive ; il y a des erreurs, des pertes qui peuvent sembler inutiles, mais tout cela concourt à la victoire.

Il avait baissé la voix, indiqué que Pétain préparait une nouvelle attaque au Chemin des Dames.

— Et croyez-moi, Finlay, elle sera victorieuse !

C'est ce soir-là que Finlay avait pensé quitter Paris afin que le temps et l'éloignement chassent le souvenir de Juliette Dumas, lui évitent de croiser Barruel au Dôme, chez Igor ou à la Palette – chaque fois, il avait eu envie de le souffleter tant son mélange de veulerie et d'impudence l'y incitait.

C'était Barruel qui, selon une confidence d'Isabelle Saynac – elle continuait d'habiter avec lui, car il feignait de ne s'apercevoir de rien, acceptant même de faire chambre à part –, avait fourni à Léon Daudet, le chroniqueur royaliste de *L'Action française*, les éléments d'une lettre accusatrice contre Malvy, qui avait été lue à la Chambre des députés par le président du Conseil, Painlevé.

C'était l'hallali.

« Sachez seulement, avait écrit Daudet – "sous la dictée de Barruel", avait affirmé Isabelle Saynac –, que M. Malvy a fait renseigner exactement l'Allemagne sur tous nos projets militaires et diplomatiques, notamment par la bande d'espions du *Bonnet rouge* et de *La Voix*, par Luís Maurin de Montalban... C'est ainsi que le haut commandement allemand a connu point par point le projet d'attaque du Chemin des Dames... Le vrai moyen de détruire le plan allemand est donc de prendre les devants et de déférer aux tribunaux le misérable par qui la France a été livrée morceau par morceau à l'ennemi... »

Et, dans la charrette, on faisait monter, aux côtés de celui qui avait été durant trois ans ministre de l'Intérieur, Caillaux et Briand.

— La route pour le « Tartare à calotte noire » est ouverte, avait commenté Mourier. Clemenceau n'a plus qu'à se tenir en embuscade et à donner un dernier coup de gueule. Painlevé tombera, et Poincaré le désignera.

Finlay avait écouté et observé avec un irrépressible sentiment de dégoût.

Jamais, depuis le début de la guerre, il n'avait eu à ce point l'impression d'un pourrissement complet de la situation, de l'absurdité de ce conflit auquel personne ne réussissait à mettre fin, que ce fût par la victoire ou par la négociation.

On répétait à Finlay : « Nous tiendrons jusqu'à ce que vos *Sammies* arrivent. »

Mais l'Allemagne marquait des points presque chaque jour.

Les troupes de Pétain enlevaient le Chemin des Dames, mais les bolcheviks prenaient le pouvoir à Petrograd, puis à Moscou et dans l'ensemble de la Russie.

On annonçait que le baron Parvus avait proposé aux Allemands une suspension des combats et l'ouverture de négociations en vue d'un armistice qui libérerait les divisions allemandes massées à l'est.

Il n'y avait plus d'armée russe, mais des millions de déserteurs qui rentraient chez eux pour se partager les terres des grands propriétaires. Et Finlay avait eu la surprise de découvrir, dans un numéro du *Washington Times* vieux de trois semaines, une interview de Rosa di Bellagio : « Selon la comtesse italienne ralliée aux bolcheviks, l'Italie serait la première des nations, après la Russie, à connaître la révolution », titrait le journal.

John Christopher était resté plusieurs minutes comme tétanisé, avec le sentiment qu'il ne pouvait même plus battre des paupières, comme s'il avait assisté à une apparition : Rosa di Bellagio, dans toute sa beauté et sa vigueur, surgissant de son souvenir, faisant souffler un vent vif, alors que, depuis des semaines, avant même l'exécution de Juliette Dumas, lui-même suffoquait dans l'atmosphère fétide de la capitale française.

Il n'avait plus cessé de repenser à Rosa, suivant jour après jour les nouvelles en provenance d'Italie, rencontrant Riccardo Capponi qui, sur un ton exalté, parlait de l'apocalypse de Caporetto, répétait : « Je vois se dessiner un désastre ! », évoquant la retraite dans la brume et sous la pluie des troupes de la quatrième armée Italienne qui abandonnaient en désordre les rives de l'Isonzo, se débandaient, laissant des dizaines de milliers de prisonniers.

Capponi avait clamé que cette défaite – « ce désastre, en effet » – était le résultat « de l'insinuante campagne de grève militaire, du vent de folie soufflant d'une partie du pays, de l'esprit de trahison propagé par les défaitistes, les pacifistes, les socialistes, les anarchistes, qui avait empoisonné une partie de l'armée ».

Il avait interpellé Finlay : il aurait fallu, avait-il dit, agir comme les Français qui n'avaient pas reculé à faire fusiller des femmes, comme cette Mata Hari ou cette Juliette Dumas, et des centaines de mutins :

— Mais vous avez fait évader Rosa di Bellagio, vous, Finlay, la tête pleine d'amour et d'illusions ! Voilà le résultat. Elle nous annonce la révolution par la défaite. Elle est peut-être déjà rentrée en Italie. Les Autrichiens lui ont sans doute facilité le passage. Rien de plus facile ! Mais, dans ces circonstances, Mussolini le dit, toute la nation doit être militarisée, il faut passer outre aux libertés individuelles si l'on veut faire face à l'invasion du territoire, qui constitue un deuil national.

Çà et là, avait expliqué Capponi, se créaient des *fascii*, ces « faisceaux » rassemblant députés, poètes et écrivains, mutilés qui voulaient partir au front.

Capponi avait lancé l'idée d'un train de volontaires, composé de personnalités alliées, avec tous ceux qui voulaient aider l'Italie en ce moment douloureux de son histoire.

Et Finlay avait l'un des premiers donné son nom.

Le train s'immobilise en gare de Bologne. Capponi ne se réveille pas. John Christopher descend de sa couchette, abaisse la vitre du wagon.

La pluie, projetée par un vent froid, le frappe violemment au visage. Mais il ne se retire pas. Il respire à pleine bouche cet air vif.

Tout à coup, il entend des cris.

Il distingue dans l'obscurité, venant du bout du quai, une foule de femmes en fichu, qui, bras levés, entourent des soldats dépenaillés, tête nue, que des carabiniers poussent et rudoient, distribuant des coups de crosse dans les flancs et les reins de ces hommes, écartant les femmes.

La guerre, partout, toujours.

35.

Bras croisés, Finlay ne baisse pas les yeux. Depuis qu'il est entré dans cette pièce sombre au plafond bas dans laquelle Benito Mussolini se tient assis derrière une table de bois blanc, il s'efforce même de ne pas ciller.

Sitôt le seuil franchi, il a senti que Mussolini le jaugeait. Au moment où Riccardo Capponi s'effaçait, le présentant comme un écrivain américain décoré de la Croix de guerre française, qui, revenant du front, des rives du Piave, avait donc vécu plusieurs jours en première ligne, l'Italien l'a fixé d'un regard furibond, lui désignant d'un geste autoritaire et presque méprisant une chaise placée assez loin de la table.

Le journaliste s'est assis cependant que Capponi s'adossait à l'une des cloisons avec un air servile et niais, mais empreint de suffisance dès qu'il se tournait vers Finlay.

Les murs de la pièce étaient couverts de photos, de premières pages du journal de Mussolini, *Il Popolo d'Italia*, d'étendards noirs bordés de franges sur lesquels étaient brodés au fil d'or des poignards, une tête de mort, des tibias croisés, une flamme.

Mussolini s'était à demi tourné, ne quittant pas des yeux son interlocuteur, désignant bras tendu l'une de ces oriflammes.

— Puisque vous étiez sur les rives du Piave, avez-vous vu nos *Arditi* ? avait-il demandé.

Il avait parlé en faisant une moue dédaigneuse, le menton levé. Sa tête, aux mâchoires larges, au crâne rasé, était massive. Elle paraissait presque disproportionnée sur un corps plutôt petit. Celui-ci semblait même chétif dans un costume noir à la veste trop large dont les revers bâillaient sur une chemise blanche à col cassé autour duquel était nouée une cravate, noire elle aussi.

Finlay avait accompagné d'un mouvement de tête les explications qu'il avait fournies d'une voix qu'il avait voulue désinvolte, exposant qu'il avait même revêtu l'uniforme des *Arditi* – pull-over et béret noir – afin de pouvoir les accompagner une nuit jusqu'au bord du fleuve. Mais on lui avait interdit de participer à la patrouille sur la rive du Piave occupée par les Autrichiens. Les *Arditi* y poignardaient les sentinelles et ramenaient quelques prisonniers.

Mussolini avait eu une mimique exprimant à la fois le doute et l'étonnement.

— Nos *Arditi* traversent les eaux glacées du Piave, nus, le corps peint en noir, avait-il indiqué. Ce sont les meilleures troupes d'assaut d'Europe : des volontaires, de vrais centurions !

Il avait lancé un coup d'œil à Capponi, puis avait à nouveau fixé le journaliste.

— J'étais l'un d'eux, mais j'ai été blessé.

Capponi avait approuvé, montré une paire de béquilles appuyées dans l'angle des deux cloisons.

— J'ai rougi de mon sang la route de Trieste, avait ajouté d'un ton ronflant Mussolini.

Il s'était levé.

— L'emporteront dans cette guerre, dans ce siècle, avait-il repris en claudiquant vers les béquilles, ceux qui ne redouteront pas la mort, qui la défieront. Les *Arditi* sont de ceux-là. Ils sont le germe d'une nouvelle Italie, celle qui comptera.

Il s'était appuyé quelques secondes aux béquilles, puis les avait rejetées comme s'il avait simplement voulu que Finlay le voie en blessé, en « bersagliere mutilé », ainsi que l'avait qualifié Capponi en conduisant John Christopher au siège du *Popolo d'Italia*, Via Paolo da Canobio, à Milan, pour cette rencontre.

— L'Italie des charlatans, celle que représentent les marionnettes qui siègent au Parlement, à Monte Citorio, elle est morte à Caporetto, dans la déroute. L'autre est née sur la rive droite du Piave, là où sont nos *Arditi*, nos soldats, face aux Autrichiens.

Mussolini s'était rassis, dodelinant de la tête.

— Il faut écrire cela, monsieur Finlay !

Capponi avait approuvé bruyamment, mais Mussolini l'avait interrompu.

— Qu'avez-vous vu d'autre ? avait-il demandé. Qu'avez-vous appris dans notre Italie blessée mais héroïque ?

Ne rien répondre, se contenter d'une inclinaison de tête, d'une expression dubitative, pour ne pas raconter que, dès sa descente du train, par cette nuit d'averse, à Bologne, alors que des carabiniers entraînaient des soldats débandés, peut-être des déserteurs, que des femmes en pleurs essayaient de retenir et de protéger des coups, il avait été frappé par le désordre, l'atmosphère de panique qui régnaient en Italie.

Dans la brume glacée de la plaine padane, en cette fin d'octobre 1917, il avait croisé les longues colonnes de réfugiés qui avaient quitté les terres du Nord-Est ravagées par la bataille et occupées, après le désastre de Caporetto, par les troupes autrichiennes.

Il avait parcouru la Lombardie et la Vénétie, arrêté souvent par des carabiniers qui allaient par deux, leurs bicornes luisant de pluie, impavides sous l'orage, ne se déridant un peu que lorsqu'ils découvraient que Finlay était américain.

Il y avait quelques volontaires américains dans les troupes du général Cadorna, disaient-ils.

Ils lui offraient parfois l'hospitalité de leur cantonnement. Les officiers le recevaient, flattés et heureux qu'un

Américain découvrît leur pays, mesurât ses sacrifices. Ils racontaient la bataille de Caporetto, la peur qui s'était emparée des troupes bombardées avec des obus à gaz, les déserteurs par centaines, les fuyards, les prisonniers par dizaines de milliers.

Parfois, dans la cour de ces casernes, Finlay avait aperçu des hommes enchaînés, déserteurs repris qu'on conduisait devant des cours martiales qui les condamnaient le plus souvent à mort.

— Il faut terroriser ! avait clamé l'un des officiers, le comte Vito di Spagnolo, un jeune homme élégant qui avait invité Finlay à dîner et avait ajouté qu'il fallait s'inspirer en la matière de ce qu'avaient fait les Français : fusiller les lâches et les traîtres.

La mort était contagieuse.

Finlay avait écouté Spagnolo avec effroi et avait gagné les grandes villes du Nord comme on s'enfuit.

Il était retourné à l'*albergo* Borgo, non loin de cette prison où avait été enfermée quelques semaines Rosa di Bellagio. Il avait reconnu la *signora* Italina, plus grise, plus noire, comme si la guerre l'avait assombrie, vieillie.

Dans cet *albergo*, il avait pris conscience qu'en allant de Venise à Côme, de Milan à Turin, en s'enfonçant dans les quartiers ouvriers, peut-être était-il en fait poussé par l'espoir d'y rencontrer Rosa di Bellagio, elle dont Capponi répétait qu'elle était, avec ses complices bolcheviques, à l'origine de la défaite de Caporetto et des émeutes ouvrières qui, durant une « semaine rouge », avaient embrasé les quartiers populaires de Turin, près de cinquante mille ouvriers criant : « Vive Lénine ! Vive les bolcheviks ! », et dressant des barricades.

— Elle est là, *je la sens* ! avait répété à plusieurs reprises Capponi.

L'Italien avait lu l'interview de la comtesse dans le *Washington Times*. Il affirmait que Vienne et Berlin avaient mis à la disposition des bolcheviks italiens des millions de francs suisses, et que cet avocat genevois – un ami de Finlay et de Rosa di Bellagio –, Me Seligman, avait été repéré maintes fois franchissant la frontière. Mais la police, la *Guardia di Finanza*, était intervenue trop tard, retenue par la manche par les complices des bolcheviks, les pacifistes, les socialistes, tous ceux qui voulaient que l'Italie s'agenouille et capitule.

Les propos de Capponi avaient chaque fois empli Finlay – il s'en était rendu compte après coup – d'une impatience joyeuse qui ne devait rien aux perspectives politiques.

La révolution telle que la voulait Rosa di Bellagio et telle qu'elle se déployait en Russie, avec son cortège de violences et d'anarchie, n'était à ses yeux que la revanche des uns contre les autres, débouchant sur des injustices équivalentes, peut-être même pires que celles qu'elle prétendait faire disparaître. Pour passer de la domination des uns à la domination des autres, il fallait traverser une période de chaos, celle de la guerre de tous contre tous, plus cruelle encore que le combat réglé que se livraient les États.

Mais les imprécations et les soupçons de Capponi donnaient vie au souvenir de Rosa di Bellagio, à l'illusion de la retrouver.

Le mirage s'était pourtant dissipé : Finlay allait repartir pour Paris en ces premiers jours de novembre 1917 alors que l'armée italienne, que commençaient à renforcer des divisions françaises, avait stoppé l'offensive autrichienne sur le Piave.

Capponi avait donc invité Finlay à rencontrer Benito Mussolini qui avait réussi à entraîner l'Italie dans la guerre et incarnait le courage des *Arditi*. Capponi en était sûr : c'est vers ce chef-là que le peuple se tournerait après la victoire.

Et, pénétrant dans cet appartement qui servait de bureaux au *Popolo d'Italia*, le journaliste avait donc croisé les bras et décidé de ne pas baisser les yeux.

Mussolini secoue la tête, et, la moue plus méprisante encore, ordonne :

— Écrivez, racontez, car il faut que les Américains, que votre président le sachent : l'Europe qui sortira de la guerre appartiendra aux combattants. Il faudra que les gouvernements les entendent. Le sacrifice des vies humaines qui s'accomplit sous nos yeux devra trouver sa récompense, et elle ne sera jamais à la hauteur de ce qui a été donné par ceux qui ont offert leur vie. Les milliards que nous prendrons aux Allemands, il faudra les verser aux familles des disparus, des mutilés. Il faudra distribuer la terre aux paysans. Il faudra en finir avec ce régime grotesque et effrayant où quatre cents députés sont tout, et quarante millions d'Italiens ne sont rien !

Il regarde autour de lui comme si une foule imposante l'entourait, alors que Capponi et Finlay sont seuls dans la pièce et qu'on entend seulement, venus du fond de l'appartement, des rires de femme.

— Il faudra punir, reprend Mussolini en haussant la voix. Je veux des hommes féroces, qui aient de l'énergie. L'énergie pour briser, l'inflexibilité pour punir, frapper sans hésitation, d'autant mieux et d'autant plus que le coupable est haut placé !

Finlay le dévisage, puis lève un peu les yeux et aperçoit, derrière lui, cet étendard noir à tête de mort et à tibias croisés, à poignard et flammes dorés.

Et si cette guerre n'était que le début d'une autre guerre ?

Si les morts n'étaient que les premiers d'un charnier encore plus profond ?

Le journaliste se lève et détourne les yeux.

36.

CHRONIQUES DE L'EUROPE
EN GUERRE

par

John Christopher Finlay

correspondant permanent en Europe du *Washington Times*

Paris, décembre 1917

J'ai assisté, le 20 novembre 1917 à Paris, à un événement qui change le cours de la guerre.

On sait désormais qu'il n'y aura pas de paix de compromis et que la France – donc ses alliés – combattra jusqu'à la défaite de l'Allemagne.

C'est un vieillard de soixante-seize ans, Georges Clemenceau, sourd, les mains gantées de gris parce que dévorées par l'eczéma, qui incarne cette volonté.

— Mon but, c'est d'être vainqueur, a-t-il martelé.

Ce jour-là, 20 novembre 1917, cet homme politique qui ne compte plus ses ennemis a été investi par les députés à la présidence du Conseil.

Il y a eu quelques « À bas Clemenceau ! Vive la République ! », et les socialistes ont refusé de participer à son gouvernement. Mais quatre cent dix-huit députés – seuls quinze auront voté contre lui, et une quarantaine se sera abstenue – l'ont ovationné, debout, quand il a dit en conclusion de sa déclaration ministérielle :

> « Un jour, de Paris au plus humble village, les rafales d'acclamations accueilleront nos étendards vainqueurs, tordus dans le sang, dans les larmes, déchirés des obus, magnifique apparition de nos grands morts. Ce jour-là, le plus beau de notre race, après tant d'autres, il est en notre pouvoir de le faire. Pour les résolutions sans retour, nous vous demandons, messieurs, le sceau de votre volonté ! »

J'étais rentré d'Italie quelques jours auparavant.

Sur le front du Piave, parmi les *Arditi*, ces unités d'assaut de l'armée italienne, ou à Milan, en rencontrant l'un des nationalistes révolutionnaires les plus déterminés, Benito Mussolini, ou encore en parcourant les routes de Lombardie noyées par les averses d'automne et encombrées par les réfugiés, les fuyards, les déserteurs, j'avais pu constater les conséquences du désastre militaire de Caporetto.

Certains patriotes parmi les plus courageux, les plus enflammés, accusaient une fraction du pays – les socialistes – d'être responsable de la déroute. D'autres Italiens rêvaient au contraire d'une révolution sur le modèle de ce qui se passait en Russie.

Dans le train qui me ramenait à Paris, j'avais pu constater l'inquiétude de Paul Painlevé qui venait lui aussi, en tant que président du Conseil français en exercice, d'effectuer un voyage de l'autre côté des Alpes.

Le 13 novembre, j'étais à la Chambre des députés pour écouter Painlevé présenter un état de la situation. Il essaya de se montrer résolu, optimiste, annonçant la création du

Comité de guerre interallié et affirmant la volonté du gouvernement français de poursuivre la lutte jusqu'à la victoire.

Mais, en écoutant cet homme, je savais qu'il ne pouvait convaincre.

L'Union sacrée s'était brisée, les socialistes ayant refusé de participer à son gouvernement. Et cet honorable mathématicien, qui avait été ministre de la Défense, était écrasé par les défaites et l'impuissance du gouvernement précédent. Il ne paraissait en rien à la hauteur des circonstances : la révolution russe, la défaite italienne, le désarroi de l'opinion après les mutineries de juin 1917.

De nombreux députés intervinrent avec une brutale franchise, révélatrice de la gravité de la conjoncture politique et militaire : les Allemands allaient pouvoir retirer du front russe des dizaines et des dizaines de divisions qu'ils transféreraient sur le front français.

— Avons-nous un gouvernement qui a de l'autorité ? interrogea ainsi le député Abel Ferry. Pour ma part, je ne le crois pas, et je ne voterai pas la confiance.

Au terme du débat, c'est ce point de vue qui l'emporta.

Pour la première fois depuis le début de la guerre, un gouvernement était renversé par la Chambre.

À l'annonce du résultat du vote, il y eut quelques cris, poussés déjà par les socialistes : « À bas Clemenceau ! Vive la République ! »

Ils révélaient que, pour tous les députés, la seule issue à la crise était la désignation par le président de la République, pour succéder à Painlevé, du Tigre, ce vieillard qui, n'ayant pris part à aucun gouvernement depuis 1914, faisait figure d'homme nouveau aux convictions patriotiques indiscutables.

J'ai déjà évoqué ce Vendéen républicain dont on disait la carrière politique terminée il y a vingt-cinq ans. On craignait son intransigeance. Dans les milieux socialistes, on assurait qu'« un gouvernement Clemenceau, c'était la guerre civile ». Les partisans d'une paix « blanche » ou de l'ouverture de négociations avec l'Allemagne dénonçaient en lui le « vieillard sanguinaire ».

Poincaré, pour sa part, détestait celui qui avait tout fait pour l'empêcher d'être élu président de la République en janvier 1913.

Ainsi Paris, en cette mi-novembre 1917, bruissait de folles rumeurs dans une atmosphère faite d'angoisse et d'impatience.

« Qu'on en finisse ! » – telle est l'expression que j'ai alors le plus souvent entendue. En même temps, on souhaitait attendre l'arrivée de nos *Sammies*. Mais ce qu'on voulait, c'était enfin des positions claires et nettes : la guerre ou la paix, Clemenceau ou Caillaux, la résolution du soldat ou l'habileté du négociateur.

Durant cette période, j'ai été le confident de nombreux hommes politiques français.

Les partisans de Clemenceau me rappelaient qu'il avait vécu aux États-Unis et qu'il parlait parfaitement notre langue.

J'ai pu ainsi rencontrer à plusieurs reprises le Tigre, le plus souvent à son domicile de l'avenue Franklin, ou aux bureaux de son journal, rue Taitbout. L'homme est séduisant, énergique, sarcastique. Il m'est alors apparu sûr de sa désignation par Poincaré.

— Poincaré, m'a-t-il dit, considère comme un devoir, en un tel moment, d'oublier toutes ses rancunes personnelles. Je ne me fais cependant aucune illusion, je me rends compte de toutes les difficultés, mais j'ai foi en notre armée, en notre race. Notre peuple stoïque n'accepte plus qu'on lui bourre le crâne. Mon gouvernement sera une équipe de travailleurs pour travailler – d'où ma devise : le grand jour et le franc-jeu !

Sa confiance en soi est fascinante :

— Je veux avoir une majorité, m'a-t-il confié. Je l'aurai !
Si ce n'est pas de gauche, ce sera de droite ; et pourtant,
je suis un vieux jacobin...

En fait, l'opinion publique, la presse – les journalistes
Barruel, Albert de Varin, Vincent Marquis, Renaud
Duchesnes, etc. –, l'armée soutiennent sa candidature. Et
il apparaît que Poincaré n'a pas d'autre solution que de lui
confier la présidence du Conseil, autrement dit, connais-
sant l'homme, tous les pouvoirs.

Je peux rapporter ici la réflexion de Poincaré, au début
novembre, telle que me l'a rapportée l'un de ses proches :

— Clemenceau a engraissé. Sa surdité a empiré, a
déclaré le président de la République. Mais sa santé ? sa
volonté ?... Je sens de plus en plus le péril de l'aventure.
Mais le diable d'homme a pour lui l'opinion des patriotes,
et si je ne l'appelle pas, sa force légendaire fera la faiblesse
d'un autre cabinet.

Lorsque Poincaré a reçu Clemenceau, le 14 novembre,
celui-ci lui a déclaré :

— Il faut mener la guerre de manière à attendre les Américains et à ne pas s'user d'ici à leur arrivée.

On comprend que le général Pétain, qui partage ce point
de vue, ait appuyé sa candidature.

C'est donc le 20 novembre que Clemenceau monte à la
tribune de la Chambre des députés pour présenter sa
déclaration ministérielle.

Ce vieil homme ganté de gris, au visage tourmenté,
comme ébouriffé de poils blancs, parle avec une énergie
et un allant communicatifs. Pas de programme précis,
mais une volonté limpide. Quand on l'interroge sur ses
buts de guerre, il répond :

Je vous ai dit qu'il fallait vaincre pour être juste. N'est-ce pas un programme que cela ?

Il déclare :

— Nous nous présentons devant vous dans l'unique pensée d'une guerre intégrale... Ces Français que nous fûmes contraints de jeter dans la bataille, ils ont des droits sur nous. Nous leur devons tout, sans aucune réserve ! Tout pour la France saignante, dans sa gloire, tout pour l'apothéose du droit triomphant ! Un seul devoir, et simple : demeurer avec le soldat, vivre, souffrir, combattre avec lui. Abdiquer tout ce qui n'est pas la Patrie. L'heure nous est venue d'être uniquement français, avec la fierté qu'aujourd'hui tout soit donc confondu. Que tout soit zone de l'armée...

Un tel discours, haché par les applaudissements et quelques murmures – ceux des socialistes –, ne pouvait qu'être impitoyable envers ceux qui ne partagent pas – ou plus – ce programme : rien que la guerre, tout pour la guerre, jusqu'à la victoire !

Clemenceau les cingle, les menace, leur promet un châtiment exemplaire. Il accuse :

— Trop d'attentats se sont déjà soldés sur notre front de bataille par un surplus de sang français. Nous serons sans faiblesse ! Tous les inculpés en Conseil de guerre ! Le soldat au prétoire solidaire du soldat au combat ! Plus de campagnes pacifistes, plus de menées allemandes !

Cela vise Caillaux, dont la Chambre votera quelques jours plus tard la levée de l'immunité parlementaire, Malvy, qui demandera lui-même à être traduit en Haute Cour – alors même que les preuves concernant la « trahison » de ces deux anciens ministres sont inexistantes et qu'il s'agit plutôt, de leur part, d'imprudence.

Clemenceau désigne aussi les accusés déjà emprisonnés, comme le duc Luís Maurin de Montalban. Ils n'ont aucune clémence à attendre des juges du Conseil de guerre. Ils subiront la rigueur de la loi, tout comme l'ont subie Mata Hari et Juliette Dumas.

Et c'est aussi un avertissement donné aux socialistes, toujours désireux de renouer des liens avec leurs camarades allemands :

— Cela, c'est l'art de désarmer un peuple ! s'est-il écrié.

Et il a ajouté :

— Ni trahison ni demi-trahison : la guerre ! Rien que la guerre ! Nos armées ne seront pas prises entre deux feux. La Justice passe. Le pays saura qu'il est défendu !

Ces propos volontairement clairs et altiers, fiers et résolus, ont touché l'opinion, j'ai pu le constater.

On ne veut pas que le million de morts déjà enseveli par la guerre l'ait été en vain. La détermination de Clemenceau est donc partagée : il faut gagner, il faut tenir. Il faut attendre les Américains.

Nos *boys* sont d'ailleurs accueillis partout avec enthousiasme. Leur arrivée compense la défection des Russes.

Clemenceau le dit :

— La Russie, le peuple russe, l'armée russe ont déserté leur devoir devant l'alliance.

Ce jugement est compris et isole dans le pays ceux qui se réclament de la révolution bolchevique.

Il évoque aussi les « heures terribles » que connaît la France. Ce qui compte, dans ces circonstances, c'est la profondeur de l'amour pour la Patrie.

On sent qu'il parle avec son cœur et que son ambition est de servir cette foi, sans calcul.

— Vous pourrez me faire beaucoup de reproches, dit-il, mais il y en a un que vous ne me ferez pas, c'est celui de vous avoir trompés, de vous avoir menti !

L'âge de Clemenceau semble garantir, pour les Français, que cet homme est tout entier dans ce moment de sa vie. Il ne pense pas à un avenir politique dont il ne dispose plus et auquel, au contraire, les hommes politiques plus jeunes ne peuvent, eux, que songer.

C'est ainsi qu'un vieillard de soixante-seize ans tient entre ses mains gantées de gris le destin de millions de jeunes hommes, comme si seul un homme en bout de vie, au seuil de la mort, pouvait exiger le sacrifice de ceux qui n'ont pas encore vécu.

37.

Finlay marche dans l'allée entre les tombes, aux côtés de Lucie Mourier. Parfois, l'épaule de la jeune femme frôle la sienne. Lucie s'écarte aussitôt, avance plus rapidement, le dépasse.

Il découvre ainsi le dos de Lucie, ses épaules larges dans un long et ample manteau noir qui laisse cependant apparaître les chevilles fines prises dans des bottines.

Elle s'éloigne. Elle porte un chapeau de feutre qui cache sa nuque et ses cheveux blonds dont John Christopher a remarqué qu'ils sont coupés court, à la mode.

Ils étaient longs et dénoués quand Finlay l'avait vue pour la première fois, il y avait deux mois, à la fin octobre, chez Henri Mourier, dans le petit appartement de la rue Laplace, alors que son frère déjà ne pouvait plus se lever.

Finlay la rejoint en quelques pas et, malgré lui, fixe son profil. Elle regarde droit devant elle, la tête un peu levée, comme si elle ignorait qu'il était à nouveau à ses côtés, ne la quittant pas des yeux. Quelques mèches s'échappent de son chapeau, sur ses tempes.

Elle ressemble à Rosa di Bellagio. Elle a le profil aussi régulier, le même front bombé, le nez droit, la lèvre supérieure renflée, mais le menton est moins marqué, moins volontaire que celui de la comtesse, ce qui adoucit tout son visage.

Finlay ne sait si le trouble qu'il ressent vient du souvenir de Rosa, de l'amour, peut-être de la passion, qu'il a éprouvé pour elle, ou bien d'un sentiment nouveau que Lucie suscite en lui.

Attirance, compassion, ou simplement tristesse qui naît de ce cimetière Montparnasse, de la pluie fine, de ces voiles de brume grise qui s'accrochent aux croix, aux stèles et aux tombeaux ?

Lucie marche à présent plus lentement.

Finlay devine qu'elle va bientôt s'arrêter, ainsi qu'elle l'a déjà fait plusieurs fois, se tourner et regarder, vers l'extrémité de l'allée, ce rectangle autour duquel s'affairent quatre fossoyeurs.

Courbés, leurs épaules protégées par une sorte d'étole, ils portent la dalle de marbre qui va recouvrir le trou dans lequel ils ont fait glisser, il y a seulement quelques minutes, le cercueil d'Henri Mourier. Mais Lucie n'a pas voulu attendre qu'ils aient terminé leur travail. Elle s'en est allée, suivie de Finlay.

Elle s'immobilise en effet, observe d'abord les quatre hommes, puis les deux autres qui se tiennent en retrait, à demi dissimulés par les autres tombeaux.

Ceux-là ont assisté, les jambes écartées, les mains dans les poches de leurs paletots sombres, leurs casquettes enfoncées jusqu'aux sourcils, à l'inhumation d'Henri Mourier. Peut-être s'agit-il de policiers du commissaire Oriani ou d'agents du commandant Rebeirolles, chargés d'identifier les présents.

Mais il n'y a eu, en ce 26 décembre 1917, devant la tombe d'Henri Mourier, que sa sœur Lucie et John Christopher.

Sans doute certains de ses amis et de ses lecteurs n'ont-ils pas voulu se compromettre.

Depuis un mois, chaque jour, la presse dénonce les suspects et les traîtres. Elle cite les propos de Clemenceau :

> « Il y a eu des crimes, des crimes contre la France qui appellent un prompt châtiment... Vous croyiez donc que vous alliez être en guerre pendant trois ans avec l'Allemagne sans qu'elle tentât d'espionner chez nous !... Aujourd'hui, une partie du voile est déchirée... »

Barruel a réclamé l'arrestation de Malvy et de Caillaux, l'exécution rapide du duc Luís Maurin de Montalban :

> « Il faut nettoyer le pays ! Il faut empêcher la contagion de la révolution rouge qui, de Russie, tente de gagner, pour le plus grand profit de l'Allemagne, les nations alliées. L'Italie vient d'être touchée. Des personnalités que nous avons connues à Paris – ainsi la comtesse Rosa di Bellagio – ont tombé le masque. Ce sont des agents et des espions allemands et bolcheviques. Et nous nous reprochons de ne pas avoir écouté nos amis italiens qui nous avertissaient du jeu trouble de cette aristocrate, et de bien d'autres personnages – étrangers, souvent – qui profitent de notre hospitalité, de notre naïveté pour creuser la sape, afin que s'effondre notre résistance patriotique ! Soyez impitoyable, monsieur Clemenceau ! Frappez vite et fort ! Ne ménagez personne, le pays vous suit ! »

D'après Isabelle Saynac, Barruel, lorsqu'il rentrait du journal, était en transe, clamant qu'il avait, cette nuit-là, tiré une nouvelle salve. Et, à l'en croire, à la manière glacée dont il la regardait, c'était elle et c'était John Christopher Finlay qu'il visait.

Personne n'était donc venu accompagner Henri Mourier, lui dont le livre *Les Nôtres* avait connu des dizaines de milliers de lecteurs, dont des centaines lui avaient écrit pour le remercier de son témoignage, le féliciter pour son courage, l'inviter à continuer de dire la vérité sur les souffrances des poilus.

Mais le journal *La Voix* avait été interdit, et peut-être aucun de ceux qui aimaient Mourier n'avait-il même appris son décès.

Et puis, qu'était-ce qu'un mort de plus dans ce grand massacre qui ensanglantait la terre en ce quatrième Noël de guerre ?

Finlay regarde Lucie Mourier.

Quand ils se sont retrouvés devant la fosse, elle a murmuré :

— C'est mon deuxième mort.

Elle lui a décoché un coup d'œil, puis elle a ajouté qu'elle avait voulu, après le premier, mourir aussi. Elle y avait renoncé pour ne pas meurtrir son frère. Mais maintenant…

Son premier, a-t-elle poursuivi, ç'avait été François. Ils devaient se marier en septembre 1914. Il avait été tué au début d'août – le 7, sans doute, avait écrit l'un des soldats de sa compagnie. C'était le moment où l'on ne savait plus trop quel jour on était. On reculait. Le jour et la nuit se confondaient. On était écrasé par les obus allemands. On abandonnait les corps des camarades là où ils étaient tombés.

Lucie a fait face à Finlay et il a eu peur de ces yeux secs, pétrifiés.

— Mon deuxième mort…, a-t-elle répété.

Y survivrait-elle ?

Il a pensé à toutes les victimes de cette guerre, qu'on ne dénombrait plus.

À Jeanne, dont les trois frères étaient tombés et dont personne ne mesurait la blessure ; dont personne, hormis les voisins de la ferme du causse, ne savait que les parents désespérés s'étaient jetés dans le puits.

À Isabelle Saynac, dont toute la vie avait été bouleversée, mutilée, distordue par la mort de son jeune amant, Denis Marrou.

À la mère de Charles Gerbaud, devenue folle, et au père, Me Louis Gerbaud, qui vivait comme écrasé par le souvenir de son fils.

Et il s'est souvenu des deux neveux de Mme Clarisse, tués eux aussi.

La mort et la souffrance étaient contagieuses. Elles continuaient de proliférer, en ce quatrième Noël de guerre, alors que commençaient à résonner avec un bruit sourd, sur le couvercle du cercueil, les premières mottes.

Une phrase de Clemenceau revient tout à coup à la mémoire de Finlay. Il a hésité, il y a quelques jours, à la retranscrire dans la chronique qu'il vient d'expédier au *Washington Times*.

Il l'a relue à plusieurs reprises :

« Décidément, avait dit Clemenceau, il faudra encore patauger dans la boue et dans le sang pendant un nombre de mois que nous ne connaissons pas... »

Finlay l'avait recopiée une première fois, puis relue, rayée, réécrite.

Elle disait la vérité de la guerre, celle que des milliers d'hommes vivaient encore : « patauger dans la boue et dans le sang ».

Mais qui l'imaginait, dans le Kansas ou en Virginie, parmi les proches des jeunes conscrits qui quittaient leurs fermes pour venir combattre ici ?

Ils auraient le temps de l'apprendre.

Et Finlay avait une nouvelle fois rayé la phrase de Clemenceau de sa chronique.

Mais il s'en est souvenu alors que le cercueil venait d'être recouvert de terre, et il a songé aux combattants de première ligne qui attendaient, recroquevillés dans le sang et la boue, que la mort choisisse ceux qui n'allaient pas connaître l'année nouvelle.

C'est à ce moment-là que Lucie Mourier s'est mise à marcher dans l'allée du cimetière Montparnasse et que Finlay l'a suivie.

Elle s'est arrêtée une nouvelle fois. Elle regarde les deux silhouettes postées non loin de la tombe. Elle dit :

— Ils sont encore là ! Qu'est-ce qu'ils craignent : que mon frère sorte de la fosse ?

Elle croise les bras, ses mains plaquées à ses épaules, comme si elle voulait ainsi se donner l'illusion que quelqu'un la serre, l'enlace, la réconforte.

Finlay voudrait le faire. Il n'ose pas.

Elle secoue la tête, murmure.

Finlay croit l'entendre dire qu'il faudrait que les morts, tous les morts – les Français, les Allemands, les autres – se lèvent, marchent ensemble sur les capitales, en chassent les vieillards qui les envoient à la mort.

Mais peut-être a-t-il seulement imaginé ces propos-là ?

Lucie fait un pas comme si elle voulait se diriger vers ces deux silhouettes que la brume, la pluie et la pénombre effacent peu à peu.

Il hésite encore.

Elle enfonce la tête dans les épaules, se voûte. Il a l'impression qu'elle va s'effondrer, s'effacer, s'enfoncer là, dans la terre, y disparaître.

Finlay saisit Lucie par le bras.

— Venez, lui dit-il.

Ils quittent à pas lents le cimetière.

Table

7622

Composition Nord Compo
Achevé d'imprimer en France (Manchecourt)
par Maury-Eurolivres
le 4 avril 2005.
Dépôt légal avril 2005. ISBN 2-290-34074-X

Éditions J'ai lu
84, rue de Grenelle, 75007 Paris
Diffusion France et étranger : Flammarion